书房小景

陈武——著

中国书籍出版社

图书在版编目（CIP）数据

书房小景／陈武著 . -- 北京：中国书籍出版社，2022.7
 ISBN 978-7-5068-9094-6

Ⅰ. ①书… Ⅱ. ①陈… Ⅲ. ①散文集—中国—当代 Ⅳ. ① I267

中国版本图书馆 CIP 数据核字 (2022) 第 122151 号

书房小景

陈武 著

图书策划	武　斌
责任编辑	成晓春
责任印制	孙马飞　马　芝
出版发行	中国书籍出版社
地　　址	北京市丰台区三路居路 97 号（邮编：100073）
电　　话	（010）52257143（总编室）（010）52257140（发行部）
电子邮箱	eo@chinabp.com.cn
经　　销	全国新华书店
印　　刷	三河市华东印刷有限公司
开　　本	880 毫米 ×1230 毫米　1/32
字　　数	187 千字
印　　张	9.5
版　　次	2022 年 9 月第 1 版
印　　次	2022 年 9 月第 1 次印刷
书　　号	ISBN 978-7-5068-9094-6
定　　价	55.00 元

版权所有　翻印必究

题 记

爱读书的人和写东西的人总是离不开书房。书房里不仅会产生作品和思想，许多杂杂碎碎的东西也总是书房的一部分，是主人多年搜求所得，体现的是主人的情趣和爱好。我的兴趣，除了搜求喜欢的书籍，其他东西奢望并不大。一来是经济所限，二来是忙忙碌碌，也没有时间去淘宝。但也不是说一无所有，如果日常碰到自己喜欢的小物件，价格又适宜，总会松松腰包的。这样，书籍渐渐丰富了，小物件小摆设也充斥着书房的角角落落。

十多年前，流行博客，在书房里"无事此静坐"时，也会信笔涂鸦几篇小短文，移到博客里，看着也还俊雅。有几篇小文章，需要一个总题目，回头看看这组小文，不是关于书的，就是关于书房物件的，反正都和书房有关，便加了个总名，曰《书房九歌》，正好九篇小文章，算是一组，约有两万余字。不久后，有人看好，要去发表在一个图书馆的内刊上，这又勾起了写这方面小文章的兴趣。

我的主业是小说写作，长篇、中篇、短篇、微篇，都写，杂志上发表了很多。除小说而外，其他任何工作，我都看作是"副业"，所以，关于书房的短文，写了十几篇又搁了下来，任其躺在电脑里不去理会。2012年到北京鸿儒文轩担任顾问，所涉及的工作是出版行业，策划出版了许多书籍，连带着把自己的书出了几种。本希望把我过去创作的小说都能结集出版，没想到遇到很多意想不到的困难，于是就打算编几本散文集。在选编《尚书有味》《书灯下的流年》《海州野菜》《在德意志阳台上》《朱自清在西南联大》等集子时，我多次看到《书房九歌》及和它相近的数十篇文章，也屡次想归整一下，出一本这方面的小书。数数篇目字数，当然不够了，便又重新写了十几篇，战线拉了好几年，其范围也没有扩大，还是关于书和书房小物件的，并且又把从前的数篇略加修改，成了现在的规模。

我不善于抒情，写不来格调悱恻、婉转流丽的篇章。我的气象不大，大历史的厚重巨制也拿捏不准。我还是喜欢坐在书房里苦思冥想，任由自己的思绪像一条流水，虽然是弯弯曲曲的，却一直向大海奔去。中途可能会遇到一些山峦岗岭，绕过时还要浸透冲刷些泥沙碎石；也会遇到一些泾浜汊浦，总得灌注潆洄一番；至于岩石暗礁、水草青苔，也会轻拂、抚弄、流连、徘徊。这些都不影响水流的行程——生活的情趣尽在其中了。

这本小书，沥沥拉拉，到今天总算编定了。在编辑过程中，有一半篇幅进行了修改或重写，又新写了几篇。回头看看，其实还没有做完，关于书房，还有许多可资的记录，比如砚滴、笔架、笔洗、墨床、靠垫、棋、琴、书、画、桌、椅、几、凳，甚至还有茶及各种茶具等，每一个题目都会勾起心里久存的记忆。仅就字画而言，就可做成一篇专门的长文。但是，手头要做的事实在太多，一件一件总也做不完，不久前还发愿，要把手头的几个中短篇小说改完定稿。可编辑、看稿、看清样、定封面、做选题，还要写"丛书""文库"的出版说明乃至编后记一类的文字，又实在用去了我太多的时间。本来，这些活我是干了三十多年了，从1987年起，就做编辑工作了，起初编辑各种内部报刊的副刊，2000年到晚报编文学副刊，2007年又编文学杂志，2012年开始编文学、文化类图书，编辑工作一直没有中断过。编一本小书，对我来说，应该驾轻就熟。但编辑是一项事无巨细的工作，怎么做都似乎不尽如人意，一经上手就放不下来，哪还有时间去做小说呢？就说这本小书吧，从去年12月初起手到现在（虽然中间也做了其他事），这里补充一句，那里修正一点，对怀疑的材料还要核对，历时好几个月才总算告一段落。想想当初在写《书房九歌》的时候，曾想写一篇《书房续歌》。如今"续歌"没有写成，却成就了一本小书。是为记。

2021年6月28日于北京像素

目录
CONTENTS

书　签	001
墨　盒	008
笔　筒	014
册　页	019
臂　搁	023
刻　竹	027
藏书票	032
藏书印	037
漫　笔	045
水　盂	049
砚	052
墨	058

笺　谱	064
瓶　供	069
古　砖	072
书　橱	079
书　灯	084
书　桌	090
镇　纸	095
茶　承	100
茶	104
茶　食	112
酒坛子	120
蛐　蛐	125
花　草	129
摆　件	134
砂　盆	138

四鼻罐	142
像石（拓片）	145
飘　窗	150
纸　杂	155
古　董	163
古　书	167
淘　书	173
编　书	178
内刊和民刊	187
旧杂志	193
签名本	201
毛边本	207
插图本	210
稿　本	214
封　面	218

题　签	222
书　衣	227
碑　帖	232
刻　纸	239
斋　号	244
红　豆	249
折　扇	254
花　边	264
水　晶	270
自画像	281

代　跋

一本好玩的小书（梅子）　289

书　签

我没有考证过书签的源流，但书签的功能我是知道的。其实，如果仅从功能上讲，许多东西都能当书签，随便一张纸片、一块布头、一个包装盒、门票、钱币、竹签、笔等小物件，甚至手机、指甲剪，都可拿来当作书签用。实际上，这是把书签太功能化了。真正的书签，不仅是功能化的，还具有诗化、美学化、文学化、知识化等功效。一枚好的书签，还能唤起阅读的欲望，勾起对封尘往事的回想，唤起对美好事物的向往，相当于同时在读两本书了。

我喜欢书签，也收藏了不少。书签上的图案，有的是风景名胜，有的是名人故居，有的是古董文玩，有的是花鸟虫鱼，有的是世界名画，可以说五花八门，应有尽有。有的还是个性书签和名人书签。朋友崔月明曾多次赠送我书签，都是他自己设计制作的，书签上的图案，有的是他自己拍摄的风景照片，有的是他自己创作的诗词，有的是他自己出版的图书的书影，还有他自己各个时期的个人影像。他有一套"明月书房"的系列书签，不仅有他的个人不同时期的照片，还配上古体诗。其中的一枚书签上，就有《感怀》二首，其一是："宦作无道小人瞅，奚与檐雀说根由？大辩不言成一世，宁静故我不悯秋。"其二是："人生自觉入大道，天地方圆未成雕。冰清玉洁尘不染，不畏巷语说清高。"这种书签，其功效就不仅仅是实用性了，还承载着致远而严肃的个人情怀。新浦先锋书店也制作过书签，图案绘制极精，随意赠送购书者。我有一阵常去先锋书店买书，也得到过赠送，书签上除印有书店电话外，还有数行文字，都是挺有意境的现代诗或格言妙句，读书累了时，停下来欣赏欣赏书签，也是一种很好的体验。

多年来，《世界文学》杂志一直有书签赠送，每一期都和当期的杂志主旨有关。余华在上海文艺出版社出版一套十多卷本的文集，出到第二版时，每册里也赠送了书签一枚。书签上有余华的头像，余华的手写签名，还有余华创作谈里的一段话："我发现自己的写作已经建立了现实经历之外的一条人生道路，它和我现实的人生之路同时出发，并肩而行，有时交叉到了一起，有时又天各一方。"

由我策划出版的几种文集，有的也专门设计了书签，比如分两辑出版的"黄蓓佳少儿文集"共十七本，每本都有一枚书签。先出的十本中，书签带有强烈的风格化，即书签造型是五角星型，且有镂空图案，正上方的一个角上，写有

"黄蓓佳少儿文集"的字样，分两排。中间的图案是该书的书名和封面上的图，比如《遥远的风铃》里的书签，是紫罗兰色，封面上的图，是一丛芦苇边一个奔跑状的少女。整个书签活泼而诗意。第二辑七本的书签又是传统式，"黄蓓佳少儿文集"一行字为直排，下方也截取了封面上的图，并标注了出版社。书签整体稳重而大方。"金曾豪少儿文集"的书签的造型和构图也是别具一格，分别是火烈狐、小兔、小猫、小狗等几种小动物的卡通画，特别有趣味，而在下方又不失时机地配上一段文字，实际上是这套文集的内容提要，可以充当图书的宣传广告。

有一套书签，是鲁迅纪念馆的纪念书签。书签上部分是关于鲁迅的木刻板画，下部分是鲁迅手迹。鲁迅手迹都是写在花笺上的，影印也十分精美。版画都是名家所刻，有1934年张望刻的《负伤的头》，1935年陈铁耕刻的《母与子》，1935年陈烟桥刻的《拉》，1935年力群刻的《鲁迅像》，1935年赖少其刻的《比美》，1934年李桦刻的《细雨》，等。这些木刻家，都是当年鲁迅提倡的中国木刻运动时期涌现出来的杰出代表，他们都得到过鲁迅的肯定和支持。这一套书签，是在北京鲁迅纪念馆内部小书店购买《周作人散文全编》时，书店老板赠送的。

我最近得到一套书签，是随《点滴》杂志寄来的。书签很有特色，叫"巴金藏书插图书签"。这类书签是否可称"主题书签"呢？书签共有六枚，装在一个精致的小涵套里，分别是列夫·托尔斯泰的《童年·少年》插图选（两枚）、《国立俄罗斯博物馆藏画》选、但丁《神曲》插图选、卢梭《忏悔录》插图选、《俄罗斯风俗写生画》选。这六种插图十分精美，构图精巧，画艺精湛，让人产生许多联想。更让人感佩的是，在每枚书签的背面，录有巴金作品的语录，有四种是《随想录》里的语录，一种是《第四病室》里的语录，一种是《写作生活的回顾》里的语录。这些语录，是巴金一生智慧的结晶，值得反复玩味。比如《第四病室》里的语录是这样的："我喜欢读书，喜欢认识人，了解人。多读书，多认识人，多了解人会扩大你的眼界，会使你变得善良些，纯洁些，或者对别人有用些。"怎么样？这样的书签会不会相当于一部大著呢？

我曾经写过一篇关于银杏树的文章，其中有一节，和书签有关，照录如次：

2003年春天，我在盐河边的旧书摊上淘书。这些摊主大都和我相熟，有的还是朋友，有什么好书都会向我推荐。那天我在熟人的书摊上淘得几本小册子之后，正欲离开，一位李姓摊主大声地喊我过去，说新收一批外国小说，让我看看有没有可取的。我去看了，书的品相不差，而且都是美洲大陆的，有《胡安·鲁尔福全集》《百年孤独》《中奖彩票》《死屋，一号办公室》《酒吧长谈》等。这些书我大部分都有，《百年孤独》还有好几种，有的虽然没有，对作者也不陌生，如《巴比伦彩票》，作者是拉美爆炸文学的代表人物博尔赫斯。我有些爱不释手，问了价格后，以平均每本不到五元钱购得十余种，喜不自禁地回家了。

躺在阳台的竹榻上，一本一本翻看，发现这批书都有签名，知道原藏者叫李静，并钤有藏书印，印章非常简陋，和普通的私章无异。在《百年孤独》的扉页上，原藏者还用蓝墨水笔工整地签上"1995年购于青岛"的字样，从娟秀的字体看，我主观上认定原藏者应该是女性。正闲翻时，一片东西从书中滑落到我的怀里，我捡起一看，是一枚书签。这不是普通的纸质书签，它是树叶做的，准确地说，是一枚银杏叶子做的，银杏叶子的叶、柄完好无损。怎样把银杏叶子做成书签，我没有这方面的经验，仅就这枚书签而言，它天然、精致、小巧，造型也是经过精心选择的，压制得非常平整，原汁原味中，透出女孩子的纤细和敏感。我小心地捏着书签的长柄，想象着制作者对书的挚爱和热忱，想象着她阅读时，心随文字畅游，文随心情氤氲时的情景，想象着一个阅读者，伴着书香，心灵释放的纯粹，一种感佩之情油然而生。阅读真是第一等的美事，"读书随处净土，闭门即是深山"，说的就是爱书人、读书人的思想境界。可惜了，是什么原因，让书的主人舍得将自己精心挑选的藏书和亲手制作的书签一同散失于旧书市呢？我不愿过多地推想，心愿里以为，只要书签还在，书香就会延续，仿佛银杏叶子上清晰的脉络，古人把它比着书的梗概，寓为"书脉"。那就是书香一脉啊，不绝如缕，代代流传。

这段文字记叙的是别人夹在书里当书签用的银杏叶。鲁迅先生曾记录过自己夹在书里的一枚枫叶，那是他在《野草》里的一篇文章，篇名叫《腊叶》，文章开头便说："灯下看《雁门集》，忽然翻出一片压干的枫叶来。"这里用了"忽然"一词，是没想到的意思。哪来这片枫叶呢？鲁迅接着写道："这使我记起去年的深秋。繁霜夜降，木叶多半凋零，庭前的一株小小的枫树也变成红色了。我曾绕树徘徊，细看叶片的颜色，当它青葱的时候是从没有这么注意的。他也并非全树通红，最多的是浅绛，有几片则在绯红的地砖上，还带着几团浓绿。一片独有一点蛀孔，镶着乌黑的花边，在红、黄和绿的斑驳中，明眸似的向人凝视。我自念：这是病叶呵！便将他摘下来，夹在刚才买到的《雁门集》里。大概是愿使这将坠的被蚀而斑斓的颜色，暂得保存，不即与群叶一同飘散罢。"鲁迅先生虽然没有明说留这片虫蛀过的枫叶夹在书里是做书签用的，而且"暂得保存"是怕"与群叶一同飘散"，但是，我私下里认为，接下来，他未尝不是把它当作书签来使用了。

我书房里的书签，除了书橱里随意放些外，书桌上、茶几边，甚至窗台上，也是随意乱放的，这里一堆，那里一张。有时候打开一本书，还没读几页，或刚读点情绪出来，就被杂事所扰，不得不放下书时，就随便摸一张书签往里一夹（有时随手拿到什么都可当书签的）。有时候也会归归类，比如有一次，我在整理书桌时，看到两枚好看的书签，其中一枚上有一行字提醒我——"呼啸山庄"，还有一段引句——"关于爱和恨的伟大诗篇"，我就知道这是《呼啸山庄》里的书签了；还有一枚是《三个火枪手》里的书签，上面的一段引句特别震撼——"'人人为我，我为人人'，闪耀着'骑士精神'的耀眼余晖"。"按图索骥"，我让书签回到自己应该去的地方，因为书签上的"引文"，也有可能是诱使阅读的重要因素啊。

更多的时候，我把书签固定地放在书架的一个格层上，便于随时取放。有时候呢，不是因为要用书签，只是拿出来看看，欣赏欣赏上面的图案和文字，也算是一种阅读吧，是我在书房阅读和写作的一种补充，一种有益的精神生活。

墨 盒

上海鲁迅纪念馆的展厅里,展有鲁迅当年生活的日常用品,其中就有一款墨盒。查《鲁迅日记》,在1920年1月20日里,有购买墨盒的记录:"……午后往留黎厂同古堂买墨盒、铜尺各二,为三弟。"这里的"留黎厂"即后来通行的琉璃厂。这是给周建人买的。但是,同时给周建人买两个墨盒?也许自己会留一个吧?周作人在同古堂购墨盒的事,日记里也有多次记载,1920年5月1日:"往厂甸取墨盒。"1929年11月23日:"在商务印书馆买书一册,又姚茫父书心经造像铜墨盒一个,八元八角。"1932年3月18日:"至同古堂取刻印二、铜墨盒二,又托整理八角端砚,为废名取墨盒盖三个。"同年6月30日:"又取同古堂刻印墨盒二。"周作人习惯磨墨写字,几年下来,却买了六个墨盒,如果都是自用,那就过于铺张了,可能性不大。推想有二,一是周作人喜欢收藏点小杂件,加之墨盒确实精美,所以一购再购;二是周作人会把墨盒当成礼品，赠送友人。后者有多大可能，不得而知，保存在北京鲁迅博物馆的周作人日记里不知有无记载。另外，他代废名一次性取三个墨盒，推想是废名也跟他老师一样，爱玩墨盒这些文房小玩意儿，可能感觉自己的墨盒装饰普通，便请琉璃厂的刻铜高手在墨盒盖上錾字造画也是有可能的。周氏三兄弟和周作人四大弟子之一的废名都爱用墨盒，可见在民国时期，墨盒在广大文化人中间还是很受欢迎的。

2020年夏，在798文化街区闲逛，不经意间和朱炳仁铜艺生活馆相遇，看到那些精美的铜器，包括实用器和各式摆件，实在是喜欢。特别是那几个雕铜的墨盒，造型各异，小巧玲珑，熠熠生辉，一眼就看中了好几款。再看价格，不是小钱，最终没舍得下手。

墨盒我有两个，都是在旧货摊上淘来的，一个正方形，一个圆鼓形。正方形墨盒上雕着一幅书生读书图，上方是斜伸过来的一丛芭蕉，阔叶正遮了一片阴凉，一个书生伏在案几上打瞌睡，翻开的书页斜放在一旁。此图内容幽默、形象，构图精妙、传神，雕艺娴熟，线条简洁流畅，包浆也很舒服。圆鼓形的墨盒无雕饰，线条流畅自如，铜面光滑如镜，也可观赏把玩。两个墨盒都是实用型的，如果内置瓤子，浸以墨汁，就可以使用了。

在文房用品中，墨盒的出现较晚，约清朝后期才在文人间流行。彼时的文人墨客，书写绘画，还是砚台当家。但墨盒一经出现，就受到士人喜欢，争相备置。究其原因，一来使用方便，特别是便于携带；二来，由于制作者在盒盖上錾刻字画铭文，很有雅意，增加了文化内涵，提高了艺术档次，文友亲朋间可以互相馈赠。所以士人大多会多置备几款墨盒。

在铜器上錾刻，古已有之，比如香炉、手炉、脚炉、铜壶、铜盆、汤婆子、水烟袋等，书房用品如铜镇纸、铜笔架等，乐器也有铜笛子。连云港海州南门外出土的汉代霍贺墓里的"环首书刀"，就属于古代的錾铜技艺。《红楼梦》第六十六回有个情节，也可佐证，那就是柳湘莲送给贾琏的鸳鸯剑，"一把上面錾着一'鸳'字，一把上面錾着一'鸯'字，冷飕飕明亮亮，如两痕秋水一般"。且不去追究小说的内涵和寓意，在铜器上刻字，可见民间铜匠对此技艺已经很娴熟了。所以，墨盒一经出现，就有人想到在盒器上錾字刻画，会增加其品格和价值，自然就是顺理成章的事了。目前，已经知道最早详细记载墨盒的，是谢崧岱。此公在北京琉璃厂开有一家墨汁店，自然要和墨盒打交道了。在其著作《论墨绝句诗》中，有一首咏墨盒的诗，诗云："铜铸无须费砚磨，端溪谁肯复重过。苏晁李沈生今日，也是金壶注汁多。"在这首诗的后面，附有一篇《论墨盒》的文章，可以说是一篇很专业的墨盒小史了。据他考证，"古用砚，无所谓盒。墨盒者，因砚而变通者也，块而砚，砚而盒，盒而汁，古今递变，亦其势然欤"。接着，他也无法确切地考证出第一个用墨盒的人是谁，只说他听说的第一个墨盒收藏者，"始于道光初年无疑,盖至今犹未百年矣。闻琉璃厂专业墨盒者,始万丰斋,刻字于盖者,始陈寅生茂材(麟炳,通医工书,自写自刻,故能入妙。近年效者极多,竟成一行手艺,然多不识字,绝少佳者,故无足怪),店与人犹在,实盛行于同治初年"。这个首先在盒盖上刻字的陈寅生,生于道光十年(1830),谢菘岱于光绪十九年(1893)作《论墨绝句诗》时他还在世,以后无考。谢菘岱还著有《南学制墨札记》,对墨盒里的墨瓢也作了介绍:"墨盒瓢子,绒为上(先须发湿),绵次之(须去粉,用沸水洗净),但不可太少。墨必极浓,入盒不可太多。以瓢子吃饱而又上无浮墨为度(瓢少墨多,极不适用;瓢多墨少,勉强可用;适中之处,久用自知)。常须挑拨,免致不均,如被风干,可将清水添入(不拘生熟),拨匀再用,不必遽然添墨也(黄连、元参诸水,俱可不用)。"正是在陈寅生的引领下,墨盒成为晚清琉璃厂有名的工艺品之一,为同时代人所称赞。震均在《天咫偶闻》卷七里说:"光绪初,京师有陈寅生之刻铜、周乐元之画鼻烟壶,均称绝技。陈之刻铜,用刀如笔,入铜极深,而底如仰瓦。所刻墨盒、镇纸之属,每件需润资数金。"沈太侔在《东华琐录》里说:"近人陈寅生之以刀刻熟铜墨盒,或箴或铭,或各体书,或为山水花鸟、钟鼎人物之类,意到笔随,全忘刻画之足迹。"到了二十世纪二十年代,画家陈师曾(衡恪,陈宝箴之孙、陈三立之子、陈寅恪之兄)也参与到琉璃厂的艺术创作中来,他对画铜、制笺之类带有工艺性的小品创作,怀有浓厚的兴趣，并当做一种高雅的艺术来追求，画稿都有极高的艺术品格。所以，鲁迅和郑振铎在二十世纪三十年代收集各种笺纸时，也注意到陈师曾这方面的作品。在《北平笺谱》出版时，鲁迅和郑振铎各有一序，都对陈师曾的画铜和制笺作了很高的评价。鲁迅说："中华民国立，义宁陈君师曾入北京，初为镌铜者作墨盒、镇纸画稿，俾其雕镂；即成揭墨，雅趣盎然。不久复廓于技于笺纸，才华蓬勃，笔简意饶，且又顾及刻工省其奏刀之困，而诗笺乃开一新境。盖至是而画师梓人，神志暗合，同力合作，遂越前修矣。"郑振铎也评价道："民国初元，陈师曾先生为墨盒作画稿，镌成，试揭以墨，付淳菁阁制笺，乃别饶其趣，后续成诗笺万千幅，无不佳妙，抒写性情，随笔点染，虽小景短笺，意态无穷，于十竹斋、萝轩外，盖别辟一境矣。"周氏兄弟日记里记述的"同古堂"，和陈师曾合作最久，也最成功。其主人就是琉璃厂著名的刻铜名家张樾臣。《陈师曾画铜》（人民美术出版社1996年版）里收入墨盒、镇纸墨揭九十三件，就是陈张二人合作的。邓云乡在《文化古城旧事》（中华书局1995年版）一书中的《文房四宝》篇里，说到一种墨盒叫"赛银白铜"，是"加了银和锡的合金，光白滑润，摸在手中手感极好，现在工艺已失传了"。

连云港新浦老街上有周存玉艺术馆，展示的是工艺美术大师周存玉的锻铜艺术，我在2019年7月22日去参观过，主要以锻铜画为主，也有不少工艺小品，其艺术水准极高，除了构图精美、锻錾工艺高超而外，还利用铜的不同质地和原色，在锻铜作品中予以呈现，丰富了作品的内涵和意韵。锻铜和刻铜不一样，刻铜主要是在平面上镌刻。锻铜是以敲击和錾刻相结合的工艺，制作的作品具有立体感强的效果。比如他的一件锻铜作品《笔筒》，除笔筒本身的元素而外，笔筒外形锻造的是喜鹊登枝的立体造型，和平面錾刻完全是两种手段和工艺，呈现的效果也不一样。前者讲究的是线条图像美，后者则是立体造型美。周存玉的锻铜作品中，多为艺术品，如果能有生活用品，就更能丰富其产品并走向民间了。

笔 筒

现代文史学家邓之诚写过他收藏的一个笔筒,名曰"文节愍牙笔筒",在《骨董琐记全编》里有记载:"癸亥六月,予于沪肆得牙制笔筒,一面刻文启美临右军帖:'旦夕都邑,动静清和。想足下使还,与时州将公告慰,情企足下数使命也。'落一'桓'字,款署'文震亨书',有篆曰'意气郎'。一面刻兰竹鹤燕,款署'壬申冬日,文道振写',篆印曰'文导'。书画皆入古,刻工亦精妙不凡,唯不识导属启美何人。启美官中书舍人,以琴供奉怀宗,死乙酉之难,乾隆时补谥节愍。然则岂可以寻常艺事视之?壬申为崇祯五年,启美时年四十七。"邓之诚还引《景愚轩缀闻》之《潘之玮刻笔筒》,云:"棕竹笔筒,色泽红润,确为旧物。围八寸余,高约五寸,厚半寸许。就竹皮雕刻一人一马,马作滚沙状,骏尾飞腾,神气欲活;人乃虬髯番奴,貂冠胡裘著靴,手牵缰绳,意态雄杰。款题'吴县潘之玮刻'六字,行书圆润劲秀,直逼香光。"潘之玮是明朝嘉定人，善刻竹。

笔筒的功能无须赘言了，来源也不去考究。这里只谈谈我书房里的几个笔筒。

一个是竹木结构的。这个笔筒有了一些年代，据我粗浅的知识，断定它是晚清或民初的东西，主体材质是竹子的，上沿口是鸡翅木镶嵌。可喜的是，这是一块整体的鸡翅木镂空制成的，四角没有接口。下底也是整体的鸡翅木，且有四个连体足。四个面上，雕有春夏秋冬的图案，类似于中国传统绘画中的四条屏。该笔筒无款识，但从"笔墨即人"这一不变的理论推测，雕刻师非庸人所为，具有相当高的艺术气质。也不难发现，该雕工手法娴熟，布局精细，胸有大气象，使笔筒不仅具有实用功能，还有相当高的审美价值和教化意义。

"春"面上，可称"郊外踏青图"，主体画面是一座拱形石桥，一老者立于桥中央欣赏河景和两岸桃花，他双手背后，目眺远方，全神贯注，或许远处的河面上，正有舟楫赶来，也或许被远处的河柳春燕所吸引。在他身边，有两个顽童前后错位跑步过桥，动感十足。在河对岸，辽阔的原野上，桃红柳绿，假山草青。另有两组人物，一是祖孙二人，沿着花丛小径，向远方漫步；一是一学者和两个书童在煮茶，构成了一幅生动的"煮茶图"，在他们身边，是一座只露出一根柱子和一角草顶的草亭，草亭里很可能有人在扶琴，抑或有文士在吟诗。整体画面，有轻有缓，有疾有徐，让人有更多的想象空间。

"夏"面更是繁杂，应该撷取的是园林的一角，主体画面是一片湖泊的近景和远景，近景是假山叠石、斜伸出来的绿树、湖岸假山上的绿草和湖中的荷，有的荷花已经盛开，有的呈花骨朵状。远景也是以人物为主，一条长廊前的假山、古树下，有二人在对弈，有一个茶童正在侍茶。在假山上下，有几个孩童在玩耍嬉闹。

"秋"面到了远郊山野，远景是层峦叠嶂的高山，主打近景是一座金碧辉煌的寺庙的钟楼，寺庙前的河埠头，正驶来一条香船。艄公在用竹篙把船停住，有香客走到了船艄头，有香客已经行走在了码头的石阶上。山门近在眼前，山门前的石桥静静地横跨在河面上，是夜畔钟声到客船了吗？

"冬"面也是安静的，江岸上山体陡峭，有一条蜿蜒的石阶隐藏在山石岩体间，直通建筑在云端的房舍，那是寺庙呢？还是书院？一片祥云环绕在建筑四周。有数株寒梅，开放在江亭和山崖上。近景的江面上，一条孤舟，一个老者，独坐船艄，正在放竿垂钓。画面取"独钓寒江"之意。

这工笔"四条屏"，每幅上都有风景、人物，且主题鲜明，造型考究，将画意与雕刻技艺融会贯通，把城里的园林和城外的风光尽情描绘，用粗犷写意和工笔精描之法，体现了灵秀多姿的园林风景和田原风貌，把"云水空蒙""剩山残水"的意境和情境恰到好处地表现了出来，真是非大家莫办。

另一个笔筒的材质是红瓷。和笔筒配套的，还有一个烟灰缸和一个茶杯。这套红瓷，是爱人的朋友送我们家的，她老家在湖南醴陵，十多年前，她回娘家探亲，回来时给我们送来了这套瓷器。百度一下，知道"中国红瓷是湖南醴陵特产，醴陵红瓷以精湛的制瓷技艺著称于世"。又说中国红瓷一时成为爱好者的雅玩，"成了各国收藏家刻意追求的宝贝。一直以来，中华瓷器千姿百态、包罗万象，却单单缺了大红瓷器，这是因为大红釉料烧制艰难，成本极高，有'十窑九不成'之说，历来为皇家贵族所珍藏"。看来，我要好好珍惜这套红瓷了。单说这个笔筒，直径约十五厘米，绘"五虎献福"的图案。朋友选此图案，可能是因为和我的属相有关。

我曾在山东博物馆里看到一个笔筒，展出名叫"竹雕竹林七贤笔筒"，说明文字曰"画面设计独到，有静有动，相互呼应，是明末清初竹雕笔筒中的精品"。正是在这次参观后，我开始留意各种笔筒。南京博物院藏有"朱松邻松鹤纹竹笔筒"。据考证，朱氏为正德嘉靖年间嘉定派竹刻的开山始祖。记载笔筒较多的文献大多在明代。如《天水冰山录》记载查抄明代贪官严嵩（1480—1567）的家产清单上，就有牙厢（镶）棕木笔筒、象牙牛角笔筒、哥窑碎磁笔筒等，都是好东西。文震亨的《长物志》，记有笔筒专条，云："（笔筒）湘竹、棕榈者佳，毛竹以古铜镶者为雅，紫檀、乌木、花梨亦间可用。"屠隆的《文房器具笺》中，也有笔筒条，曰："（笔筒）湘竹为之，以紫檀、乌木棱口镶坐为雅，余不入品。"文震亨和屠隆都是明代晚期的著名文人，写文章时，对当时的文房器具多有记述。翻看明代中晚期的绘画（还有小说中的插图），笔筒也多有表现，如仇英的《桐荫昼静图》，陈洪绶的《饮酒读书图》，万历年间的刻本《状元图考》"胡广"的插图，等，笔筒成了文房四宝之外的重要辅助用品。晚清时，常熟两代帝师翁同龢被罢官回乡，在"回乡清单"上，多次记有笔筒，如"小笔筒（一个）""瓷笔筒（一）（蓝）""竹笔筒（一个）""大圆木笔筒（一个）"，老人家的这些笔筒，也许并无特殊之处，因是自己日常使用的物品，也打包装箱运回家了。

如果不是收藏，笔筒也没必要讲究，凡能插笔的容器都可做笔筒。我有一个做土陶的朋友，送一个自己用土窑烧制的笔筒给我，另有一个写诗的朋友去井冈山旅行，接受红色教育，回来时给我带了一个简易竹制笔筒，也用了十几年。这两件东西至今还在我的书房里。更值得一说的是，我把云雾茶的茶叶罐当成了笔筒，概因为这个茶叶罐形制特别——也许干脆就是仿笔筒制作的，材质是青花瓷，造型也不差，青花釉色彩纯正，图案精细，底部有"顺佳"款。如果去掉"云雾茶"和关于云雾茶的文字简介，说是一个专用笔筒也是完全可以的。

册页

喜欢文玩的人,都知道册页的妙处。

我较早看到的一本有价值的册页,是三十多年前在朋友殷先生处,他家祖上是当年海州的大财主,和杨家、葛家、沈家、谢家都有姻亲。这些人家有不少子弟考中进士、举人、秀才,在外做官或做生意,殷先生的上辈和他们常有书信往返,或相互诗文酬唱。册页装裱的内容,就是这些人的书札和诗词手迹,有几幅还是晚清名宦沈云沛的手迹,当属珍贵。这本册页,装帧简单朴素,只有12开,内容却挺有看头,不仅可以欣赏书法艺术,还能透过家书、诗词和友朋书札的内容,了解那个时代的社会风貌和日常情态。这种一百多年前的书法册页,我们自然是得不到了,只能看看过个眼瘾。

册页的源流,据说可以追溯到唐代,是受卷轴式书籍影响而来的。在唐以前,书籍都是卷轴式,不方便检索和阅读。有人灵光一现,把卷轴式书籍改成折叠式,前面再衬上较厚的纸作封面。后来又有人把这种办法引用到长幅画卷中，只是要下狠手，把长画切开，再装成册，这就是早期的"册页"。后来，画家也聪明起来了，专门画这种小画了。不过，现存的明代以前的册页，除少量的敦煌实物外，创作的书画册页还没有被发现，明以前的小幅书画原作的册页，也是明清人集装成册的。而真正意义上的现代册页，也是明代才开始有，即预先装裱制作成册，再在上面创作书画。这样一来，仅从方便收藏、保存上看，册页也比大幅画作有优势。

有人拿册页和手卷相比谁优谁劣。这又回到从前了。要我说，仅从功能上讲，册页与手卷属于同类，都是供文人雅士案头赏玩之用的。但册页略胜手卷一筹的，主要体现在两个方面：一是册页画幅小，通常不足盈尺，制作中花费的心力却不比创作大画小，也就是说，画家在文化修养和艺术功力上要更高一筹，特别在构图时，更是匠心独运，把精华部分呈现出来，在小小的画幅中，营造出宽阔空灵的气象来；二是能够体现画家的手法丰富和想象空间，每一开都有每一开的变化和特色，使画面充满着丰盈的美感，既要一花一世界，一树一菩提，又要互相连贯，相互照应。

我书房里收藏的十来种书画册页，都是地方上当代书画名家的，且都是我的朋友，比如许厚文、张耀山、王兵诸先生和葛丽萍女士等，他们的书画各有特色。许厚文先生是书法家，也是金石家，出版过《厚文金石存》《连云港碑刻大观》等著作，他为我写的这本册页，有扇面，有印章，有大小篆书，有行书，有草书，丰富多姿。王兵为很多人画过册页，他最拿手的，应该是《红楼梦》人物，特别是《金陵十二钗》，我亲眼见过他绘过四五册。他为我画的这本册页，共有十二面，有人物，有山水，这种山水人物的小品，很见功力，大多是小画大作，一笔一画很见气象。葛丽萍是秀雅而高贵的江南才女，写一手漂亮的小楷。她为我书写的册页，开本是泥金三开，多达二十面，还不算跋语，且特色鲜明，抄录的，全部是她自己的诗词作品，曰《葛丽萍诗词选》。葛丽萍的诗词，和她的人一样秀雅，书法也透出一股清气。张耀山送我的册页是他书写的《陇南赋》，《陇南赋》的作者是甘肃白银人李学春先生。这是一篇长赋。张耀山的章草书法也很有特色，而时不时出现的用朱笔书写的边款或跋语，也是这本册页的另一大特色。我喜欢这些名家的册页，他们各具个性，各有各的典雅，也各有各的形式感和审美性，远比独幅作品丰姿引人。比如王兵的绘画册页，他把绘画中的十八般才艺完全施展于一本小小的册页中，每一开都在寻求变化，从题材内容、构图造型、设色技巧和笔墨走势等方面，寻求不同的变化，既照顾了观赏的连续性，又体现了艺术的丰富性。

　　册页这种书房小玩意儿，历来受到文雅之士的喜欢和追捧。书房里除了读书写作，绘画填词，还可下下棋品品茗，也可闻闻香弹弹琴，都是难得的雅好，能再藏有几种心仪的册页，或友朋的，或名家的，有事没事拿出来看看，也是一种享乐。还有一种人，境界可能更高些，要寻求和构建某种只属于自己的小园子，来存放自己的精神和灵魂，也就是通常所说的"精神家园"，付诸实践的，也就是这些雅玩了。特别是现在生活富足了，精神上就有了更高的需求，心灵也有了尚美，作画、填词、作诗的人也渐渐多了起来，常常寄托于绘画美感和诗文感怀。册页这种集古人智慧与审美的小玩意儿及其独特的形制，正好具备了这种属性，能将绘画、书法、金石、诗词、题跋和信札等融为一体，受追捧也就成为必然了。

臂搁

臂搁，又称搁臂，是旧时文人的常用品，几乎每个读书人的书斋里都有一副，虽然不敢说和笔墨纸砚一样不可或缺，但缺了它，总觉得缺了什么。至于臂搁的材质和工艺，全看个人的经济能力了。如果是穷书生，随便什么都可当臂搁的——温饱尚且是问题，就别去强装斯文了。

"文房四宝"之外，如果一定要添一宝，首选当属臂搁（也有说是笔筒）。目前，不搞文玩收藏的人，怕是已经不太明白这臂搁是干什么用的了？望文生义，就是放臂膀的。旧时的书写都是从右往左，直行书写，往左边移动的时候，手腕或小臂不小心会蹭到纸上新写的墨迹，无论是墨把手臂弄脏了，还是手臂弄坏了纸或糊涂了字，都是极恼人的事，既影响了心情，也写不好字，写好的文章也被破坏了。另外呢，盛夏天气里，文人书写或作画，汗水淋淋，滴到纸上也会洇坏了纸。于是，书写者就会找一个硬点的东西（开始时多半是镇纸），垫在胳膊下边，胳膊就不会蹭到纸和墨了。时间久了，就有好事者想了个主意，把垫胳膊的物件，加以个性化、艺术化，请人专门做成现如今通行的臂搁，既可作为书写的用品，又可清玩。所以，臂搁还有一个别名，叫"腕枕"。

我对臂搁的历史没有研究，和朋友闲聊时，知道臂搁作为文房用品，应该是从明初开始流行的，到了清代，制作工艺达到了鼎盛，各种材质的臂搁都有，普通的以竹子为多。制作时，将竹筒剖成三块，把竹面打磨光滑，刷桐油，在凸起的面上进行镌刻。可根据使用者的需求，或刻上文字，或刻上图案。文字有诗赋，也有座右铭；图案有人物，也有风景；还有诗画合体的"郊外踏青图"之类。文友间的交往，也可作为礼品相互赠送，有的还刻上赠言并有落款，表明何年何月在什么情况下送的，很珍重。除了常见的竹子外，也有檀木、陶瓷等材质。更上档次的是玉石、水晶或象牙，做工也更精，都是精雕而成——那已经超出日常用品而成为奢侈品了。如此经过文人雅士的推广，臂搁也渐渐从纯粹的书房用品而向收藏品转变了。特别是书写形式改变之后，臂搁作为日常用品已经可有可无，即便是书房的案几上有这么一块，也基本上当作清玩品了，最多当作镇纸来使用。

我在新浦民主路老街的文玩市场上，买过一副臂搁，是竹子的，样子很旧了，刻了王维的诗句："风景日夕佳，与君赋新诗。"这是《赠裴十迪》的首句。我当时问摊主，这是老货吗？摊主含糊其辞地说也不知道，别人拿来代卖的，便宜。

有一次，一个搞文物鉴赏的朋友到我家玩，看到了，很不屑地建议我赶快扔掉，说质量太差，民国货，工艺也不怎么样，而且字是烙上去的。我没有扔，心想民国也算前朝了，留着玩玩吧，当成一种见识也未尝不可。上档次的臂搁我也见过，那是在一家博物馆里，也是竹子的，叫"留青竹刻山水人物"。留青，就是竹子上原有的颜色，以浅浮雕技法，刻了一幅画，画面上有山有石，有松有竹，还有人物。松是老松，一虬枝横空斜出，松下一须发老者昂首眺远，身边一书童背着包裹顺着老者的目光寻找什么，又仿佛在听老者讲谈。二人脚下有一块悬空的怪石，石下竹叶数片，随风摇曳。整幅画面构图精巧，意态萧疏，情境悠远，很有玩味。我还见过常熟诗人、收藏家王晓明先生藏的臂搁，不是一副两副，是很多副，可以说不少都是精品，让我大为惊叹。有一块臂搁，刻了密密麻麻的字，我细看了，居然是《出师表》的节选。字是小楷，娟秀而俊雅。有一块行书臂搁，镌刻的内容是："养花天气半晴阴，知向田园著意深。莫道贫家人事苦，东风吹送一畦金。"落款是"丙辰春日　陛云三哥清玩　彦明刊"。这就是典型的文人间的交往了。诗也是自作的，首句化自清人严元照的《定风波》。诗不算恶，"东风吹送一畦金"虽没有"生花"，也可称得上"妙笔"了。看来这位"陛云三哥"深居田园的生活还是挺惬意的。但，这位"陛云"，是不是俞平伯的父亲俞陛云呢？俞陛云生于1868年，逝于1950年，如果这里的"丙辰"是1916年的"丙辰"，倒是可以存疑的。

如果是，那晓明兄的这块臂搁就有非凡的价值和意义了。晓明兄还有一块臂搁，字体有点郑板桥的意思，内容是："大书悬臂，小则不能。臂濡于墨，而渍于纸，何以异于夏月之蝇，不悬而悬，惟女勋。天池道人渭书于樱桃馆。"这个"渭"，自称"天地道人"，把臂搁的功效说得明明白白了，而他的"樱桃馆"，听起来也似乎在山上。晓明来了兴致，又给我展示了一块臂搁，是新品，此为一块鸡翅木，雕饰的山水，巧借材料的疤结来构图，十分精妙，其山水、树木和人物，疏密有致，恰到好处。他介绍过这块臂搁之后，又向我推介了雕刻师，是一位很有追求和想法的文化人，开一家红木雕刻厂，大到家具，小到文玩，都经营。晓明兄许诺，得空时，一定带我去拜访这位雕刻家。这倒是让我平添一份期待了。

有人考证说，"臂搁"的称谓，是从古代的藏书之所"秘阁"转化而来的。我觉得纯属胡扯！

刻　竹

《野获编》是一部奇书，内容除记录明代的典章制度、人物事件、故实遗闻等外，还有山川风物、考工技艺等记载，其中关于扇骨一则曰："吴中折扇，凡紫檀象牙乌木，俱目为俗制。唯以棕竹毛竹为之者，称怀袖雅物。其面重金亦不足贵，唯骨为时所尚。往时名手，有马勋、马福、刘永晖之属，其值数铢。近年则有沈少楼、柳玉台，价遂至一金。而蒋苏台同时，尤称绝技，一柄至值三四金。冶儿争购，如大骨董，然亦扇妖也。"从中可见竹制工艺品之珍贵。

刻竹和编竹，起源很早，历经多年演进，其工序和技艺都曾发展到相当的高度。有的成为生活用品，是日常人家的必备之物；有的成为艺术品，文人雅士对其追捧之外，还变着花样精雕细作，成为雅玩之物。除了实用器如笔筒、臂搁、扇骨外，还有可供观赏的竹雕艺术品，也有两者兼具之物，如笔架等。据董斯张《广博物志》卷三十引《致虚阁杂俎》

云:"羲之有巧石笔架虢班,献之有斑竹笔筒名裘钟,皆世无其匹。"南北朝时期的庾信《奉报赵王惠酒》诗,其中有"野炉燃树叶,山杯捧竹根"之句。到了唐代,记录刻竹诸物更多,如郭若虚在《图画见闻志》卷五里说:"唐德州刺史王倚家,有笔一管,稍粗于常用,笔管两头各出半寸已来,中间刻从军行一铺,人马毛发,亭台远水,无不精绝,每一事刻《从军行》诗两句,若'庭前琪树已堪攀,塞外征人殊未还'是也,似非人功。其画迹若粉描,向明方可辨之,云用鼠牙雕刻。"

无事逛潘家园旧货市场,看到摊位上,有不少竹刻工艺品,混杂在那些真真假假的新旧古董和其他货品之间。我对竹木之器向来有亲切感,觉得它们本质清楚,其工艺也是肉眼可见,不像那些金属物品,藏得很深,非专家而难辨真伪。至于那些玛瑙玉石、古瓷旧砖,就更不敢问津了。所以,对于竹雕件,我不仅可以拿在手里看看,欣赏欣赏,还可以问问价。有一个竹节花瓶,刻梅兰竹菊四图,环瓶看一下,仿佛走过了一年四季,观赏了四时变化。该瓶带红木底座,其色泽和竹瓶基本一致,看相极佳。另一个摊位上的"瓦片"竹雕也很有个性,这块竹片的原竹应该很粗,否则不会做成半尺见方的古瓦状——在其弧形面上,刻着一尊笑弥佛,简约几笔,极其生动,可当成摆件,也可挂在墙上。花瓶和瓦片两件竹雕,都是阴纹浅刻,业内人士称这种工艺为"留青"。《南村辍耕录》卷五里记载了刻工詹成雕刻的鸟笼,采取的也是留青雕法:"詹成者,宋高宗朝匠人,雕刻精妙无比。尝见所造鸟笼,四面花版,皆于竹片上刻于宫室、人物、山水、花木、禽鸟,纤悉俱备,其细若缕,而且玲珑活动。求之二百余年来,无复此一人矣。"由金西厓著、王世襄整理、中国人民大学出版社2003年出版的《刻竹小言》里,有多幅彩色插图,较全面地展现了我国竹刻艺术的演进历程。书中有这样的描述:"唐宋两朝,竹雕已经具备不同刻法,唯传世器物及知名刻工绝少,文献记载亦鲜,当时似尚未形成专门艺术。自宋以降,雕刻巨象若洞窟摩崖、寺观雕塑,渐趋消替,而可陈置几案之雕刻,则异彩纷呈,灿然夺目。诸如琢玉之山,镂牙之器,刻犀之杯,范铜之兽,浮雕之剔红,隐起之宝嵌,建窑之瓷像,寿山之人物,乃至细镂砚石,精磨墨丸,多为前代所未有。盖雕刻之体制规模、题材技法,至元明而大变。竹刻之形成专门艺术,约当明代中叶,渊源风貌,自不能脱离其时代,与诸工艺正互影交光,息息相通也。"这实在是一段精微的妙论。我们现在所看到的竹刻精品,大约也是从明代中叶沿袭而来,所继承的,也无非是这几种技法,深刻作浮雕、浅刻或略施刀凿、以留青为阳文花纹等。而浮雕结合圆雕的刻竹技艺,直到清代才出现。邓之诚在《骨董琐记全编》记有《方治庵刻竹》一条:方治庵"善画工写真,能刻于竹上。李兰九《西云诗钞》有赠诗云:'方子诗画皆能事,精于锼竹本余枝。岂知翻样出汗青,复擅传神到刻翠。为我锲作读书图,萧然秋艺凉眉须。妻孥婢仆哑然笑,宛然闽南一腐儒。'"

　　有一年在泰州，作家刘仁前请我们在木缘草堂喝茶，草堂主人程菁清自称有四爱，一是茶，二是琴，三是旗袍，四是翡翠。据我在木缘草堂的观察，此言不虚。但是，在一个长案上，摆着近一米长的竹雕作品，也让我大开了眼界：此件作品采用的是圆雕结合浮雕的工艺，一根弧形的、碗口粗的、连根带节的竹竿上，依次雕刻着十八罗汉，每个罗汉身边的景物变化多端，人物形态逼真形象，刻工工艺娴熟，采用不同的雕艺，使整件作品既富有层次，又不失整体美，是竹刻艺术中不可多得的珍品。

　　在潘家园的旧货市场上，让我倍感兴趣的，同样是几件圆雕结合浮雕的竹艺作品。由于受本身材质的限制，能在竹子上圆雕，那一定出自工艺绝佳者之手了。而且，在选材上，要选巧料，通常的直上直下的竹筒根本无法做到，比如有一个鱼篓，上尖下粗，雕一对胖乎乎的鲤鱼，鱼篓的收口处，雕一圈绳索，有钩垂下，吊住两只鲤鱼的嘴巴，鱼篓别致形象，鲤鱼生动活泼，其圆雕工艺手法已经达到炉火纯青之境。还有一个竹雕葫芦，也采用圆雕及深浮雕工艺，其原材料更为难选，仅上部的尖顶部分，就需要万里挑一。据我近距离观察，这个竹雕葫芦的原料，应该是一根竹子的根部，受其岩石的挤压，才在一竹节处收成细身。更为有趣的是，雕刻家在葫芦的表面上，采取镂空结合圆雕的工艺，雕了一株葫芦的藤蔓，牵牵扯扯的藤蔓上，挂着四五个葫芦，让人联想到植物本身所具备的属性，又不失其艺术的美感。对于这样的巧料，《刻竹小言》里也有记录，是描述一臂搁雕件的："此竹原夹生石隙中，迫使拗卷，故剖成臂搁，其面宛然中凹，背又隆然起，横膈每节皆翻卷，质若脂腴，全不是竹。两百余年久经摩挲，已使面色紫而背深黄，遍体莹澈，圆熟可爱。竹既畸生，虽制成臂搁，仍难稳置，实为弃材，而得知爨下者。唯经良工拾掇，稍事修饰，遂成为案头长物。"像这样"迫使拗卷"的竹子，经"修饰"而成为"长物"者，确实不在少数，我还见到一个圆雕的蜗牛和一件圆雕的海螺，同样也是难得一遇的巧料，其技艺也相当了得，连蜗牛的触须都是立体圆雕，真是栩栩如生。

郑板桥《绝句二十一首》里，有一首《潘西凤》，诗云："年年为恨诗书累，处处逢人劝读书。试看潘郎精刻竹，胸无万卷待何如。"自注云：潘西凤，"字桐冈，人呼为老桐，新昌人。精刻竹，濮阳促谦以后一人。"董伟业《扬州竹枝词》里也有诗曰："老桐与竹结知音，苦竹雕镂费苦心。十载竹西歌吹夜，几回烧去竹为琴。"这个潘西凤客居扬州多年，以刻竹为生，在扬州的名气很大，《刻竹小言》里对他的竹艺生涯也有记录。需要重点说明的是，过去的竹刻家，都是自己设计自己刻的，不像现在的刻工，已经成为刻匠了，所刻图案，都要靠画家打底稿方可操办。

藏书票

格非的中篇小说《隐身衣》，由人民文学出版社出版单行本时，扉页上配有一张藏书票。藏书票是粘贴在打一个细线框子的扉页上的，下边还有尼采的一句格言："没有音乐，生活就是一段谬误。"这是指书的内容，讲一个和音乐相关的故事。但是严格意义上讲，这算不上正规的藏书票。藏书票其实就是木刻板画（也有纸刻的），印不了多少张。如果随书一起印刷，花色一样，那就是普通印刷品了，是"山寨"版的藏书票。不知道别人怎么说，反正我是这样认为的。

无独有偶，不久前买一本《玲珑文抄》，著者谢其章，也附有藏书票一枚，彩色的，画面上是一个二十世纪二三十年代的上海滩式大美人，细眼、蜂腰、丰臀，身穿花旗袍，懒散地斜靠在栏杆上，做妖娆状，背景是楼间的平台，平台上还有一个正在晾衣的女佣。整个画面色彩对比强烈，美艳而通俗，具备了藏书票的一切元素，值得把玩和欣赏。

最为难得的是二十年前我收藏的"沧浪十八景"藏书票。沧浪是苏州的老城区,旧时的十八景远近闻名,计有"沧浪濯清""府学读晨""道前怀风""子城梦痕""双塔写云""市桥听橹""十泉流辉""乌鹊眺晚""网师寻隐""蓊溪问桂""觅渡揽月""南浦泛舟""盘门探古""茂苑访雪""姑胥拥翠""驿亭送霞""鱼庄放钓""新郭挹秀"等。在古代,文人雅士喜欢凑"十六景""十八景""二十四景"之类的景点,已经成为当时的时尚,不仅名号好听,还有诸多诗词丽句渲染,后人如依词寻景,大多得不偿失,比如"云台三十六景",现在早已云消雾散,即便留下来,也是面目全非,不是原来的景象了。但为了这些纸上的风景撑门面,往往会有好事者用各种办法"借尸还魂",藏书票不过是其形式的一种,却是最让我欣赏的一种。一来,这种形式花费不大;二来便于保存;三来和书挂上了钩;四来可以把玩欣赏。

我曾经请一个在中学做美术老师的朋友给我刻过藏书票,不是一张,而是好多张,正宗的黑白木刻板画,都有"陈武藏书"的字样,或方或圆,配上不同的图案,有粗犷、稚拙之美。有一枚甚至还刻了我的头像,底本是根据我的漫画刻的,挺神似,深得我的喜爱。近日翻书,又发现她2010年给我制作的两枚藏书票,是套色的,其中一张"野蔬情"是绿色的,图案特精。

我对藏书票的最初了解,是读唐弢先生的《晦庵书话》,书里有一篇《藏书票》,对藏书票的源流做了概括,认为是西洋藏书家的产物,"就像中国的藏书印一样"。那么,藏书票起源于何时何地呢?"欧美藏书票的发现,以德国为最早。就现在所有的资料看来,第一张藏书票的制成远在1480年以前,画一天使,手捧盾牌,牌上图腾似牛非牛。这是在一位名叫H·勃兰登堡(H. Brandenburg)的藏书上发现的。德国的藏书票带有浓重的装饰风格,构图谨严,风靡一时。意法等国流行洛可可(Rococo)式的藏书票,花纹华丽,和十七世纪的建筑相似,后来风格渐变,只有人体图案仍极常见,简有以钢笔成画者,和传统的方式不同。"唐先生接着又说到德国藏书票对其他各国的影响,"北欧诸国对藏书票亦极讲究,推其根源,大都出自德法两国。英国素崇保守,图案单纯,缺乏变化。美国后记,到现在藏书票虽极普遍,但在形式上仍不能超越欧洲各国,有时以抽象派的画缩印在藏书票上,炫异猎奇,似不足取。日本在模仿了一通欧洲形式以后,建立了自己的风格,这便是以浮世绘为底子的纯粹东洋形式的画面"。中国藏书家当中,喜欢藏书票的也大有人在,老一辈有郁达夫、叶灵凤等,都把藏书票当成邮票一样搜集珍藏。

近读谢其章先生的《书蠹艳异录》,有一篇《我们羞涩的藏书票文献竟都出自叶氏之手》,对于藏书票流传在中国的实际情况,做了有理有据的分析,认为"中国藏书票无历史,翻来覆去说的就是那么有限的几张"。"那几张"又是谁在讲呢?原来是叶灵凤先生。在二十世纪三十年代,叶灵凤先生共发表了三篇文章,分别是《藏书票之话》《现代日本藏书票》《书鱼闲话》。据谢其章在文章中说,《藏书票之话》发表于1933年12月《现代》第4卷第2期,"是已知最早的中国藏书票文章。文内附叶灵凤自用藏书票一枚,另有两面道林纸印的各国藏书票15枚"。《现代日本藏书票》发表于1934年5月《万象》创刊号。"文内附藏书票6枚,另有整页双面藏书票,计彩色藏书票7枚,黑白藏书票8枚。"《书鱼闲话》发表于1934年12月《文艺画报》第1卷第2期上。"此文有三个小标题'书斋趣话''旧书店''藏书印与藏书票',除了在文内附有图片外,另有一整页的彩色插图,计藏书印6枚,藏书票5枚。"谢其章在对叶氏的三篇文章作简要的概括后,说:"在我羞涩的收藏中,竟然有幸收集齐了中国羞涩的藏书票文献,并有幸第一回原模原样地展示初刊本书影及文献首发时的版面,这真是件爽事。"其得意之情溢于言表。台湾有一个藏书票大家叫吴兴文,颇值一说,他在生活·读书·新知三联书店出版了一本《我的藏书票之旅》(该书的扉页上也有一枚精美的藏书票),是一本难得的介绍藏书票源流和鉴赏的书,由大出版家范用先生写序。该书共有"藏书票与艺术家""藏书票与文学家""藏书票与政治家""爱书人及其他"四辑,而书后的两篇附录更有价值,分别是《藏书票入门书简介》《藏书票制作要点》。有这两篇文章,对藏书票更有一个专业的认识了。特别是《藏书票制作要点》,有一目了然的表格分类,如凹版、凸版、平版、孔版和其他几类,每一类又有若干品种,如凹版,就有"雕刻钢版""雕刻铜版""蚀刻版""干刻版""灰尘版""软防腐剂蚀刻版"和"美柔汀法"等。

当代爱书人喜欢藏书票的也不在少数。我的书友当中，就有那么几位，对藏书票可谓情有独钟，见面必谈藏书票，也制作各种藏书票互相交换。

有人需求，就有人供给。一些微信、博客里，有制作藏书票的专家，专门贴上各种藏书票，大都是新近为藏书爱好者定制的，花里胡哨，各有风姿，特别诱人，算是招揽生意的一种诀窍吧。另外，我也曾在互联网上看到过这方面的广告，需求者可以根据自己的喜好，对图案提出要求，对方设计好、征得满意后，按枚收费，两相情愿，各得其所。这方面的小型沙龙也常有聚会。一些藏书票爱好者（大多是制作者），约在一起，交流技法，谈论心得。我前边提到的那位中学老师，就经常参加这样的沙龙或研讨会，还举办过多次专题讲座及藏书票展览，有时也会对我讲讲聚会时的收获和心得，然后把收获和心得再汇总，教给她的学生。

我对藏书票算不上迷恋，说是"附庸风雅"也不为过。但买书时，看到附有藏书票的书是必买的，无论作者是谁。因为，如果当代图书也讲究"版本"的话，这就是"稀缺本"，值得收藏。

藏书印

海州大乡贤白化文老先生说过,"研究书史特别是搜救善本的人,鉴别书籍真伪,考究收藏源流,常自识别藏书印鉴出发,以之为指路明灯。"(《人海栖迟·藏书家身后印》)

那么,藏书印又源自何处何时呢,据多年阅读所得,归纳如下:

藏书印是由书画收藏印演化而来的。在许多历代名家的书画作品上,都可以看到大大小小的各种印章,这些印章,是表明这件作品被钤印者所拥有过、珍藏过,同时,在传世名作上留下自己的痕迹,表明其对文化的传承做过贡献,也为自己短暂的人生赢得了永恒的价值。纵观历史上的公私大收藏家,他们的印章也是有讲究的,一般都很规整,如满白、细朱,而不太使用粗放、潦草的形式。这种在书画上钤印的风气,始于唐代。一种是公家收藏的"御府印""内府印",如唐太宗的印就叫"贞观";另一种是私家收藏印,如虞世南的收藏印叫"世南",马总有的收藏印有意思,叫"马氏图书"。在收藏的名贵书画上钤印的风气,历久不衰,一直延续到民国。收藏印的内容,历经几千年发展,变化并不大,一般为藏家姓名、字号、斋号或郡望,下钤"欢喜""过目""经眼""清玩""审定""收藏""鉴赏"等字样。如某某审定、某某清玩书画之印、某某居士过眼等等不一。

书画收藏印在发展过程中,被藏书家仿效借用,应该错不了。第一个仿效者,或许是得到某名贵版本或有价值的冷书时,和收藏书画同样的道理,钤上了自己的一枚印章。让自己的名字随着书而流芳百世。唐弢先生的《晦庵书话》里有一篇《藏书印》,他说,在自己的藏书上钤上私印,"这种风气的流行由来已久,相传宋朝宣和时的鉴赏印,除书画碑帖外,已经通用于图书专集,可以说是藏书印的先声。至于加盖私章,当然要更早于此了"。此说更加证实了上述的说法。更为现成的例子,来自当代藏书家黄裳的大著《来燕榭书跋》,该书的增订本由中华书局2011年6月出版,有30万字之巨,收各种题跋231篇。从黄裳的题跋中,发现他所收藏的书中,不少都有历代藏家在书上钤有自己的藏书印,如《绿窗小史》有"长洲顾氏收藏"(朱方)、"湘舟鉴赏"(白方)、"湘舟过眼"(白方)等三印,书前秦淮墨客的序末,也钤有二印,曰"蕙若""白雪斋"。《城守筹略》钤有"瑞轩"(朱方)收藏印。《归田诗话》收藏印有"诗龛书画印"(朱方)、"半槎"(朱长)、"惠定宇借观"(白长)、

"玉雨堂印"（朱方）、"韩氏藏书"（白方）。《兰雪集》收藏印有"神明镜室"（白方）、"徐康印信"（朱方）。《莆阳知稼翁集二卷》收藏印有"江南陆润之好读书稽古"（朱方）、"白发抄书"（朱方）、"听松散曲"（朱方）、"陆时化印"（白方）。《晏子春秋二卷》藏书印之多，连黄裳都惊讶，在题跋中说"未之前见"，"然俱古雅"。共有六方，为"九如子"（白文套边方印）、"天一阁"（朱长）、"自新斋"（朱文鼎氏印）、"九如居士"（朱方）、"一名天保"（朱长）、"唐节度之后宋丞相之裔"（白长）。比黄裳长一辈的现代作家，有的也有自己的藏书印，朱自清在他新出版的《新诗杂话》的目录空白处，就钤有"邂逅斋"的闲印和一枚"佩弦藏书之钵"藏书印。

现代藏书家自己也钤印，唐弢举例了两个人，都是著名作家，一个是阿英，一个是郑振铎。"阿英藏书极富，大都只盖一方小型私印，朱文阔边，篆'阿英'两字。郑振铎对洋装书籍，往往只在封面上签个名，线装的才钤'长乐郑氏藏书之印'。后来魏建功替他另外镌了两个，一方形，文曰'长乐郑振铎西谛藏书'，一长方形，文曰'长乐郑氏藏书'，都是朱文写经体，后一个每字加框，纯然古风。"民国四大公子之一的袁寒云极喜藏书，仅宋版古本就有二百余种，在上海一时无两，他的藏书印也有几种，其中有一种是他观书的小像，特别清雅。其藏书印有"臣克文印""上第二人""抱存""寒云主人""百宋书藏""与身俱存亡"等。

闲翻《鲁迅全集》中的日记部分，发现鲁迅也刻有多枚印章，有的是闲章，有的是藏书印，如1917年3月29日："托师曾从同古堂刻木印二枚成，颇佳。"师曾即陈师曾，和鲁迅是教育部的同事，因早期就熟悉，因而二人过从甚密，经常交流各类艺术。陈师曾家学渊源，在绘画方面有出众的才华。鲁迅也自幼喜爱美术，在日本留学、回国后在绍兴，乃至到北京谋生以及后期在上海，这一路下来都和美术有着不解之缘。日本留学时期，据周作人在《鲁迅在东京》一文中的《花瓶》篇里，说他"从小喜欢'花书'，于有图的《山海经》《尔雅》之外，还买些《古今名人画谱》之类的石印本"。在《画谱》篇里说："日本画谱他也有点喜欢，那时浮士绘出版的风气未开，只有审美书院的几种，价目贵得出奇，他只好找吉川弘文馆旧版新印的书买，主要是自称'画狂老人'的那葛饰北斋的画谱，平均每册五十钱，陆续买了好些，可是顶有名的《北斋漫画》一部十五册，价七元半，也就买不起了。"因为要办《新生》杂志，还买过《瓦支画集》做插图的参考。到北京的早期（住绍兴会馆时），也买过一点金石小品，如古钱、土偶、墓砖、石刻小佛像。晚年在上海，更是倡导木刻版画，还开过版画讲习所，和郑振铎一起自费印行过《北京笺谱》等。因为这样的爱好，所以乐意和陈师曾做朋友。陈师曾虽然画名很响，身居高位，但也和琉璃厂许多做艺术生意的店铺老板成为朋友，并为他们画些画稿，刻在镇纸、墨盒上，以制印、刻铜闻名的同古堂就是他非常熟悉的一家。鲁迅刻的木印二枚，均为陈师曾书写的印稿，分别是"会稽周氏收藏"（边款"丁巳年二月师曾书属樾丞刻"）、"俟堂石墨"（边款"师曾书属樾丞刻"）。1918年4月11日："下午同陈师曾往留黎厂同古堂代季市刻印，又自购木印五枚，买石印一枚，共六元。"同月19日："晚往留黎厂取季市印及所表字联，又取自刻木印五枚，工五元，所表搨本二十枚，工三元。"这五枚木印分别是："随喜""善""伪""翻""完"。当时鲁迅正在研究古碑，应该是鉴别所用。同年8月5日："午后往留黎厂同古堂取所刻印章二枚，石及工价共券五元。"这两方石印均为"周"字，一方形，一椭圆形。10月16日："午后往留黎厂定刻印，计'周氏'二字，连石值券二元。"周作人的很多闲章，也是在同古堂刻的，如"山上水手""凤凰砖斋""周作人印""苦雨""且以永日""起明""苦雨斋玺""江南水师出生""越周作人""专斋刀笔""谧珠""知堂礼赞""越人作通事""煅药庐""会稽周氏凤凰砖斋藏"等二三十枚。

近日闲翻邓之诚的《骨董琐记全编》，有两条关于藏书印的摘编：冯砚祥所藏的《金石录》，刻一印曰"金石录十卷人家"。吴兔床藏咸淳、乾道、淳韦占临安三志，刻"临安志百卷人家"印。杨致堂得《诗》《书》《春秋》《仪礼》《史记》、两《汉》《三国志》，颜其室曰"四经三史之斋"。黄尧圃有"百宋一廛"。吴兔床有"千元十驾"，十驾取"驽马则十"之义。山阴祁氏澹生堂藏书印云："澹生堂中储经籍，主人手校无朝夕。读之欣然忘饭食，典衣市书恒不给。后人但念阿翁癖，子孙益之守弗失。"钱叔宝藏书木记云："百计寻书志亦迂，爱护不异隋侯珠。有假不返遭神诛，子孙不保真其愚。"遗经堂主人楷书印云："昔司马温公藏书甚富，所读之书，终身如新。今人读书，恒随手抛置，甚非古人遗意也。夫佳书难得易失，稍一残缺，修补无从。每见一书，或有损坏，辄为愤惋，如对残废之人。数年来，收罗略备，卷帙斩然，所以遗吾子孙者至厚也。后人观之，宜加珍护，即借吾书者，亦望谅愚意也。遗经堂主人记。"赵文敏卷末云："吾家业儒，辛勤置书，以遗子孙，其志何如？后人不读，将至于鬻，颓其家声，不如禽犊。若归他姓，当念斯言，取非其有，毋宁舍旃。"青浦王述庵祠堂藏书楷书木印云："二万卷，书可贵。一千通，金石备。购且藏，剧劳勋。愿后人，勤讲肄。敷文章，明义理。习典故，兼游艺。时整齐，勿废置。如不材，敢卖弃。是非人，犬豕类。屏出族，加鞭箠。述庵传诫。"海宁陈简庄印云："得此书，费辛苦，后之人，其鉴我。"又一印云："精校善本，得者珍之。"这些藏书印真是五花八门，有的其实就是一篇文赋。

因为印刷术的不断发展，木刻线装书已经绝迹，更没有珍本善本之说了，在所读所用之书上盖印，已经缺失把玩欣赏的功效，更多是一种风雅而已。再者呢，当下书籍大都是胶装，容易坏，纸张也又硬又脆，不太好钤印章。但总会有些风雅者，弄几枚图章，盖在扉页上，算是过过藏书瘾吧。

我也请海州名家薛栎、许厚文、王龙等先生刻过几枚藏书印，薛栎先生刻有"陈武藏书"外，还有"南窗书灯""掬云居书话""门对千竿竹，家藏万卷书"等闲章，许厚文先生除"掬云居藏书"外，还刻有"陈武过眼"闲章一枚。不久前，又请画家陶明君先生给我制作两方闲印，分别是"栖云阁""荷边小筑"，也可和藏书印配套使用。但我一直没有在书籍上钤印，一来可能我一直不把自己当成藏书家；二来也是没有名贵版本（当代印刷的书籍也实在无兴趣）的缘故。

因藏书印引发的故事也有。白化文老先生的平时谈说和著书作文，常常用典，有时插一段轶事，生动有趣。本文开头提到的他在《藏书家身后盖印》里，就讲了一位北大的讲师，因要出售私藏的明刻本《老子》，借用木犀轩李氏藏书印，以期抬价，后此事败露，1952院系调整时，被逐出北大。这是属于弄虚作假而出事的。按说只要书好就行，却跌在一枚藏书印上。看来藏书印的作用还真不可小看。也是在这篇文章里，白老又讲一个"身后刻印"事："……某位大名家身后，子弟售书。原来没有盖印，加上再要是缺乏签名和书中题跋，等等，是不是他的书，只有天晓得，买主无从知晓。从来是'玉在匮中求善价'哪，于是身后刻印，包括名章、闲章与藏书印，特别是藏书印。盖印特别要盖藏书印与代为'名志'的闲章。"

近日得到一批广陵书社出版的仿古籍精印的一套"文华丛书"九十种，线装，宣纸印刷，有的书里还有精美的版刻

插图，让人爱不释手，在灯下慢慢翻阅时，我也破了一回例，小心谨慎地在上面钤了印章。从此，我也敢称自己是"藏书家"了。

漫 笔

"漫笔",不是一种文体,漫说"笔"的意思。这里又单指毛笔。

俗话说,墨陈如宝,笔陈如草。在文房四宝中,笔最不容易保存,连耐用消费品都算不上。喜欢者,主要是在意笔的来头,在意笔杆上的刻字,如"特选海藏楼用笔·陶元"。海藏楼是民国闻人郑孝胥的书斋;陶元,就是"陶元笔庄"的主人,清末民初一位有名的制笔工匠。

喜欢毛笔,是因为毛笔字,喜欢毛笔字,是因为毛笔字写到一定的境界可以叫书法,有中国传统的味儿。我不会写毛笔字,确切地说是不善书法,但这不影响我喜欢毛笔,我曾花过数百块钱买五支羊毫,藏在书橱里,找书的时候,会和它不期而遇,取在手里,打开精美的盒子,一支一支玩赏,感觉有毛笔的书房,才算真正的书房。有那么一段时间,我买了好多帖子,常常翻看,对那些有来头的书体特别崇拜,私下里无端地认为，我不会写毛笔字，都是因为圆珠笔、钢笔发明的错误，如果当年没有这些玩意儿，我说不定成为一个书法家也未可知。这种无头厘头的想法当然很可笑。但由此却想到，新文化运动要是不废除古文，及至后来不搞汉字简化，我们也就不会把古典文献当着学问了。顺着这样的思路，一路狂想下去，觉得电脑也确是坏东西，汉字输入技术也实属多余。

话说到这儿，恐怕要有人说我头脑发热了吧？确实是，这不过是我的自说自话，当不得真的。

话说某一天，我真的用毛笔做起了文章来。在书桌上摊开稿纸，取砚磨墨，正襟危坐，提笔运气，小楷字，千字文，费时一两小时，虽然是累了些，却别有趣味儿。从此，我的书房里除了电脑，又多了这么一套写作的器具。天天读书写作，在电脑前工作久了，自然会腰酸背疼，这时候，坐到书案前，磨墨、展纸，用毛笔写篇短文或小诗，既是休闲，又可调节姿势和神经，同时又能长进书法技艺，真是一石三鸟啊。

不过，再好的笔，在我手里也用不出好来。因为我常常兴致来时，写几笔。放下了，就是几个月不动手，加上我有坏毛病，即不能随手洗笔。这样，等下次想起来再写时，发现我的笔已经凝结很久而化不开了。等到好不容易化开时，已经过去一两个小时，那点写字的小兴趣，又消失得不见踪影。有时候，在画家、书法家朋友那里，看到他们时不时地拿出新得到的好笔，互相间说说，谈谈，心也痒痒的，想弄一支占为己有，然而一想到自己对笔的态度，对学书的态度，只好作罢。

但，这不妨碍我对笔的喜欢，一有机会，忍不住还会买几支。

最好的机会是那次去湖州，不但买了几支好笔，还参观了湖笔博物馆。这次参观，真是惊掉了下巴，了解了许多关于湖笔的知识。湖州的笔，称为湖笔，与端州的砚、徽州的墨、宣城的纸相提并论，俗称"文房四宝"。苏州才子王稼句写过一篇妙文《笔舫》，收在中华书局出版的《听橹小集》里，对制笔的工艺有着详细的考证，文中说："制笔有选料、浸皮、发酵、采毛、水盆、熟毫、胶头、装管、剔修、刻管等十数道工序。据伍载乔《雪溪棹歌》自注：'善琏人多以笔为业，春前选毫，俱妇女为之。'而制笔最重要的一道工序剔修，则都由男子来做，剔修的好坏也就是成败的关键。包世臣《记两笔工语》中记善琏笔工王兴源的话，说得最简明扼要，他将笔工分为能手和俗工，'能手之修笔也，其所去皆毫之曲与扁者，使圆正之毫独出锋到尖，含墨以着纸，故锋皆劲直，其力能顺指以伏纸。俗工意亦如是，而目不精，手不稳，每至去圆正之毫，而扁与曲者反在所留。曲且扁之毫到尖，则力不足以摄墨，而着纸辄臃肿拳曲，遇弱纸即被裹，遇强纸即被拒，且何以发指势以称书意哉'。一管好笔，有所谓尖、齐、圆、健四个标准，即屠隆《考槃余事》说的'四德'"。从这段话中，知道做湖笔的考究和辛苦。据说，湖笔能够"天下第一"，应该从元代开始，元以前，文人墨客都喜欢用宣州笔，柳公权、苏东坡就对宣州笔格外喜欢；元以后，宣笔逐渐被湖笔所取代，《湖州府志》记载云："元时冯庆科、陆文宝制笔，其乡习而精之，故湖笔名于世。"有诗赞曰："湖州冯笔妙无伦，还有能工沈日新。倘遇玉堂挥翰手，不嫌索价如珍珠。"看看吧，有人愿以"千金"购买一支湖笔，足见其声誉有多卓著了。到了明末清初，制笔工艺逐渐流传到外地大城市，不少湖州人在外地开店制笔，比如北京就有"戴月轩"笔庄，还有在清乾隆六年开设的"湖州王一品斋"笔庄，苏州的"贺连清"笔庄和"贝松泉"笔庄也很有名。王一品斋笔庄的名气很大，许多著名的文人、画家、书法家都和该笔庄有联系，比如在王一品斋笔庄成立220周年店庆时，郭沫若就有诗赞曰："湖笔多传一品王，书来墨迹助堂堂。蓼滩碧浪流新韵，空谷幽兰送远香。"王一品笔庄创立251周年时，启功先生也有题诗云："湖州自古笔之乡，妙制群推一品王。驰誉年经二百载，书林武库最堂堂。"诸如沈尹默、老舍、沙孟海、周建人、叶浅予、吴作人、程十发等名家，都给王一品斋笔庄题过字或作过画。

这次湖州之行，看了很多笔，也了解了笔的起源、发展演变和制笔的工艺流程，算是大开了眼界。

水 盂

常熟收藏家、诗人王晓明先生曾经说过，他把大部分时间和精力都用在收藏上了，收藏好玩，比搞创作、做生意有劲。有一次，我们说到水盂，他居然藏有上百个，大都是稀有精品，也有个别孤品，还在微信朋友圈晒出了一小部分，我细细看了，大小不一，造型各异，颜色驳杂，材质丰富，确实养眼。他的收藏，有汉代陶纹水盂，有唐代邢窑白釉瓜楞水盂，有宋代影青水盂，有元代云南建水窑青花水盂，有明代五彩水盂，有民国早期粉彩水盂等名品。其中元代云南建水窑青花水盂特别精，应该是稀罕之中的稀罕之物。

有些东西，真的有点魔性，放在什么环境里，其品质就大不一样。就说水盂吧，实际上不过是盛水的一个容器，放在木匠的木工台上，就是磨板斧、刨刀时用来蘸水的；搁在铁匠炉边，是用来淬火的；放在篾匠的地屋里，是用来泡柳的；放在厨房里，可当盐坛子用。但在文人雅士的书房里，待遇就不一样了，被请到了书桌、画案上，和笔墨纸砚相邻为伍，相近相亲，名称也大变，水盂，或水滴、水呈，似乎只有在书房里，才配得上这等雅致的称呼。

旧时文人，很在乎水盂的，把文房"四宝"，说成是"五宝"的也大有人在，无论是日用，还是珍藏把玩，都细心搜求。制作者也投其所好，在材料、造型、色彩、工艺上，多有创意。两代帝师翁同龢被贬归籍时，有一本清单，清单上的宝物大都是文人爱玩之物，有书画、书籍、碑帖等几百件，仅董其昌的书画就有21件。清单中，列入的瓷铜玉石、笔墨纸砚也不少，其中也有画缸、水盂、搁臂、笔洗、镇尺、玉璧等书房杂件多种。仅记录的水盂就有"古铜水盂（一个）（带座）""古铜羊水盂（一）""竹根水盂（一座）""鎏金研水盂（一个）（附景）""铜鸭水盂（一个）（座）"等多个品种，从这些简单的记录上，就可看出其对水盂的讲究了。藏盂大师陈玉堂先生在《藏盂小志》一文中，对水盂也不吝赞美之词，并论述了水盂作为文房第五宝的理由：砚为石，石可炼金银，故砚为"金"；纸以草木为原料，可属"木"；墨乃松烟熏制，属于"火"；笔之毫来自羊兔鼠狼，此畜皆以土安身，故属"土"。唯"四宝"缺水，若以盂为水，岂不金木水火土五行俱全？陈氏的意思是，书房藏有"五宝"，也就相当于五行不缺了，生活岂不顺达美满？但在现实生活中，也有拿水盂不当回事的人，前边所说的工匠不作数，仅我见过的一位名画家，他就把一件青花的水盂当成了烟灰缸，烟屁股堆积在水盂里，像丛林一样，看着实在心疼。我也见过另一位画家整洁的画案上，一溜排过来的物件：笔架、端砚、色碟、水盂、笔洗、印盒，等等，不仅摆放齐整，造型也一个比一个美。就说那个水盂吧，是小口，像是陶的，很古雅，里面的水是清的。还有那个笔洗，是广口，为图案精良的青花瓷器，里面的水略带点墨味。我看画家作画前，先取半块墨，在端砚里磨几下，又用水盂里一个造型别致的银质长柄小勺，撩一点水，再磨几下，便提笔挥洒了。上色的时候，也是这支笔，在笔洗里洗洗，再在画碟里蘸蘸，看他勾描、涂擦，小心收拾，很是一种享受。

  我也藏有几个水盂，都不是名贵之物，放在书橱里，有的当成了零钱罐，有的放些夹子等小杂物，实在有点对不起它们了。而朋友送我的一个缸形水盂，属于水盂中的稀缺品种了，它有着缸一样的形状，却只比普通茶杯略大，瓷质，釉色比较杂乱，环绕水盂的，是一幅"春游扑蝶图"，花卉蝴蝶色彩艳丽，人物生动有趣，从官帽和服饰上看，应该是宋代的人物。由于它和一般的水盂不太一样，我曾请教过王晓明，他肯定地说，是水盂。我的书桌上放置的一只水盂，是在旧货摊上淘来的，没有款识，只因为造型好看——虽然是普通的鼓形，但身姿略矮，线条流畅，胎釉清晰，常看不厌。我本想买两个相似的水盂，用来放云子，和朋友下棋时，拿出来，必是情趣独具，但始终没有凑成对。

砚

常熟翁同龢纪念馆编辑的《翁同龢归籍清单》一书里，有好几处关于"红研"的记录。"研"，就是砚。旧时，"研""砚"相通。红砚是什么砚呢？中国古代有"四大名砚"之说，即端砚、歙砚、洮砚、红丝砚（和现今流行的"四大名砚"略有不同）。翁氏所说的"红研"，应该就是红丝砚。红丝砚原产地在古代青州黑山和临朐老崖崮一带。如今红丝石已经没有了。2007年我到山东淄博参加民间读书年会，遇到一青州来的书友，问其红丝砚石，说还有，但已经是凡人很难见到了。红丝砚的原料当然是红石头了，丝状纹理也精美好看，制出的砚特别精美，早在唐代就开始出名。西晋张华在《博物志》里曰："天下名砚四十有一，以青州红丝石为第一。"宋代唐询在《砚录》里也说："青州黑山红丝石为砚，人罕有识者。此石至灵，非它石可与较议，故列之于首焉。"宋代大文豪欧阳修在《砚谱》里说："红丝石砚者，君谟赠余，云此青州石也，得之唐彦猷。云须饮以水使足乃可用，不然渴燥，彦猷甚奇此砚，以为发墨不减端石。"这里是说明红丝砚的石性和用法，真是"此石至灵"也。所以，两代帝师翁同龢的"归籍清单"里所列的红砚，而且不止一方，可见直到这时候的红丝砚还是深受文人追捧的。

有一年春末夏初吃杨梅的季节在常熟玩，朋友浦仲诚先生带我到虞山去勾留了一天。先去兴福寺吃面，又到小石洞喝了新茶，到大石洞的竹园里吃了午饭，下午看了钱谦溢、柳如是墓，傍晚时到了黄公望墓地。黄公望墓和钱、柳墓一样，是江南常见的土坟，不禁有点为他们叫屈，一个是大画家，虞山画派受其影响很大的领风骚者；一个是大诗人，虞山诗派的词章领袖。他们在全国画界和诗词界的地位，自不待言，却连一个小小的纪念馆都轮不上。好在，黄公望墓前有一个不大的祠堂，我们进去瞻仰了黄公望的牌位。

就在黄公望祠堂小院里，我看到层层叠叠垒着不少字典厚的板石，还有半成品的砚。过厅一侧的玻璃柜台里，有一个六十岁左右的匠人正在伏案雕刻，自然也是在制砚了。老浦对他熟，相互招呼了几句，一嘴常熟话我也听不懂。我对他制作的砚感兴趣，陈列在一个镶着玻璃的木质柜台里，大大小小，有方有圆，还有不规则的造型，有的砚古朴、稚拙，有的精巧、灵动，有的光滑如洗，有的砚雕了好看的花纹，价格从几百元到上万元的都有。同行的作协主席王晓明先生是个收藏家，他给我简略地介绍了虞山砚的特点。虞山的砚石称赭石，当年黄公望作画时，就曾用此石当颜料。赭石在虞山虽然平常，但要想找到能适合制砚的，也不那么容易。一来，赭石是一层一层的，多为碎石，或带密集的裂纹，不易得到一块又厚又大的整石；二来，赭石硬度不高，有的用手就能掰断，拿硬度不够的赭石做砚，磨磨擦擦容易走形，也容易掉角。所以要想找一块硬度够又没有裂纹的砚石，真是很难。还有一个段子，是说清末的画家沈石友，赠送吴昌硕一方虞山赭石砚，吴氏作画要用赭色时，就拿出此砚，用牛皮胶渗水研磨，赭色散出，便可当颜料使用了。这当然是传说了。不过用虞山的赭石砚磨出来的墨，书写的字，在日光或灯光映照下，会发出赭红色的晕光，这倒是别的砚台所办不到的。

我有一次买砚的经历，也颇值一说。大约二十年前吧，和一个朋友在青年路古玩市场闲逛。在一个摊点上，看到一方砚（摊主说是端砚，我拿不准）。砚很大，工艺也很讲究，有铭文，还雕有一行篆字，下有落款（内容忘了）。我喜欢这方砚的庄重、质朴，看样子，用过的人也有点风雅，否则不会题字落款。一问价，不贵，在我接受的范围内。要不要买呢？我喊来同行的朋友，请他看看，拿拿行情。朋友是书法家，也爱收藏点杂件，比我更懂行情。他拿起砚，左看右看，又是掂又是摸的，最后不屑地说，不值。我们又分头瞎转去了，待我回来时，那个摊主认出了我，叫住我说，那方砚叫你朋友买走了——他自己想要，糊弄你的。原来这样。也好，终究是落到了喜欢人的手里。

古代文人墨客的书房里，最不缺的，就是砚了。砚，不仅是书写的工具，有时也可以是寄情、励志的载体；还可以是闲玩、欣赏的文器。《榕城诗话》里记有《十砚先生歌》诗话一则，云："永福黄莘田任，罢官四会令，以千金购砚，以千金购侍儿金樱，明艳绝世，妙解文翰，兼工诗竹，有《夜来香》绝句云：'知隔绛纱帷暗坐，谢娘头上过来风。'莘田丰髯秀目，工书好宾客，诙嘲谈笑，一座尽倾。家居食贫，僦屋委巷。二女，长曰淑窕，字姒洲，次女淑畹，字纫佩，皆擅诗名。一门风雅，自号十砚先生。钱塘吴中林廷华，以经生守兴化，为作《十砚先生歌》云：'十砚先生淡无欲，作官不恋五斗粟。归来傲杀黄菊花，俗尘不敢闲相触。叩门唯有陈（学圃太史）赵（明序）予，城北徐公（娴云）交倍笃。室中更喜吟伴多，饥来顿顿餐珠玉。研癖不顾千金雠，诗成自谓万事足。今春见我绝粮诗，大笑谓我未免俗。相别先生二十日，近状直登高士录。闻有阳翟大贾人，推毂先生造门数。先生坚卧竟不起，谓此衡茅不足辱。贾人归攀长者车，寄云无事若蜷跼。囊中处有千黄金，可为先生具灵醁。先生笑谓我不贫，明月轻风皆我属。田荒偏喜令威瘦。水清且给陶泓浴。三山作灵不待买，倚阁年年眉黛绿。此身一落阿堵中，入山恐愧红踯躅。春风春雨日杜门，把笔自谱游仙曲。'"蒲松龄有一方名砚，是金石名家李希梅送给他的，砚盒上刻有蒲松龄在柳树下的著书图，并雕有一联，云："柳泉酿才才才孤鬼寄真意；文章憎命命命丹心留人间。"废名在《三竿两竿》里说："苦茶庵长老曾为闲步兄写砚，写庾信《行雨山铭》四句，'树人床头，花来镜里，草绿衫同，花红面似。'那天我也在茶庵，当下听着长老法言道，'可见他们写文章是乱写的，四句里头两个花字。'真的，真的六朝文是乱写的，所谓生香真色人真难学也。"这里说的"苦茶庵长老"是指周作人，周氏在给友人题的砚铭，引用的是六朝人庾信的句子，还对该句进行了点评。且不说点评是否得当，只是能在砚上有这样的铭言，也是一件大风雅的事，何况又是出自周作人的手书。比较离奇的是，邓之诚所著《骨董琐记全编》卷一里根据《尖阳笔丛》所记的"纸箫纸砚"："闽开元寺前有卷纸为箫者，周亮工得之，色如黄玉，扣之铿然，以试善箫者，无不称善。或题之曰：'外不泽，中不干，受气独全，其音不窒不浮，品在佳竹者之上。'"这是说用纸制箫的，又说以纸制砚："海宁北寺巷程姓，以石砂和漆制纸砚，色与端溪龙尾无异，且历久不敝，艺林珍之。晋东宫旧事，皇太子初拜，给漆砚一枚，此其遗制也。"

我也藏有一方砚，不是为了用，而是看。这方砚是卖旧书的朋友孙仁柱送我的，特精。颜色不是传统的黑色，而带有点赭黄（当然不是翁同龢所用的红研了），有漂亮的纹理，黄赭相间，理黄者丝赭，理赭者丝黄，且变幻无穷。用手摸上去，光滑细腻，如幼儿的皮肤。砚上的图案是一组荷塘图，荷叶、荷花、荷梗，相互穿插交错，甚至荷叶上的露珠和藏在荷叶下的青蛙都活灵活现。雕工更是好，采用圆雕和镂空配合的技法，结合细刻和线刻，又巧妙地利用了黄赭纹理，使图案看上去像上色一样的逼真、干净、利索，整个外形大气而考究。我曾经在家乡的小作坊里雕刻过水晶，知道刀痕和凿口不易消磨，要用滑石粉和水麻细砂反复匀磨才能见效。但此砚不仅凿口平滑，且柔润溜手，显然是经过精心处置的。可惜，送我这方砚的孙仁柱因病早逝了。我有时候看到这方砚时，会想到原主人摆旧书摊时的样子，坐在旧躺椅子里，双脚翘在水泥台上，捧书阅读，困了，就把书蒙在脸上，睡一会儿。

如今，我把这方砚摆放在书桌最显眼的位置，原来占领它位置的是一个带红木底座的水晶雕件，我把它移走了。我在静坐思考时，会出神地看着它。有时也并非要看出什么来，只因为有它在我眼前，成了一道丰富的风景，便能使人心安、心静，足矣。

墨

朋友送我一盒胡开文的五彩墨。装帧十分精致，锦面镶玻璃的盒子，五块墨五种色，赤橙黄绿黑，排在盒子里，熠熠生辉。这款墨很考究。胡开文的墨都很考究。五块不同色彩的墨上，绘有镀金的龙形图案，飞翔的龙，龙首、龙爪十分清晰、生动，像活的一样。我只有这一盒墨，跟随着我搬了几次家。搬家时扔了不少小物件，只有它一直没舍得丢弃。

墨是文房四宝之一，虽然笔有时排第一，纸有时排第一，墨似乎一直排在第二，"笔墨纸砚"或"纸墨笔砚"。第二没有什么不好，躲在第一的后边，不为人注意，又比后两位靠前——纸的普及已经不用多说了；笔更是被多种书写工具所取代；砚呢，成了工艺品、收藏品和书房的摆件；只有这墨，虽然有简化的墨水，但老工艺制作的墨，依然深受文人雅士的青睐，既能观赏，又能使用，还可收藏增值。这都是墨工的功劳。墨工历代都有，在清代的四大墨家里，胡开文排名也靠后（按年代），另三家是曹素功、汪近圣和汪节庵。随着时间的流逝，胡开文也是后来居上了，直到现在，胡氏的墨还是独树一帜。我对墨没有研究，说不出所以然来。但在冷摊上看过一款墨，真是好，长相酷似一枚银圆，只是比银圆略大，墨的正面是一幅山水画，背面有两个篆字，还有铭印，内容记不得了。我随口打了个价，价格惊人，没敢再谈。在故宫博物院里，见过一款红色的御墨，椭圆形，配有一个精美的红木盒子，是清初的产物，多年下来了，墨上还有光泽样的东西闪烁。

关于墨，我也有一件遗憾的事，我读初中时，一个要好的单姓同学送我一块墨，宽有一寸五，长有三寸，四边带有云形的图案，墨上有两行书法体的金字诗句。我们读小学时，写字课用的墨，个头很小，像一枚冰糖果子。这么大一块墨，又如此精致，我还是头一次见到。我把这块墨当宝贝一样放在我的抽屉里珍藏着，用报纸裹起来，一放就是多年，只偶尔会拿出来看看，欣赏欣赏。有一年春天，村上的邻居家的儿子起了"蛙鼓"，就是腮腺炎，半边脸肿得跟馒头似的，她和我母亲相处不错，便上我家借"老墨"——不知听信了什么人的话，说老墨加捣碎的明矾，抹在腮上，病症就退了。我母亲也没征询我的同意，找出了我珍藏的墨，舍不得都给她，就用铁锤敲了一个角，让她拿走了。我回家知道这个事，已经无可挽回。看着少了一个角并且还有一道裂纹的墨，难受了好多天。母亲不知道我并不打算使用这块墨，一来是同学的情谊，二来也是太珍贵。墨被损坏了，每看一次，心里就难受一次，似乎某些美好的记忆也打了折扣。为了忘记这种难受，干脆连那残缺的墨，也不要了。至今想来，当时那种难受的滋味还历历在目。又想到轻易放弃的那块残墨，觉得也是不应该的了。

读汪曾祺的散文《七十书怀》，知道他老人家画画时常常使用"宿墨"，"我的写字画画本是遣兴自娱而已，偶尔送一两件给熟朋友。……我的写字画画，不暇研墨，只用墨汁。写完画完，也不洗砚盘色碟，连笔也不涮。下次再写、再画，加一点墨汁。'宿墨'是记实"。汪曾祺写这篇文章时是1990年，记述了他于这年的1月15日在一幅"水仙金鱼图"上的题诗："宜入新春未是春，残笺宿墨隔年人。"这是首题画诗。重述了这诗句之后，又说："这幅画的调子是灰的，一望而知用的是宿墨。用宿墨，只是懒，并非追求一种风格。"起初我以为这里的"宿墨"是过宿的墨。望文生义，也确实有这么个意思。其实，和真正的宿墨还是略有不同的。真正的宿墨也是要制作的。制作的方法比较简单，即，先把墨汁煮一下，煮至黏糊状，即使是盆底的沉胶糊了，也不要紧。煮好后，把墨晾干。使用时，把干墨泡开，这就是宿墨了，如此反复几次会更好用。用的时候，先蘸水，后蘸墨，墨和水的层次便会清晰地显现出来。大致里说，汪老先生认为的隔宿的墨即是宿墨，也没有错，只不过是省略了一道煮。我有一个画家朋友，也喜欢用汪曾祺那样的宿墨。有一次，是周一，我到他的画室看其作画。他正在画批量的扇面，每幅都是淡墨山水，面前的画案上，除了色碟，还有好几个砚台和墨碟，墨碟里的墨干在盘底上，都裂了口子了。他看我盯着几个砚台和墨碟看，便笑说，这是昨天学画的学生用剩下的墨，正好够我用的。末了又加一句，这墨好用，画淡墨山水，墨汁太浓，走不动笔，拉不开势，就滞涩了，就拘谨了；要是太淡呢，笔一上纸就洇墨。别看这些盘盘碟碟的，样子不上眼，都是好墨啊。他说的好墨，就是过了宿的墨。

近日翻闲书，读到《鱼计轩诗话》里，记有邱学敏喜欢收藏好墨，钱塘人黄小松赠给他两款尚书墨，其一阳书"秋水阁"，阴书"门人吴门诗上牧翁老师真赏"；另一阳书"门人范琦上芝翁龚老夫子珍藏"，阴山"北山堂"。两墨合装一匣，并有诗云："北山秋水名相亚，古墨生香一样新。记取芝香拈素手，尚书传里两夫人。白门烟柳舞东风，江上蘼芜态不同。只有西园旧桃李，春来得气美人中。先生宝墨如宝贤，隃糜百二米窗前。"

还读到常熟大名士翁同龢的"归籍清单"，在众多宝物中，也有墨数种。翁氏是晚清大书法家、学问家，算是一辈古人了，用墨自然是讲究的。清单记录有"红墨（十四定碎小二）""墨（大小十二块）又（九定）""抄闱墨（一夹）""黄红墨（三定）""墨（二定）""紫玉光墨（四定）""纸包墨（八匣）""圆墨（一定）"等等。从"清单"中可以看出，有些墨现在已经没有了，比如"黄红墨""紫玉光墨"等，当时就已经稀见，发展到现在，更是没有人制作也没有人使用了，偶尔在古玩市场淘到，也成了十足的藏品。我编印过常熟书法家葛丽萍的书法体《苏园六记》，她起初用普通黑墨抄写在白笺上，后来又用白墨，抄在黑笺上，更显得古色古香了。她使用的白墨，也罕有人使用了。

更有意思的是邓之诚所著的《骨董琐记全编》里，收有数则关于墨的相关文事和诗文，如《兖墨》一则："宋时最贵兖墨。王氏《坛录》云：'公在彭门，常走人取兖州善煤，手自为揉，妙为形体，光色与廷圭相上下。'晁氏《墨经》云：'兖州陈朗、朗弟远、子惟进、惟怡，与易水奚并称。'东坡云：'兖人东野晖所制墨，每枚必十千，信非凡墨之比。其法以十月煎胶，十一月造墨，以不用药为贵。自泰山徂徕龟蒙凫峄，以及密州之九仙山、登州之劳山、皆产松，总谓之东山。东山之松，色泽肥腻，质性沉重，品惟上上，今制法失传，虽语士夫，亦不能知矣。'"可惜一代名墨，莫名其妙就失传了。又有《明墨》一则，引《帝京景物略》，更是列数了多种名墨："御用内墨，则宣德之龙凤大定、光素大定（青填、金填，大明正德年制，字另有朱、蓝、紫、绿等定）外，则国初之查文通、尤忠迪（碧天龙气、水晶宫二种）、方正（牛舌墨）、苏眉扬（卧蚕小墨），嘉万之罗小华（小道士等）、汪中山（太极十种、玄香太守四种、客卿四种、松滋侯四种）、邵青丘（墨上自印小象）、青丘子、格之、方于鲁

（青麟髓等）、程君房（玄元灵气等）、汪仲嘉（梅花图）……"这些名人名墨在明朝都有很大的影响,直至影响了后代的墨工。

笺谱

喜欢花花绿绿的笺纸，说起来，是在年轻时读了黄裳先生的有关书籍，知道在这种古雅的信笺上抄写诗词，是古代文人间通行的做法，为一大快事。读鲁迅、郑振铎文章，还知道这二位大师在新文化运动时期，收集过各种古笺，印了一本《北平笺谱》，印工极精，印量极少，扉页题字为沈尹默。全书共收笺谱332幅，分六册，"画师刻工，两俱列名"。鲁迅和郑振铎各有一序。鲁迅的序由"天山行鬼"魏建功书，郑振铎序由郭绍虞书。鲁迅在序中说："……及近年，则印绘花纸，且并为西法与俗工所夺。老鼠嫁女与静女拈花之图，皆渺不复见；信笺也渐失旧型，复无新意，惟日趋于鄙倍。北京夙为文人所聚，颇珍楮墨，遗范未堕，尚存名笺。顾迫于时会，苓落将始，吾侪好事，亦多杞忧。于是搜索市廛，拔其尤异，各就原版，印造成书，名之曰《北平笺谱》。"我对书法是大外行，自然没有资本在八行笺或水印花笺上抄诗写字，却喜欢买些信笺收藏着玩。2011年春夏两季，我在北京写作一段时间，曾数次跑到琉璃厂，挨家纸店里搜寻信笺，每次都有所收获，有暗格，有明格，有水印，有套印，更有暗花、飞鸟。有一种是上等白宣印的齐白石花卉，十分素净淡雅。这些信笺，形状也大小不一、肥瘦不等，但比例都出奇的协调、好看，纸的色泽也柔和、养目。我还淘有一种六七公分宽、30公分高的云彩头蓝笺，瘦长条形，十分高古，仿佛不是用来写字的，藏起来把玩倒是更合适。

红学泰斗俞平伯，早年就和老师周作人通信，集有信札百余通，俞平伯仔细装裱有三大册，自制封面，上有签条，书"春在堂藏苦雨翁书札"。上海译文出版社曾出版一册《周作人俞平伯往来通信集》，收入书信391通，其中，周作人致俞平伯210通，俞平伯致周作人181通。最早的一封信，是俞平伯致周作人的，时间是1921年3月1日，最晚的一封信，也是俞平伯写给周作人的，为1964年8月16日。这些书信，谈什么的都有，有谈论创作、讨论学问的，有嘱写序跋的，有借书还书的，也有说一些家常话的。信中提到的名人更是不计其数，我们熟悉的就有蔡元培、钱玄同、胡适、叶圣陶、废名、朱自清、刘半农、马幼渔等数百人，大都是文学界、教育界、学术界的重要人物，谈论的话题，也涉及很广，社会的、个人的、家庭的，正如编者孙玉蓉在后记里总结的那样，"足以反映那个时代的社会形态、文化背景、教育状况、学者之间的交往以及他们的学术观点和文化追求，

展现了他们及其周围人们的生活图景"。也是这位俞平伯,还送过一匣"古槐书屋"制的笺纸给老师周作人,周氏还专门写篇题识记述其事,该文收在《书房一角》时,改名为《题古槐书屋制笺》。文中说:"昨晚平伯枉顾,以古槐书屋制笺一匣见赠,凡四种,题字曰,'何时一尊酒','拜而送之','企予望之','如面谈',皆曲园先生自笔书画,木刻原板,今用奏本纸新印,精雅可喜。此数笺不见于《曲园墨戏》一册中,岂因篇幅稍大,故未收入耶。而乃特多情味,于此可以见前辈风流,不激不随,自恰到好处,足为师范。观市上近人画笺,便大不相,老年不一定少火气,青年亦不一定多润泽味,想起来极奇,或者因不会与会之异乎。此笺四十枚,随便用却亦大是可惜,当珍藏之,因题数语为识。五月二十日。"周作人和沈启无的通信当中,也多次提到画笺、诗笺,如1933年3月31日信中说:"在清秘买得旧王孙画笺,原画相当不恶,惜刻印不妙,未免减色耳。从杭州得《百廿虫吟》系咏虫者,差可消遣。"看看,信中不但跟学生介绍了信笺,还有评价。

因为喜欢信笺和信笺上的书法(当然也喜欢这两位大名家了),买了这本《周作人俞平伯往来书信集》,其次才是喜欢书信的内容,做写作的参考用。在书房发呆或饮茶时,我经常把这本书拿出来,观看书中近百幅信札书影,真是百看不厌。这些书影,写在各式各样的信笺上,两位大师好像比着谁家藏的信笺多似的,几乎每封信都换一种,而且有的还很有来头，比如俞平伯的，有几种信笺，应该是俞家独有，如1931年9月15日用的信笺上，就有"曲园制"的字样，1935年1月上旬的信，笺纸上也有"曲园"二字，这可不得了，俞曲园是俞平伯的曾祖父，清末大儒，已去世几十年，此笺早成一宝了。又如1932年2月3日，周作人致俞平伯的信笺上，有"苦雨斋"三字。"苦雨斋"是周作人的书房名。从这些用纸上，可见二人是何等的讲究了。更讲究的是，二人还经常在书信上，吟有图章，也是五花八门什么都有，有的是名章，有的是别号、闲章，等等，有一封周作人致俞平伯的信上，居然吟有四方小印。数十年间，周俞二人的友谊、情趣，都通过这些书信，自然地流露了出来。又由于二人都是文章好手，诗词名家，书信上所涉及的内容，常常风趣雅致，有时也交换品尝书画方面的心得体会，或互赠诗词作品，再配上那些雅致的信笺，看是一封普通的信，却是集美笺、书法、印章之美于一身，高级得不得了，我每每翻看时，心情都十分愉快。

好友葛丽萍是书法家，写一手漂亮的小楷。我约编她的一本书稿时，她附有一信，也是写在仿古笺纸上的。娟秀的小楷字和古意的小花笺，让我仿佛回到了前朝。由此，我还专门打电话给她，请她再用各色笺纸给我书写几幅小字。不久后，就收到她抄录在信笺上的几幅书法小品了，书写的是她自己的诗词，笺和书法十分搭调，特别秀雅。后来，她自己一有余暇，就用好看的笺纸抄自己的诗词，可把玩，也可赠送亲友，算是很雅的休闲了。还有一事，也麻烦了葛丽萍，就是我策划的"回望汪曾祺"丛书中，有我一本《读汪小札》，需要抄录汪曾祺的几首诗，做图书的插图用。葛丽萍的小楷书法非常合适，她也非常用心地用四种不同的花笺抄录了四首汪曾祺的诗。《读汪小札》出版后，我留下这四小幅作品，笺纸精美，小楷高古，加上汪曾祺的诗，成为我笺纸收藏中难得的上品。

广陵书社的特色是雕版印刷，该社印制的雕版精品《十竹斋笺谱》影响很大，承曾学文社长送我一套二十张，深蓝色涵套装成一涵，我当宝贝珍藏起来。该套笺谱纸好，图精，可用，也可欣赏。雕印的图画，有的和书房有关，如"青灯""尚发""达旦"等，都有一书一桌，配以小插花；有的和园林有关，如"雎鸠""带雨""如兰""篱菊""聚翠"等，或几枝墨竹，或一块太湖石，或一竹篱小景，都很可看。

书房藏几涵美笺，闲来独坐，翻翻看看，浮生栗六，聊遣疲累吧。

瓶供

我给我潜居北京的小区书房，起了个风雅的名字，荷边小筑。所谓荷边，是因为小区的绿化休闲区域，有一汪池塘，池塘里有荷，有睡莲。而我在书房的阳台上，又正好能看见荷塘的风采。春夏之际，我喜欢站在阳台上向荷塘里眺望，那一片绿，特别惹目，也非常养眼，更让人心情舒畅。但我并不满足，又在窗台上，大大小小安置了许多绿植，其中就有并排的六瓶绿萝，牵牵扯扯、拖拖拉拉，把小筑装点得生机勃勃。

绿萝这种植物，好养活，对环境、容器、土质都不介意，有水就行。就算是新插，不消几日，就发须甩芽——似乎先发须再抽芽，其茎的水下部分，生出许多细细的小须，白色，每日都肉眼可见它的疯长，由短变长，由细变粗，也由白变黄褐，待到根须在瓶水里开始发势盘旋的时候，叶茎才开始生长，抽出新的芽叶，且势头强劲。

和大多数长期伏案的脑力工作者一样,我喜欢在书房里,写字台上,放一两瓶简单、易养的绿植,成天地看着它慢慢生长,或浇水、添水,或剪枝、修叶。有点事做做,可以打破居家的单调,免得乏味无聊,也可以休息休息脑子,调剂一下紧张的情绪。在公司的办公桌上,我也供养了一个瓶子,插着三枝草,一枝是小棵的吊兰,两枝是泡叶冷水草。以吊兰为核,两支泡叶冷水草为辅,一枝直立,一枝顺着瓶子弯曲,做成有高有低、有直有欹状,有点小小的造型,也透出了别样的小情趣。

我这里所说的瓶供,和通常的瓶供略有差异。习惯上的瓶供,实际上是一种插花,那也是讲究各种审美和技巧的。微信朋友圈里,有不少爱好者会晒出一两张图来,都各有各的情致。比如有人喜欢在盛夏供百合,有人喜欢在寒冬供梅花。我就见过有人在黄瓷大胆花瓶里插荷花,一枝含苞待放的荷花,配两三片小荷叶,富贵而清新。梅花也同样好看,花要修剪,瓶要讲究,搭配要有那种感觉才得当。宋代有一诗人叫张道洽的,大约对瓶供很痴迷,做一首《瓶梅》诗,曰:"寒水一瓶春数枝,清香不减小溪时。横斜竹底无人见,莫与微云澹月知。"据说日本人最会玩这一手了,他们还称之为花道,形成一种艺术和产业。早在1808年,日本就曾出了一本关于花道的书,叫《瓶史国字解》,书中配了插花图谱二百多幅。书前序言说:"前者黎云斋者,据石公《瓶史》建插花法,自称宏道流,大行于世。"这里所说的《瓶史》作者，就是明代公安派小品文章的领袖袁宏道，他创造的插花法，即"宏道流"，是传到日本才发扬光大的。不过这种所插之花，看不了几天就得换一次。我这里所说的瓶供的绿萝，可以一年四季不用换的，亦可称水养的绿植——窗台这六瓶绿萝就算此列。

　　再说这六个瓶子，也有点来历，是去年秋冬时，办公室的同事和我"以物换物"交易来的黄桃罐头。罐头里的蜜汁黄桃吃完了，瓶子舍不得扔，便洗净，装上水，剪来绿萝，每个瓶子里插四五枝，历经大半年，疯疯傻傻、自自然然地疯长，毫不谦逊和客气，却有一种特别的清新脱俗、风雅无边。

　　如前所述，这种瓶供好养活，就算出差几天也不用担心它缺水。一瓶水，足可供它吸收两三个月了。但，它的存在和不存在，还是大不一样的，如果工作累了，或在写作时遇到瓶颈了，我会经常坐在客厅的沙发上，以放松的心情，看窗台上一溜排开的六个瓶供，看它们的郁郁葱葱，欣赏它们的绿意和生机，一些问题，突然间就会想通了。连带的，也会想起以物易物的同事之谊。

古砖

我对于古砖的最早的印象,是在东海县上房村的舅奶家,住在东房的舅老太太(我母亲的祖母)有一个咸菜坛子,坛子下边就垫一块古砖,不知是哪朝哪代的,笨而拙,没有图案却光滑如镜。小时候没有东西玩,我会把咸菜坛子搬下来,把古砖挪到一边,看看下边有什么东西——希望是有老鼠洞的,往老鼠洞里灌水,是我们爱玩的游戏;或者能捉住一只"土鳖琐"或一只蝎子,也会让我们惊喜异常。蝎子会螫人的。但我们不怕,用瓦片按住蝎子的前半截身子,看他撅着屁股上的毒针到处拭探,便把另一个瓦片送给它螫几下,也很好玩儿。

可惜,古砖下什么都没有,有些失望。

说起古砖,自然会想到鲁迅先生那两篇著名的文章《论雷峰塔的倒掉》和《再论雷峰塔的倒掉》了。"雷峰夕照"是西湖著名的景点之一,其塔身的主体结构就是砖,所以又叫"西关砖塔"。历代以来，雷峰塔屡遭不幸，特别在明代的嘉靖年间，入侵东南沿海一带的倭寇围困杭州时，纵火焚烧了雷峰塔，把木结构建筑全部烧毁，只剩下砖砌的塔身，从此，苍凉、残破的古塔风貌就成为人们日常的印象了。又不知什么时候起，民间流传古塔的塔砖能辟邪，具有"宜男"和"利蚕"的特异功能，于是古砖遭到多次盗挖，终于在1924年9月25日那天轰然坍塌。雷峰塔坍塌时，适逢俞平伯及其家人住在西子湖畔的俞楼，俞平伯的家人目睹雷峰塔全圮的过程。俞平伯闻之后，跑出门来看，还看到未曾消散的烟尘，便和家人乘船去现场观看。现场已是混乱不堪，许多人在疯抢古砖和塔上的文物（经卷），俞平伯也捡得一块断砖。雷峰塔的塔砖虽不像民间传说那样灵通，但也块块是宝，藏在砖中的多部经卷，更是宝中之宝，如秘藏的《一切如来心秘密全身舍利宝箧印陀罗尼经》就是借雷峰塔的倒塌而面世的。雷峰塔倒塌之后，引起全社会的关注和议论，远在北京的鲁迅都按捺不住写了文章。近在咫尺的俞平伯也写了几篇，其中《记西湖雷峰塔发现的塔砖与藏经》一文，发表在1925年1月10日出版的《小说月报》第十六卷第1号上，后来又收入散文集《杂拌儿》一书中。1924年10月4日，俞平伯在致顾颉刚的信中，讲述了9月25日雷峰塔坍塌后的所见，云："发见古物不外两种：（A）塔砖。无甚佳者，大小不等，上有黄泥，砖并不作红色。砖大概有三种：（1）有孔无字的。孔不贯通，系以皮经者。（2）无孔有字的。字大半系砖匠姓名。弟所得一,边有'上官'字,兹将拓本呈览。但弟曾见一砖,上有'吴士吴妃'四字,却甚别致,不省其故。(3)无孔无字的。此疑是后人修塔用品,不敢必为当年物矣。(B)塔经。此俱系《陀罗尼经》小卷,粗如拇指,长约二寸弱。全整者颇少,弟得见而力不能得。"俞平伯对塔砖及所藏经卷的描述,让读者能大概知其一二,还是比较细致的。此后,俞平伯为纪念岳父,又作长诗《西关砖塔塔砖歌》,这是借古砖对故人、亲人的怀念。或许是在对雷峰塔古砖的研究中对于古砖发生了兴趣吧,1925年5月24日晚上,俞平伯去八道湾拜访老师周作人,畅聊过后,顺便借去了周作人的一块永和砖,在家观赏把玩了一段日子,直到6月19日下午才奉还,奉还之日又借去了凤凰砖和大吉砖继续观赏。而到了6月21日,他又很有兴致地为朋友所藏的美人画砖拓片作跋文一篇,发表在7月13日的《语丝》周刊第35期上。俞平伯在跋文中说:"砖上有这样美丽的画是很少看见的。原物既不在本国,故拓本更觉可贵了。"又考证说:"这些都是墓砖,与俑之功能相似。……此殉葬之遗意也。意故愚陋,而物品制作却精,……这实在比目经流行的纸扎童男童女高明得多。"俞平伯在这段时间内,对古砖可谓有了不小的兴趣。

我对古砖原本没有兴趣,现在也没有。但我有一块古砖,是南京城墙博物馆的朋友送我的,已经是好多年前的事了。那段时间,儿子陈晓岩在南京读书,我经常去看他,也经常和南京的文友相聚,在朋友们的陪伴下,游荡于南京的各个景点。玄武湖及其周边,便是常去的地方。有一次,我和作家L走在玄武湖边的古城墙下,还说到毕飞宇的短篇小说《谁在深夜里说话》,议论这篇作品为什么会以古城墙的废墟为背景,是不是有特殊的寓意,等等。古城墙在台城的那一段,是可以爬上去走走的,大约有好几公里长。我们走在城墙上,一边散步,一边小谈,能看到鸡鸣寺的钟楼和宏伟的大殿,能看到玄武湖的碧波和柳色。我们扶着古城墙的墙垛,看近处的湖水和不远处的青山,指指点点,遥想古人,忽然又都长时间的默不作声。L突然轻轻背诵了一首古诗:"江雨霏霏江草齐,六朝如梦鸟空啼。无情最是台城柳,依旧烟笼十里堤。"瞬间,我们就被诗中的情绪所感染了。历史的演绎,朝代的更换,确如梦幻一般,再看看城砖上的那些铭文,那些纪年,那些地名、人名、官职,不禁感叹光阴流水,世事如烟。说来有趣,当我们走进城墙博物馆参观时,同时想到了我们那位共同的朋友,于是便去拜访了她。她是研究城墙和古砖的专家,由她给我们一通讲解,我们对古城墙和城砖的历史都有了个大概的了解。临别时,她送了我一块城砖(仿品),上边有详细的砖文,洪武某年某月某州某县某官,写得清清楚楚,意思是某官监制的砖。写上这个,就等于签了名,立了契约,相当于现在的岗位责任制,对所提供的城砖要负责的。

2018年7月,利用在深圳参加书展的间隙,和作家徐东先生及作家远人先生相聚了几次,相聊甚欢。21日那天,徐东邀请我们去他的收藏家朋友孙瑞强的工作室茗茶小坐。孙瑞强的工作室，名号很高大上，曰"天宝斋艺术馆"。也确实够"馆"的规模，收藏的多种古代杂件、古籍、奇石无数，其中大部分是有价值的珍品、异品。但最吸引我注意的，是那七八百块的古砖，码在艺术馆进门内侧，成了一面迎宾墙。古砖上都有文字或图案，图案有祥云，有鱼状的，有龙状的，还有八卦的图形，其中有一块，密封在玻璃柜子里的，最珍贵，古砖边款有"永和九年七月韩平作"的字样，不知道和俞平伯从他老师周作人处借走的永和砖有何区别。我们都知道永和九年三月上巳这一天在中国书法史上发生了什么，一大群文人在兰亭搞了个曲水流觞的游戏，饮酒赋诗，这才有天下皆闻的《兰亭序》，能藏有"永和九年"的古砖，其联想的趣味大抵不低于收藏的意义吧。孙先生古砖的宝物很多，另有一块砖质的地契，价值不可估量。我们都知道，地契一般都是纸质的，一式两份或三份。但纸质的地契容易破损，也怕水火虫蛀，不宜长久保存。有钱的大户人家，为了安全起见，才用一块古砖，用朱砂把地契的内容写到砖上，埋藏起来，就可永久保存了。孙先生告诉我，他收藏的古砖太多，没有时间整理加注，只能这么收藏着，不能供人参观。听话听音，他的口气中，还是带有一丝遗憾的。

　　古砖也是可以制砚的。有些古砖历经上千年，已经化石化了，但在制砚的时候，也要加以技术处理的，比如用糯米或者油、腊一起加温、煮沸，反复数次，使这些东西里的物质填满细微的砖缝，使古砖更加结实耐磨。古砖制的砚，其型有多种，有的以原砖制作，砖的古拙和边纹得以保留，高古淳朴，有沧桑感；有的取其一段，雕以不同的造型，再雕些吉祥文字或饰纹图案，显得灵气十足，极有玩赏价值。用古砖制砚，从唐代就开始了，一直到清末民初，历代都有发展。特别是清人朱栋，不但玩砖砚，还著有《砚小史》，他在文中说："阿房宫砖砚为蜜蜡色，肌理莹滑如玉，厚三寸，方可盈尺，颇发墨。"据史料记载，秦汉时代烧制的砖，那是非常考究的，比如曹操建造铜雀台时，相传制砖的泥料，经过多道工序澄滤后，还要加拌胡桃油、黄丹和铅、锡等添加剂烧制。这样的砖，质地非常坚固，不易破裂和风化，再用它来制砚，不仅细腻光洁，不渗水，发墨好，还特别实用。所以，古代文人，嗜好砖砚者很多，有的干脆以古砖砚来命名自己的书斋，清代学者阮元、张廷济，每人都藏有汉晋古砖八块，分别把自己的书斋命名为"八砖吟馆"和"八砖精舍"。所以，《西清砚谱》卷二中，将汉砖砚列为砚林精品之一，记载的砖砚共有四方，即：汉砖多福砚、汉砖石渠砚、汉砖虎伏砚、魏兴和砖砚。可见汉砖砚在清人心目中的地位了。近代书画大师吴昌硕也是汉砖砚发烧友，收藏汉砖砚甚多，有诗曰："缶庐长物唯砖砚，古隶分明宜子孙。卖字年来生计足，商量改作水仙盆。"鲁迅先生不仅爱抄汉碑，对汉砖砚也是情有独钟，当年在上海和弟弟、弟媳妇吵架，负气离家出走时，什么都不要，怀抱一块砖砚而出，成为一时佳话。在孙瑞强的天宝斋艺术馆里，孙先生也给我展示一方砖砚，砖砚的两侧和背面均有图案文字，既有古朴美，又有装饰美。至于有人把古砖挖个槽，养水仙和菖蒲，那又是另一种境界了。

关于古砖的话题，还能延伸很远，比如根据古砖上的文字和图案，可以考证出那个时代历史文献中没有记载的地方史料和风俗民情，等等，这些，就不是本文要叙述的了。

书　橱

美国作家亨利·彼德洛斯基在《书架的故事·序言》里说："我感兴趣的不仅是存放书的书架，而是书架本身作为一件工艺品使我产生了好奇。于是一个疑问引来了另一个疑问。我开始在书里寻找答案。是书引导我来到图书馆，图书馆里自然有很多书架。我发现，一个制作简单、很实用的书架，其发展演变与书本身互相缠绕，构成了一个奇特、神秘、引人入胜的故事。"接下来，作者就结合自身的阅读和在图书馆查阅的经历，从"书架上的书""书和书店""书架工程学""移动的书架""靠墙的书架"等不同的角度，洋洋洒洒写了二十多万字，把我们带进了一个迷人的书架世界。

书房里除了书，最显眼的，当然是书架（橱）了。据我了解，书架的功能，大约有两种，其一为实用，其二为装饰。

单从实用角度讲，书橱的层数自然要多，"顶天立地"式为最佳，一般可做七到八层，八十厘米宽为宜，放书不至于弯曲变形，也便于让"书儿们"呼朋唤友、类聚群分，更便于检索和运用。我所经见的许多"贵人"的书橱大都非常体面，有的做成一面墙，有的做成三面墙。但是，很多人的书橱里放些与书无关的摆设，真假古董，装饰造型，仿真花卉，有的还当成了酒柜，插满各种名酒，抢了书的风光不说，还让朋友们一眼识破此非读书人也。即便有几套豪华书，也不过和酒的功能一样，装点门面而已，而非"黄金散尽为收书"了。奇怪的是，凡真正以书山为径、以读书为业的书虫，其书橱大都比较简陋，书也是以平装书居多。而备有华丽书橱和豪华套书之流，往往又不是读书人，正应了古人"原来官场不读书"的俗话。当然，书房不应该千人一面，个性自然是和书房主人相匹配的。《开卷》杂志的封二上，每期刊有现代文学名家的书房照片，大致上能了解他们的书路历程。比如庞朴先生，喜欢在书房里适度摆些花草，这一方面是他惯常的爱好，另一方面可以增加读书的情调；大出版家范用先生，可能是书太多的缘故，喜欢把书一叠一叠地摞起来，有坐拥书山之感；何满子先生的书橱里很"干净"，很整齐，书都像是梳洗打扮过一样，排列有序，书橱里不插杂件；于光远和严文井先生喜欢在书橱里摆上自己不同时期的照片；章品镇和黄永厚先生的书橱看起来是太拥挤了，有空的地方都塞满了书刊，而且拖泥带水到处都是……早在七八十年前，周作人先生在《书房一角》里套用"前人"的话说："自己的书斋不可给人家看见，因为这是危险的事，怕被看去了自己的心思。"老先生进一步阐述道,"这话是颇有几分道理的,一个人做文章,说好听话,都并不难,只一看他所读的书,至少便颠(掂)出一点斤两来了。"所以,做书橱之前,还是要想想清楚,书橱是做什么用的,如果是为了装饰,你大可以在"装"和"饰"上下功夫,如果是为了"用",就要多考虑"实"了。

我的书橱,是经过几个时期的演化的。初级阶段时,我才二十岁,只有一个书橱,约有一米四五的高度,直上直下两扇门,是我父亲亲手做的,木料也是家里的杂木。书橱虽不大,也遵循了放书多的传统,格和层较密,能吃很多书,我在1983年以前购置的书和杂志几乎全装进去了。1986年我离开家乡外出谋生时,书橱和大部分书都放在老家的堂屋里。在外漂泊的最初几年,我心里一直惦记着存放在老家的这批书,明知并无名贵版本和出奇之书,但毕竟是自己亲手挑选的,心底里那一点文学的营养和底肥,大都来自这些书刊,感情上舍弃不下。到了1990年我在新浦赁屋居住,历年积攒的书堆得到处都是,从单位宿舍搬家的当天,第一件事就是到市场买了两个书橱,总算解了"燃眉之急"。随着时间的推移,书也越聚越多,书橱也陆续添置,1997年年底我从赁租地搬到河南庄新居时,书橱已经增至八个,各种书籍5000余册,还有大量杂志。这应该是第二阶段。第三阶段是2002年,因这几年又新购许多书,除了书橱里层层叠叠塞满了书,墙角、桌肚、储藏间里也是书满为患,所以在这年的夏天装修房屋时，首先考虑的就是书橱问题。于是到朋友家参观，看家具图册，最后选定了样式，在装修房屋时由木工做成。新书橱为十二组，上下开门，占了四面墙，位置固定的那种，不能移动，另外又做了两个能移动的书橱。上书时，有意淘汰了一些看似用处不大的书，但还是没有把家里的书全部安排进去，依然堆得到处都是。有一年《苍梧晚报》的记者去我家采访，要发一组作家书房的照片，我本想收拾一下，记者不允，说就这样好。于是，见报时，我的书房的乱、堆满一地的书和书中间只够一人通过的小道，一时间成了朋友酒桌上的笑谈。如今是第四阶段了，我的书已有近两万册，除了部分是朋友赠送而外，大多是我多年来精心挑选的，可以说都是我喜欢的书，也有一部分是我近年来策划出版的书，比如《王干文集》《范小青文集》《白化文文集》《黄蓓佳少儿文集》《金曾豪少儿文集》等名家文集，还有"回望汪曾祺"系列、"回望朱自清"系列、"回望周瘦鹃"系列、"走近鲁迅"系列、"紫金文库"系列、"中国书籍文学馆"系列、"名人与生活"系列，等等。这些书的存放一时成了问题。最苦恼的，莫过于在查一个资料时，明明知道在一本什么书上，或某个作家的书里，但就是找不到书，因为书已经堆积成山了，"挖山"取书，实在是一件难事。好在不久之后，我就搬到了秀逸苏杭的新居。新居的书房足够大，有七十多平方，我又可以做书橱了。我开始的规划是把所有带墙的地方都变成书橱，而且要用老船木来做。我去家具厂看看，打打价，退缩了，因为太贵。最后还是到店里定做，共十八组，本着也是层多的原则。后来书还是没有完全安置进去，没办法，又从河南庄老宅搬了几个旧书橱来。为了这个事，和家人还闹了意见，本来是所有家具都是新置的，偏偏要那几个旧东西。旧东西好啊，至少我自己创作出版的四五十种书，我编辑策划的几百种书和收有我自己文章的书，能够集中归放到一起了，书和书们相互亲切，我看着也舒服。

有许多人写"我的书房"一类的文章，有人还编集出版，我手头就有好几种（如董宁文编的《我的书房》）。我写书橱，实际上也离不开书房。书房一方面是让书有个理想的归宿，主要的，是让主人在读书、用书、写书、编书时有个安身之处，也是主人休息和思考的绝佳场所。别人的情况我不了解，就我而言，写作累了的时候，我喜欢把书搬来插去，给书大致归类。有时候，觉得这样归类合适，可过一段时间，又觉得这样更妥。在搬书插书时，心会随着书而动，某些久违了的书名或作者往往趁机打扰我的心思，让灵感为之一动，抽出一两本来，随意翻翻，不经意间就发现了"新大陆"，于是一篇"书话"的雏形就立现了出来。另外，在书房里读书思考、构思写作，其心态不但安定而踏实，同时，周围的书仿佛也在和自己做真心的交流。更为重要的是，这些书，对我搞图书出版的策划，提供了很好的资源。

谈书橱离不开书。因人而书，因书而人，因书人而书橱，最后的境界应该是，只见书而不见书橱。

书灯

> 唔呀声里漏声长,愿借丹心吐寸光。
> 万古分明看简册,一生照耀付文章。
> ……

这是元人谢宗可的《书灯》诗,诗中的精髓,早已经成为读书人清贫自持、荣辱不惊的典范,并为读书人所乐诵,书灯也成为读书人常相厮守不可或缺的用具。邓之诚在《骨董琐记》里,也录有一首《沈锡读书灯歌》:"循初来自由拳城,袖中贻我长明灯。方如方壶净如雪,垂领如舟亦如舌。南油中注无赢余,夜夜玉虫烧不竭。我闻欹器半列平,过分以外多覆倾。兹灯何能独持满,汪汪千顷含澄清。亦闻鸱夷以酒进,宛转灌输流不尽。兹灯何无灌输劳,爇火终宵有留烬。由拳巧艺天下稀,兹灯规制尤神奇。况是东阳裔孙作,锡经百炼莹䴋鹈。由拳当年谁超出,朱氏银工杨氏溪。枯槎杯斝势连蜷,枪金盘也绘纤悉。千百流传一二无,锡工唯剩黄家壶。纷纷土物各宝贵,声价不减张铜炉。后来之秀沈为最,拟并前贤跨侪辈。雁足无光凤胫残,书台唯尔堪长对。歌成街鼓报三更,帘底疏烟一穗青。却忆辛勤车武子,宵深何处拾流萤。"

老实讲,书灯的实用价值,远没有它的名称让人容易浮想联翩。书和灯,真是有着不可分离的情感,传递了多少莘莘学子求学问道的艰辛历程。还有什么灯比书灯更明更亮的呢?它照耀的,不仅仅是读书人普通的读书生活,同时也照耀着读书人前边的路,并牵引着读书人一直顺着书灯的光芒走下去,直到走进知识的圣殿。

我的家乡是穷乡僻壤,我初中毕业的1979年还没有通电,在故家的老屋里,我就是靠着一盏煤油灯来完成最初的文学阅读,萌芽了对文学的迷恋,获取了走进知识殿堂的钥匙。想想当年,冷屋秋寒,孤灯黄卷,一个少年在昏黄的煤油灯下,贪婪地阅读一本本文学名著,并被作品里的人物深深地感动。灯,成了我的"伴侣",那是我自制的灯,一个蓝墨水瓶,一枚铜钱,一根灯芯,半瓶煤油,就在我的鼻子底下。灯火很小,散发出一种特殊的煤油味儿,说来奇怪,我喜欢这种气味,它是煤油经过燃烧而发出的,刺激,怪异,让鼻孔有些痒,心灵反而更加安静,很适合阅读。那一本本卷边掉页的书,一行行熟悉的方块字,在昏黄的光影里闪烁着智慧的光芒。就是在这样的苦读中,完成了我人生最初的启蒙。每当凌晨来临,我的鼻孔里都会被煤油灯熏黑,用手一抹,手指头都变得黑油油的了。其实在此之前,我有一盏很"高级"的灯,叫罩灯,有漂亮的玻璃灯罩,灯芯还可以根据需要由一个小齿轮调大调小,灯光也便忽明忽暗。隔一两天,我就会把灯罩擦擦,让它始终保持洁净。但是,好景不长,被一只调皮的猫碰到地上,连同灯罩一起,全摔坏了,煤油还淌了一地。为了防止猫再搞"破坏",我用泥巴,给我自制的煤油灯做了个底座,从此就很稳了。我这盏书灯,虽然丑陋些,却很实用。缺点是,灯芯直接从铜钱眼里穿出来,容易结灯屎(灯花),影响发光,豆大点的灯火还因此而易歪到一边。每天晚上,我在点亮它的时候,想起我本家的一个年老的长辈,他手巧,会柳编,也会扎纸,还会木雕,他家有一盏自制的煤油灯,灯芯的构造挺"洋气",也是铜钱做盖子,不同的是,它是三四枚铜钱,厚厚的,叠在一起,关键是,在铜钱的眼子上,装一个自行车的气门芯,铜的,棉绳的煤芯从气门芯中穿过,灯头就不结灯屎了。有很长一段时间,我特别眼红他家这盏灯。想着这盏灯会省油,亮度会更大,就由不得心向往之,就会想起我曾在父亲工作的废品收购站里看到过的一盏铜灯。那盏灯太漂亮了。现在想来,那真是一件工艺品,全身都是铜的,造型别致,灯肚子上还刻着花纹,只要穿上灯绳就可以用了。我把玩了它好几天,真是爱不释手。可我父亲早早就关照我说,这是公家的东西,玩玩就要放回去。直到很多年后,我在济南的山东博物馆里,欣赏到多盏馆藏的古灯，计有北朝的瓷灯，还有汉代的青铜舟形灯和青铜雁足灯等，它们都特别贵重，可以说一盏灯的价值，就能敌得过一座城。但感觉还是没有我小时候在父亲的废品收购站看到的灯漂亮、珍贵，雕花的铜灯可能年代没有博物馆里的古灯那么久远，但造型和工艺却是古灯不能相比的。

"三朝元老谁伴我，一盏书灯六十年。"我的煤油书灯没有这么长久，大约两年后吧（约在1981年春），村里就通上了电，我有了有别于古人和土造的书灯。这是一盏长檠可以随意弯曲的台灯，灯头是螺口的，二十瓦，亮度是煤油灯的数倍。不消说现代化的书灯给我带来的兴奋，也不消说在这盏书灯下我读书用功的无数个漫漫长夜。非常幸运的是，1987年来到新浦以后，这盏书灯也被我带在身边，跟着我搬了多次家，直到1997年，我搬进新居后才有新的书灯取代了它。那是一盏造型别致而新颖的书灯，看起来赏心悦目，而且有足够的亮度，灯光舒适，不会使眼睛感觉不适应。但是，不久之后，我又换了新的书灯，新书灯的好处是，灯头可以调节，方便将灯光照向需要的地方，由于是由多块透明板组合在同一根轴上，使得这盏书灯类似于书本的形状，而且各块透明板可以转动，位置可以互换，使得书灯可以变化不同的造型，在获得灯光最佳效果的同时，也可对周围的环境产生装饰作用。2017年年末，再次搬家。这次的居住条件得到了更好的改善，新居书房的书灯，又换了花样，是一盏纯白的台灯，造型特别简洁，方便自由移动，像手机一样可以充电，也可以接电源，开关是触摸式的，亮度可以自由控制，像个魔方一样，触摸亮了以后，如果长按，亮度会逐渐变强，离手后再长按，又逐渐减弱，特别神奇，我有时读书或写作累了的时候，会玩玩它，让它更亮些，或更暗些。不过这盏灯不是我一人独享了，因为我经常在外，加上书灯移动方便，小儿子巴乔常会拿到他的房间使用。

也许是人到了一定的年龄，总是有些怀旧吧，无论书灯如何出新，如何换代，最不能忘记的，还是故家老屋的那盏煤油灯。那是我自制的书灯。想起它的时候，书灯便在我心中点亮，在它的照耀下，许多陈年的往事会涌上心头，我的煤油灯，我在乡间看过的别家的煤油灯，都成了美好的记忆。此外，印象深刻的还有我小时候在舅奶（外婆）家看到的那盏怪异的灯。它在舅老太（我母亲的祖母）的房屋里，那是一间泥墙的东屋，墙很矮，门也矮，大人进屋都要弓身曲背才可。可能是为了增加屋里的高度吧，屋里比屋外要矮一尺多。舅老太的屋里总有一股奇怪的味道，我一般不去。有一次，舅老太喊我去吃东西，我便看到了挂在墙上的那盏灯，材料仿佛是瓦当（也可能是土陶），一个碗状的容器，碗盏边有个长臂，长臂上有个眼，挂在墙上的橛丁上。碗盏壁靠长臂处，有个洞孔，灯芯就是从这个洞孔穿上去的。碗盏里有半盏液体，不知是什么油，在那时，我就仿佛觉得不是煤油。后来读周作人的《鲁迅的故家》，有一篇《灯火》，说到的一盏灯，似乎有些相像："祖母房间里在辛丑年总还是点着香油灯的。这灯有好几种，顶普通的是用黄铜所制，主要部分是椅子背似的东西，头部宽阔，镂空凿花，稍下突出一个铜圈，上搁灯盏，底部是圆的铜盘，高可寸许，中置陶碗，承接灯盏下的滴油，以及灯花余烬等。"余生已晚，这种老式的灯盏自然是没有见过的。而我舅老太屋里的灯也不完全是周作人所描述的样子。只能说，过去的灯，就仿佛如今的台灯一样，有着各种变化的。

我不知道以后的书灯还会造出什么样的花样来。但我知道书灯将会一直陪伴着我。我不奢求写出日臻其皇的华章巨作，只要书灯不灭，我依然倾心相陪，无论我走到哪里，身处何方，它都是我心中的明灯，它的亮度将超过任何现代化的灯盏，一直照亮并指引我奔走在问学的小道上。

书 桌

有人说，书桌是安放思想和灵魂的地方。此话虽有些夸张，但也有一定的道理。试想一下，我们读书、写作或思考，大多是在书桌上才能找到灵感。我有一个作家朋友，如果不坐在自己的书桌上，根本不能正常工作。这当然是极少数了。但从一个侧面也说明书桌的重要性和特殊意义。

关于书桌，实际上什么桌子都可以当书桌来用的。甚至石台、花案、矮墙等都可以拿来当临时的书桌用，照样可以用来写字、画画、做文章。只不过加了个"书"字，桌子也一下子斯文了起来。我这里不想较真地去探讨桌子的历史，或书桌的历史。我所说的书桌，只和我的读书、写作有关。

我的第一个书桌，是父亲送的。

父亲在一家乡镇供销社废品收购站工作，他的宿舍，就在废品收购站门市部柜台后边的一个大房间里，南北都有窗户，北窗临街，南窗外是废品收购站的后院。那张写字桌，就放在床头的北窗下。这张桌子较大,俗称"两头沉",一侧是柜子,一侧是抽屉,从上至下四个抽屉可以把杂物分类。父亲爱读书,他会从收购来的破书破杂志里挑一些"好看"的书刊,一摞摞地放在桌子上,一有空闲就翻看。而抽屉里,也会放些他认为是珍贵的书,比如有一匣四卷本的雕版线装《诗经》,就在抽屉里存放很长一段时间。现在想来,那个木匣子,应该是红木的。

我星期天或寒暑假去废品收购站玩,也会看那些书刊。我坐在父亲的书桌前,一坐就是半天。父亲书桌上的书刊品种不少,除了《东海民兵》《黄海前哨》《解放军画报》《江苏文艺》等杂志,还有《回顾长征》《战地新歌》等书。我较早的课外阅读,就是《回顾长征》里的故事,《强渡乌江》《巧渡金沙江》《飞夺泸定桥》《过雪山草地》等书,我都熟读多遍。父亲的书桌上还有一些去头掉尾的书,当时不知道是什么书,我也会拿来看,被故事深深地吸引。后来才知道,那是《苦菜花》《林海雪原》,也有繁体字的《三国演义》和《水浒传》。征得父亲的同意,我会把书带回家看。记得有一次,是在暑假里,我带一本《欧阳海之歌》,在回家的路上一边走一边读。从父亲工作的地方,走到家里,有十公里路,其中有一段,大约有四五公里吧,是走在淮沭河的河堤上的。宽大的河堤上植满了密密匝匝的树,从张宅大桥,走到房东大桥,都是在浓荫里穿行,看不见太阳,特别凉爽。可能是书太吸引我了,我捧着书,慢慢走,慢慢读,感觉很惬意。有时候，也会停下来，看河里的帆船，看白帆上补着的大块补丁，会猜测这些船从哪里来，又到哪里去。也会被树上的鸟鸣所吸引，追逐着鸟跑上一阵。印象较深的，是爬到一处水闸上，坐在闸口边，双脚拖到水里，看看清澈的河水，读几页书。总之，这截路走完了，一本书也读得差不多了。

父亲不到五十岁就办了病退回乡，让哥哥去顶职。而我得到了父亲的那张书桌。我当时已经读初中了，也攒了一些书。书桌的柜子和抽屉里，都整整齐齐地塞满我自己买的书，印象最深的有《大刀记》《小兵闯大山》《万山红遍》，还有借同学桑锦洲的钱买的一本巴金的《春》。我把这些书像宝贝一样珍藏着，在抽屉上和柜子上都上了锁，谁都不借。几年以后，我结婚的时候，父亲又把这张书桌用砂纸打磨一遍，刷上紫红色的油漆，当成我们新婚的家具了。我最初的文学写作，就是在这张书桌上一字一字写出来的。

进城以后，我的写作，都是在缝纫机上。在缝纫机上写作，有点摆不开架势，稿子铺开来，两个胳膊搭在缝纫机上，总有些憋屈。我购买第一张书桌，已经是搬到新浦河南庄新居以后了，桌面是三合板的，超大的那种，也是"两头沉"，只不过是两头都是柜子，一直用了好多年。用电脑写作后，书桌的功能退化了不少，处理稿子都在电脑上。但书桌似乎是书房里不可或缺的家具，如果少了书桌，好像一篇文章缺少了文眼。在电脑上工作累了的时候，也会坐到书桌前看看书，拆拆邮件，翻翻杂志，消磨消磨时间。有一段时间，只有把书放在书桌上，泡上一杯绿茶，才像读书的样子。前年搬到秀逸苏杭后，旧家具全扔了，什么都是新做的，书桌也和橱柜一起，用板材做成最简易的那种，严格地讲，那都算不上是桌子了，连腿都没有，充其量就是用几块板材搭建的架子。但那不是书桌又是什么呢？我目前的书桌，就是这么简单，不要说"两头沉"了，连抽屉都没有。书桌上，除了必不可少的笔筒、茶杯和笔记本电脑外，常放的就是几盆绿植和瓶供了，如果有几本书或杂志，那也是临时拿来的。

回过头来再说父亲送我的那张旧书桌，它还在我家乡的老宅子里。

不久前，回乡办事，在老宅住了几天，看书桌已经陈旧得不像样子了，心中不免有些难过，它还认识曾经的主人吗？我在书桌前坐了坐，把抽屉一个一个拉开来，里面还有些三十多年前我使用过的老物件，零零碎碎的，有几张未用的邮票，一盒印泥，几根回形针，几个旧信封，还有一个笔记本。柜子里还有几本书，纸张已经变黄变脆了。我随手摸一本，是路翎的《平原》，竖排本，很厚。这是一本1952年出版的书，"刊行"者是作家书屋。封面已经掉了一角，封底也不知掉到何处。好在目录还完整，首篇就是《平原》，我数了数，有二十八篇小说。关于这本书，我已经毫无记忆了。但扉页上，分明钤了我的一枚图章。尽管记忆的河水开始回溯，也想不起来它是何时来到我的书柜里的。显然，这本书，应该是我从父亲供职的废品收购站带回来的。于是，我坐在书桌前，安静地打开这本书。我并没有读进去。我的思想，开始逆流而上，我的人生的起点和过程，都和这张书桌有着特别的关联，那些捧书苦读的夜晚，那些伏案写作的雨天，如涓涓细流，开始清晰地呈现了出来，变得花团锦簇、异彩纷呈了。

镇 纸

镇纸，是我书桌上的小物件，品种不少，有的是我从山上捡回的石头，也有从海边捡回的大贝壳，还有家乡朋友送我的水晶原石。这些镇纸，不仅是书房用具和摆设，同时也是艺术品，在工作疲惫的时候，可供清赏和把玩。

"镇纸"或"镇尺"一词的来历，大概来讲，是旧时文人时常把小型的石器、玉器、青铜器等放在案头上把玩欣赏，因为它们都有一定的分量，所以人们在玩赏的同时，也会信手用来压纸或者是压书，久而久之，发展成为一种文房用具——镇纸。古代镇纸大多采用兔、马、羊、鹿、蟾蜍等动物的立体造型，面积较小而分量较重，材质多为玉、陶瓷、铜等。明清两代，书画名家辈出，极大地促进了文房用具的制作和使用，镇纸的制作材料和造型也有了新的变化，材料除了继续使用铜、玉之外，还增加了石材、紫檀木、乌木、象牙等，形状大多为长方形，因为这个缘故，镇纸也常常被叫作压尺。据考证，镇纸正式进入书房，不会晚于南北朝时期，因为《南史》里有这样的记载："帝尝以书案下安鼻为楯，以铁为书镇如意，甚壮大，以备不虞，欲以代杖。"唐杜光庭在《录异记》的《异石》篇里说："会稽进士李眺，偶拾得小石，青黑平正，温滑可玩，用为书镇。"至于历代关于镇纸的诗词，就不计其数了。宋韦骧《花铁书镇》："铁尺平如砥，银花贴软枝。成由巧匠手，持以镇书为。弹压全繄尔，推迁实在台。不能柔绕指，方册最相宜。"宋张镃在《陆编修送月石砚屏》一诗中，有这样的句子："谁将作屏伴几砚，窗日互耀摇双眸。三山放翁宝赠我，镇纸恰称金犀牛。"宋薛绍彭《论笔砚间物》："研滴须琉璃，镇纸须金虎。格笔须白玉，研磨须墨古。越竹滑如苔，更须加万杵。自封翰墨卿，一书当千户。"元吴莱在《望马秦桃花诸山羡门安期生隐处》中有这样的句子："挟山作书镇，分海为砚池。残花锦石烂，淡墨珠岩披。"明曾棨《蓟门秋夜四首》其三云："彩毫银管墨花香，镇纸狻猊紫石光。欲试新来铜雀砚，临池塌得十三行。"明代诗人顾清有一首《书尺》诗："文木裁成体直方，高斋时半校书郎。坐摊散帙资弹压，风动残编待主张。叶叶展舒迎雪牖，行行指点照萤囊。但知持正无偏倚，尺寸何劳计短长。"明陆深《经筵词二十首》其九云："横经几子赭罗裙，小对团龙簇绣云。抬向御前安稳定，黄金镇纸两边分。"明梁以壮《镇纸》："久在虚窗用，狂风亦独任。虽无百里命，真有托孤心。轻薄非所贵，方棱不易寻。洛阳抄赋后，珍重到于今。"明末清初陈恭尹《镇纸》："刀锥皆见末，汝钝类模棱。及与飘风会，方多镇物称。卷舒劳重寄，著作得良朋。自古安刘者，都无文学能。"明末清初汪琬《春日偶成二首》其二："幽栖如逆旅，病骨是癯儒。汉玉雕书镇，官窑作唾壶。食常需本草，倦即倚团蒲。犹幸公租了，门前欠史呼。"

我的书桌上，有大大小小的各种镇纸，有一枚镇纸是从小区绿化地里捡来的。那是很久以前的一天了，我带五岁的小儿子巴乔散步。小区里有许多鹅卵石，散落在水池里或花坛边，儿子随手捡起一块石头，好奇而欢快地说，小兔子小兔子，多好玩儿。这是一块淡褐色扁圆形鹅卵石，表面如玉般润滑，一只红色的小兔子以奔跑的姿势处在中间的位置，形象极为逼真。巴乔把石头带回来，不久就玩腻了，我就把它拿到书桌上当了镇纸。还有一枚镇纸是在东海水晶市场买来的水晶原石，透明的晶体内，嵌着一幅山水画，山体、树木、云雾错落有致，精妙绝伦，更为神奇的是那挂瀑布，从一片翠绿的树林中奔腾而出，直挂而下，似有"飞流直下三千尺"的意境。

在我的书橱里，还珍藏一枚"镇纸"，那是父亲留下的遗物。这是一块黄杨木。黄杨木是一种上等的木材，坚硬如铁，不易变形。父亲手巧，年轻时就制作过"洋钱票"版，还刻印过门神，这些都是我国传统的雕版技艺。父亲还会做二胡，那也是一刀一刀精刻出来的。这块黄杨木，就是父亲用来制作二胡的琴轴用的。琴轴，是二胡的重要部件，有上下两个（又名琴轸），起调节音量的作用，上轴缚胶内弦，下轴缚绞外弦。黄杨木结实坚固，用它做琴轴，不易变形，调音也稳定，不跑弦走音。我父亲不知从哪里搞到这块碗口粗的黄杨木，用锯条小心地锯开，然后仔细地雕刻打磨，做成琴轴。父亲一共制作了三把二胡，一把送给了我小舅，一把送给了他的一位沈姓朋友，还有一把送给了我大哥。我珍藏的黄杨木，就是父亲制作二胡时用剩的木料。父亲生前一直把它当着宝贝，这里收那里藏的，去世后，就由我来珍藏了。黄杨木很沉，据有关资料介绍，碗口粗的黄杨极为罕见，要数百年才能长成。

我没有把父亲留下的黄杨木放在书案上，而是把它放在书橱里，每天，隔着玻璃，我看着它散发出金色的光泽，就会情不自禁地想起父亲。父亲拉二胡的技艺不怎么样，只会拉简单的民间小调，但他喜欢做乐器，年轻时还想做一把三弦，自弹自唱。我推想，父亲对乐器的迷恋，可能因为年少时做过音乐家的梦吧。

镇纸也成了会议的纪念品。2012年12月，我在上海参加第九届世界华文微型小说研讨会，会上发了一对红木镇纸，分别刻上巴金和柯灵的题字，巴金的题字是"讲真话，把心交给读者"，柯灵的题字是"微型小说，小说行中最少年"。巴金和柯灵当然不是专为镇纸题字了，但是把二位大师的字刻在镇纸上，并且用在这次会议的纪念品上，再贴切不过了。这样的镇纸，既实用，亦可把玩，更有纪念意义。

我有一个比我大十几岁的朋友，虽然不写文章，但对他父母留下来的几箱藏书特别珍视，也请我去观看过一次。藏书中，以他母亲的书居多，每本上都有签名或印章，也没有什么名贵的古籍版本，大多是二十世纪五十年代的书刊，也有几册民国期间上海出版的小说。这么多年下来了，经历了各种风风雨雨，能完整保存下来确实不易。但他本人有一件事非常在意，就是他小时候听母亲讲过，他母亲在读小学和初中的时候，不叫现名，还有一个曾用名字。他要写关于母亲的回忆录，却因这个事情的困扰让他心有不安，说每本书都查过了，都没有新的发现。有一天，他突然欣喜地叫我过去，说知道他母亲的原名了。原来，他把母亲用过的手表、钢笔、砚台、笔架、口琴，还有一些首饰等，放在母亲用过的一个匣子里。这次重新检视母亲的遗物时，发现一对铜质的镇纸。这对铜镇纸他早就知道，非常精，镇纸上的花鸟图案更是线条流畅，特别是几只小鸟，活灵活现，栩栩如生。他也特别喜欢，还拿出来玩过几天。这次重新查看时，发现镇纸的图案边上，有三个小字，原以为是镇纸上的原刻，这次看得仔细了，竟是后錾上去的，正是母亲的曾用名。这简直让他大喜过望了，当晚摆了一桌酒宴，以示庆贺。

镇纸

茶 承

"如果一座书店是你生活方式的组成部分,那么它一定缓缓流淌在你内心澄静的岁月长河里。每一本书,观照一座书店寂静生长的风景;每一道茶,记录每一个人心灵净土的归去来兮。"这是苏州上书洲书院老板袁卫东先生今天发在朋友圈的一段话,还配发有照片。九宫格里都填满了上书洲书店的风景,有书院的门厅,有书店的一角,其中的一幅照片上,有一个代表书院气质和精神的匾额,上书:"读书从来翻山越岭,喝茶过往万水千山。"据说是袁卫东自撰的。我曾在这块匾额下留过影。袁老板发的这组照片还有一幅书影,共三本,依次为《褒衣洒脱博带宽——六朝人的衣柜》《绣罗衣裳照暮春——古代服饰与时间》《黄沙百战穿金甲——古代军戎服饰》,仅从书名看,是很专业的"闲书",适合文人墨客一边饮茶,一边翻翻。一个木框里篏的白纸黑字的照片也颇有意味,云:"您距离宋人的生活图景,恰好一洲时间。"这句话很妙，有两个关键词值得揣摩和玩味，"宋人"和"一洲"，特别是后者，是借洲而周的意思。但是，最吸引我的，还是那几幅关于茶和茶器的照片。照片上的茶有"关山月白"，有"银针白毫"，有"诗礼传家"，有"境圆容相"，大多是老白茶。而各种茶器，汇聚于一幅照片中，有万山千山、目不暇接之感，壶、盏、盘、罐、缸、托，造型雅而变化多，材料、颜色古色古香、各各有味，既有实用价值，又有艺术观赏价值，看看就让人心情愉悦。最后，我的目光盯在了那只茶承照片上。茶承呈砖形，橘红色，带着许多古埃及器物上才有的图案，四边的花形，还有神兽，都有点原始感，夸张而不呆滞。茶承上坐着一把壶。壶也是很讲究的紫砂，端庄、大气，神采奕奕。

顾名思义，茶承，就是用来搁置茶壶的一种器物。从形状上来说，大致有这么两种，一种是敦实、材质比重较重的，比如石制、铜制、铁制、砖制、陶制等，有鼓形、圆柱形、正立方形、长立方形、葫芦形等；另一种是盘盏状的，圆形、椭圆形、叶形、六边形、梅花形等不一而足。这些茶承除专门制作外，也有利用现成物件，当作茶承使用的，比如一块平整的碎陶器，一块古砖，一块断砚，一块旧木器，一个机器零件，一块天然奇石，还有用小形石磨的磨盘等，有的拿来就用，有的略加整修。总之，只要看着顺眼，和茶室环境搭调，都可用来做茶承。

我书桌上的茶承，有过几次变化。早先是一块黄杨树的木段，直径有十四厘米左右，高六七厘米，原是父亲的遗物。由于黄杨木属于贵重木材，生长期漫长，很沉实，既实用，又养眼。后来换成一块大型柴油机的活塞。这块活塞是从旧市场上淘来的，和普通的活塞不太一样，活塞上布满大小不等的圆洞，看不出什么造型，但让人会想到毕加索那些变异的抽象作品。这块东西被一个爱好机械装置的朋友要去了，他换成一个石鼓给我，直径约十五厘米。这块石鼓的石料不过是普通的花岗岩，却雕了一圈共十二个动物，是十二生肖，雕工虽算不上精细，也能看出来是什么动物。这个茶承赢得了我许多朋友的称赞，有人要拿别的茶承跟我换，我都没舍得放手。

近些年，随着茶文化的不断普及，在许多朋友的工作室或书房里，见过不同的茶承。有一位老兄把一小形石臼倒扣过来，坐上茶壶非常的稳当。有一个朋友找了个旧时的门窝，虽然笨了点，因上面有一个臼窝和两个面上雕刻的荷叶浮雕，加上放在锻铜的工作室里，也很般配。常熟诗人王晓明喜欢饮茶，作为收藏家，他利用收藏的宝物来当茶承用，也是太奢侈了，比如他用清雍正哥窑瓷盆来坐壶，杯托是唐代越窑青瓷瓷片。他告诉我，喝茶不仅是喝茶，它是一种玩的方式，喝着茶，摸着那个瓷片，看着那个盆子，美好而又怡情。诗人陆大雁家的茶具中，有四个金丝楠木的正方形托盘，可当茶承又可当茶托，放在一张旧式的圆面藤几上，怎么看着都顺眼。配上后侧窗台和花架上的各色花草盆景，朋友茶聚欢饮,谈诗论文,也是不错的享乐。

在上书洲看到的茶承,每每都有说头的,都有一段故事,或一段传说。比如有一块材质也是花岗岩石头的,看似鼓形,实际上是一朵盛开的荷花的截段,浮雕状的一叶叶荷花的花瓣,层层叠叠,错落有致,算是茶承中的上品了。而它的前世,也会让饮茶者产生联想,生发出不一样的感怀来。上书洲还有一副茶联,挺有味,曰:一榻清风书叶舞,半窗明月墨花香。这是一副古人书房里常挂的联,就挂在摆满茶器的那面墙的两侧,和那些花样繁多的茶器互相辉映,恰好昭示了上书洲的茶书文化。

茶

明知写茶的文章太多,关于茶的诗词也数不胜数,不多我这一篇也不少我这一篇,之所以还要敷衍,是前边有一篇《茶承》,看着有点单薄。再说了,茶承都写了,怎么可以不说说茶呢?

我对茶没有特别的挑剔,茶瘾不是特别大。茶叶也多是朋友送的,有什么喝什么,不挑嘴(当然也会买茶叶了)。但,我喝茶有个习惯,把相关的东西分开,茶、水、烧水壶、茶壶、喝茶的地方,都相隔一段距离,这样,就势必要多走些路。我每天六点前起床,第一件事就是喝茶——从一个地方,拿着烧水壶去打水,再到另一个地方去烧。茶壶和茶叶也隔着一段距离。取茶要走路,泡上一壶,把茶叶送回原处,也要走路。虽然是在同一间屋里,这么走来走去,一天走下来,也有数千步。当然,茶泡上了,我也会坐下来,慢慢地品上几杯,差不多喝通了,再去开电脑写东西。大约两小时后,吃了早点,继续喝一气茶,然后再读书或写作。如果不出门,这几乎就是我的日常。

我对喝茶没有什么瘾,但我见过有茶瘾的人,急猴猴迫不及待泡茶的样子实在给我留下了深刻印象。那是很多年前了,高铁还没有通行,我从北京乘火车去连云港,因为临近春节,票不好买,好不容易抢了一张高级卧铺票,价格贵得让我吃惊,不知道这是一张什么样的卧铺。待上车一看,果然和普通硬卧、软卧不一样,一个小间里只有两张铺位,像学生宿舍中的上下铺,有一张沙发,有独立的卫生间,还可以自己烧水。怪不得,我心生感叹,这待遇确实非同一般。火车临启动时,才匆匆来了一个旅客,拉着一个行李箱,一进来就摘下围巾,脱了解开扣子的大衣,身上呼呼冒着热气——看来赶得真急。他把围巾、大衣往铺上一扔,拿烧水壶去卫生间洗刷一次,出来便拉开行李箱,拿出瓶装水,倒水、插上电源,所有动作一气呵成。这才坐到那张沙发上,喘口气,再慢悠悠地拿出茶叶,又拿出一个茶具。出差带茶叶不稀奇,还带专用泡茶具,我还是头一回见到。我注意到他拿出的茶是铁观音。接下来就是他享受的过程了。他大概喝了有半个多小时,不声不响很投入,中间又烧了一次水,才红光满面地自言自语道:"舒服,舒服了。"说实在的,在他喝茶时,那铁观音的香气还真馋到了我。

茶瘾,至少就是说他这样一类人的。

我以前在什么书上看到过一个有茶瘾的人,喝茶喝败了家。此人家里非常富有，家藏万贯，妻妾成群，因为喝茶太讲究，花费了大量的银子，先是祖上留下的积蓄喝光了，接着就是当田产，当房产，卖了群妾，最后流落到要饭的地步。话说一天流落到一个村头，闻到村上飘荡着奇异的茶香，便找到门上欲讨要一碗。结果遇到护院家丁的阻拦。此人让家丁禀报女主人，就说她泡的是什么什么茶，茶是什么时候采摘的，是谁炒制的，而且主人泡茶时忘了一道程序。家丁看此人虽破衣烂衫，却谈吐不凡，就去跟女主人禀报了。不多时，家丁就奉命送出来一碗茶。此人一看二闻三尝尝，点头称赞道："这回对了。"原来这家女主人，就是此人从前的一个妾，她听到禀报，知道来者是谁了，便看在从前的情分上，赏了他一碗茶。不知为什么，我年轻时读这个故事，有点莫名其妙地感慨。

古人素有茗茶的风气，茶馆也是遍布市镇，吸引各色各样的茶客品茗、清谈。苏州人称常年上茶馆为"孵茶馆"。不是一孵一天，而是一年、数年、一辈子。我编十卷本的《回望郁达夫》时，特别注意他那篇《苏州烟雨记》，关于茶馆，有这样一段描写，堪称精彩："大热的时候，坐在茶馆里，身上发出来的一阵阵的汗水，可以以口中咽下去的一口口的茶去填补。茶馆里虽则不通空气，但也没有火热的太阳，并且张三李四的家庭内幕和东洋中国的国际闲谈，都可以消去逼人的盛暑。天冷的时候，坐在茶馆里，第一个好处，就是现成的热茶。"这样的孵茶馆，还是挺让人消受的。接着，郁达夫介绍了奇特的老茶客:"有几家茶馆里有几个茶客,听说从十几岁的时候坐起,坐到五六十岁死时候止,坐的老是同一个座位,天天上茶馆来,一分也不迟,一分也不早,老是在同一个时间。非但如此,有几个人,他自家死的时候,还要把这座位写在遗嘱里,要他的儿子天天去坐他那一个遗座。"文载道还把上海人和苏州人的上茶馆做了比较:"吃茶在上海,原是极其平凡普通的。不过这里多少带些'有所为而为'的意味,譬如约朋友谈生意经之类。在苏州的吃茶,虽然一样有这类举动,然而更多的却是无所为而为。你尽可以从早晨泡上一壶清茶,招几件点心,从从容容地坐上它几小时。换言之,它是占据苏州人生活中的一部分。它的那种冲淡、闲适、松弛的姿态,大概是跟整个苏州人的性格不无关联。"这样的坐茶馆,也实在是要有坐功的。旧时苏州的茶馆里,还可以边喝茶边听评谈,那也是老茶客们一种极乐的享受了。

汪曾祺在《寻常茶话》里说他"在昆明住了七年,几乎天天泡茶馆"。还写到"有一位教授在茶馆里读梵文"。这篇文章里讲一个因茶而废的西南联大的研究生,令人唏嘘:"此人姓陆,是一怪人。他曾经徒步旅行了半个中国,读书甚多,而无所著述,不爱说话。他简直是'长'在茶馆里。上午、下午、晚上,要一杯茶,独自坐着看书,连洗漱用具都放在一家茶馆里,一起来就到茶馆里洗脸刷牙。听说他后来流落四川,穷困潦倒而死。"而汪曾祺自己,是一边泡茶馆,一边写文章的。他的好几篇小说、散文，就是在茶馆里写出来的。

　　写过茶的文章的当然还有很多名家，鲁迅写过一篇《喝茶》，借茶发了一通感想。《鲁迅日记》里也多有买茶的记录。周作人写过好几篇关于茶的文章，如《吃茶》《喝茶》《再论吃茶》等。朋友王稼句，写过一本《姑苏食话》，收了五篇关于茶的文章，即《茶风》《茶韵》《茶水》《茶馆》《茶食》，对苏州人的饮茶历史和风俗文化进行了系统的描写。如果让我补充的话，我可以补充《茶瘾》《茶趣》和《茶火》（至于《茶器》《茶具》等说的人就太多了）。茶火是我的发明。

　　有一年我和朋友去赣榆吴山访古，在山脚下的绿树林中，看到有三间石头房子，待走近时，突然闻到一阵好闻的茶香。我们寻着茶香而去，看到一个老者（约七十岁）正在喝茶，桌子上放着一个大碗。茶就沏在大碗里，看起来非常粗陋，叶子也不精细，不是所谓的一旗一枪，都是一个个大叶子。但这茶香是实实在在的。我们跟他讨要一碗。他笑呵呵地给我们每人沏了一碗，入口真是不同，可以说从未喝过如此口感的茶。他介绍说，这是他采摘并亲手制作的茶。我们自然要跟他买一点了。他说了一句让我们吃惊的话，你们泡不出来这个味的。问为什么？是水不行吗？你这是山泉水吗？我们把水也带走。他笑笑说，不是，是火。你们都是用电烧水，要不就是煤，我是用柴火。看看，我这是什么柴火？但见堂屋门边一口地灶锅旁，堆着枯干的树枝。我们一时没认出来。

老者告诉我们，这是淘汰的茶树的树枝。我们一下子明白了，一杯好茶，茶叶固然很重要，水固然很重要，烧水的容器和烧水的柴火也特别重要。老者用来烧水的锅是铁锅，烧水的柴火是收藏多年的茶树枝，这些元素凑在一起，才可能泡有一杯好茶。

在当下，喝茶成为风气并在民间普遍流行开来的，我看要数得上常熟了。常熟人得虞山、尚湖的好风光，在虞山下、尚湖边，开有多家茶馆。我没有统计过，大几百家甚至上千家应该有了吧。据说在某个节假日里，一天有万余人在各家茶馆同时喝茶，此纪录已经印成招贴画，许多茶馆都有，兴福寺边上的一家老茶馆里就贴有一张。我到常熟去组稿、出差，朋友们都要带我去喝茶、吃面。家中来客，到茶馆喝茶，似乎是常熟人的新时尚。有一年我陪出版界的几个朋友去常熟出差，正是秋天，朋友走在桂花飘香的虞山脚下，看到一条山涧两边排列着无数茶馆时，十分震惊，不停地感叹常熟人太会生活了。他哪里知道，这就是常熟人的生活常态。诗人王晓明、浦君芝，小说家潘吉，散文家浦仲城、皇甫卫明、陆大雁等朋友都请我在茶馆喝过茶。儿童小说家金曾豪夫妇也请我去常熟山下的一家茶馆里漫谈品茗。我们常去喝茶的茶馆是栗桂苑，现在叫栗桂雅园，还有望虞台。望虞台在尚湖里，我写过一篇《望虞台》的小文，对在望虞台喝茶的感受，有这样的描写："望虞台边的茶，刚沏上，看着虞山白茶的叶子在杯中舒展，看那茶汤渐渐变绿，茶香也便淡淡地溢出了。就这么和茶对视一番,任茶香在四周萦绕,在感觉差不多时,持杯小饮一口,慢慢品着,仿佛自己就是一介古人了,所有的杂事都忘到了九霄云外。话当然也会说几句,声音不大,和茶无关,和工作无关,和身边的湖也无关。有一只白鹭飞过来了,从我们身边绕一下,飞走了。又一只白鹭,从湖的远处向我们飞来,越飞越近时,能看到它亮晶晶的眼睛。它仿佛也在看我们,翅膀几乎不动地停在我们的正前方,停在湖之上,然后,忽地拐个弯,向湖岸边的水杉林飞去了。成片的水杉一棵棵地立在水里,我曾划着小船从树丛中穿过,还顺手捞起过水中的菱角秧,摘两颗红菱剥了吃。现在,林子里,停着一大群白鹭,它们不时地会派出一两只信使来看看我们。它们在林子里小憩,就像我们在这里喝茶,享受的,都是生活。"

我在花果山下秀逸苏杭的书房里,在北京草房像素的公寓里,都置有茶具。我的工作就是读书和写作,时间大部分都在书房或公寓里度过,茶是每天都要喝的。如前所述,逮到什么茶喝什么茶,并无特别的讲究。朋友送的较多的是虞山白茶和花果山云雾茶,福鼎白茶和太平猴魁近年也喝得较多。水也普通——自然也不可能在屋里支一口铁锅,弄来几捆茶树枝和野山上的野泉水,多半也是买来桶装水,使用的是电茶壶。沏茶的茶壶倒是紫砂的,喝茶的杯子有普通的茶碗,也有上点档次的建盏。还有两套小型的便携式茶具,都极普通,一套是白瓷的,一套是玻璃的,都是四件套,一个用来沏茶,一个公道杯,一个茶杯,一个闻香。平时套在一起,用时再一件一件拿开。我只在去北戴河的一次疗养中携带过。上述是在北京的公寓中的情形。在花果山下的书房里,也有两套茶具,一套是紫砂的,一套是红瓷的。紫砂的我经常使用。有一次在叶兆言家喝茶(二〇二一年十月十五日),发现他的紫砂茶具和我的同款。这套茶具我主要看中它的茶漏,肚子大,能盛水,上部平,放壶、杯子不至于倾斜,使用起来不用担心茶漏满啦,杯子倾斜啦。

我客居北京像素的小区里,有一家喝茶的场所,比较小,主人是一个比我大几岁的老大姐,开间小茶社,兼卖茶叶和茶具。她是前几年和丈夫一起来北京帮独生女儿带孩子的。孩子带大了,上小学了,夫妇俩便没有回老家,干脆把老家的房子卖了,来北京买了这套复式结构的小房子,安度晚年,并按照自己年轻时的爱好,做起了与茶有关的生意,楼上当住所,楼下开茶社。我偶尔会去小茶社坐坐,跟这对夫妇俩天南海北地聊聊,男的是国企的退休工程师,女的是中学退休老师,都能谈。我试图从他们的聊天中,得到一点素材来写小说。时间久了,果然产生了联想,写成一篇《五味》——和汪曾祺的一篇散文同名。要说收获,这就是喝茶的收获之一了。

茶

茶 食

吃吃零食，糕点、坚果、糖食一类，是许多人都喜欢的。特别是伏案久坐的人，如果没有抽烟的嗜好，总得找点事干。就算喜欢抽烟、喝茶，手不停、嘴不闲，总之也会有饥饿感的时候，吃点东西，补充点能量，更便于接下来的工作。旧时有"接晌""下午茶"，大约也是这个道理。而一边喝茶一边所吃的零食，就是所谓的茶食了。

我爱吃零食，小区里分布不少食品店，我经常去挑挑拣拣，每样都会尝试一点。最爱吃的还是曲奇一类的，实际就是花样百出的饼干，有黄油口味的，奶油口味的，牛油口味的，蓝莓口味的，椰子口味的，混装在一个精美的扁圆形铁皮盒子里，谓之"精罐曲奇"。我还买过一种叫"招财进宝"的方形铁桶，里面装着六种口味的饼干：巴旦木饼、蔓越莓味果酱夹心饼干、夹心酥、杂粮酥（绿豆味）、北海道威化饼干、凤梨味饼干。有一种饼干叫"金语之恋"，是个扁长方形的铁盒,口味是五种:巧克力甜筒、金语之恋夹心酥、马卡龙夹心饼干、三重奏(杧果爆浆夹心棉花糖)、巴旦木饼。有一种叫"榴梿夹心旋风酥"的蛋卷,也是装在一个绿色小圆桶里。这几种盒装的饼干,铁盒(桶)造型各异,盒子上还有各种配方和营养成分,吃时看看这些文字,也是一种新鲜,同时对自己的知识更是一种补充。吃完这些食品的盒子,也能派上其他用场,除了做糕点盒子用(放稻香村、唐饼家的一些散装糕点),还可以做收纳盒子,放些日常小用品,方便寻找。总之,在家或书房里工作久了,找点东西吃吃,不仅可以消磨时间,还可以停下来歇歇脑子。就是喝茶久了,吃吃茶点,也可以改改口味,调剂身心。

2018年我着手帮一家出版社编选一套"走近鲁迅"丛书,在选编过程中,发现鲁迅也爱吃零食。周作人有一篇《鲁迅在东京》,其第十八篇《落花生》里有详细记载:"传说鲁迅爱吃糖,这自然也是事实,他在南京的时候,常常花两三角钱到下关'办馆'买一瓶摩尔登糖来吃,那扁圆的玻璃瓶上面就贴着写得怪里怪气的这四个字。那时候,这糖的味道的确不差,比现今的水果糖仿佛要鲜得多,但事隔四五十年,这比较也就无从参证了。鲁迅在东京当然糖也吃,但似乎并不那么多,到是落花生的确吃了不少,特别是客来的时候,后来收拾花生壳往往是用大张的报纸包了出去的。假如手头有钱,也要买点较好的吃食,本乡本丁目的藤村制的栗馒头与羊羹(豆沙渼)比较名贵,今川小路的风月堂的西洋点心，名字是说不出了。有一回鲁迅买了风月堂新出的一种细点来，名叫乌勃利，说是法国做法，广告说什么风味淡泊，觉得很有意思，可是打开重重的纸包时，簇新洋铁方盒里所装的只是二三十个乡下的'蛋卷'，不过做得精巧罢了。查法文字典，乌勃利原意乃是'卷煎饼'，说得很明白，事先不知道，不觉上了一个小当。"细读这段文字，虽然叙述散淡，却也有重点：鲁迅爱吃糖和各色糕点。这在别人的回忆文章里也时有出现，萧红在《回忆鲁迅先生》中，写到鲁迅的房间布局，"立柜本是挂衣裳的，衣裳却很少，都让糖果盒子、饼干筒子、瓜子罐给塞满了"。沈兼士在《我所知道的鲁迅先生》中回忆说："先生的嗜好有三种：就是吸烟，喝酒和吃糖。"又说："糖，一般儿童都爱吃，但几十岁的成年人不太有这种嗜好，先生则最喜欢吃糖。吃饭的时候，固然是先找糖或者甜的东西吃，就是他的衣袋里也不断装着糖果，随时嚼吃。"许羡苏在《回忆鲁迅先生》中说："大概每月从北大领薪水的时候，要路过一个法国面包房，他就买两块钱的洋点心，一块钱二十个，上面有奶油堆成的各种形状的花，装在两个厚纸盒里，拿回来一进门，照例叫一声'阿娘！我回来者'，接着把点心请老太太自己选择放进她的点心盒里，然后他又把点心拿到朱氏房里请她也选留，最后把选剩的放在中屋大木柜内，也把一小部分放在朝珠盒内留作自己用，这是每月一次，平常则吃点小花生或者别的点心如'萨其马'之类。"李霁野《在北京时的鲁迅先生》和《鲁迅先生与未名社》等文章里,也写到鲁迅爱吃糕点、零食,和年轻人边聊天边吃花生、糖果:"先生是爱吃糖食和小花生的,也常常用这些来款客;有一次随吃随添了多次,他的谈兴还正浓,我料想两种所存的不多,便笑着说,吃完就走,他说,好的,便随手拿出一个没有打开的大糖盒。"我读到这里,不禁会心一笑,鲁迅的储备还真不少。鲁迅在《马上日记之二》中有一段描写,比别人回忆文章中更为详细而幽默:"我时常有点心,有客来便请他吃点心;最初是'密斯'和'密斯得'一视同仁,但密斯得有时委实利害,往往吃得很彻底,一个不留,我自己倒反有'向隅'之感。如果想吃,又须出去买来。于是很有戒心了,只得改变方针,有万不得已时,则以落花生代之。这一著很有效,总是吃得不多,既然吃不多,我便开始敦劝了,有时竟劝得怕吃落花生如织芳之流,至于逡巡逃走。从去年夏天发明了这一种花生政策以后,至今还在继续厉行。但密斯们却不在此限,她们的胃似乎比他们要小五分之四,或者消化力要弱到十分之八,很小的一个点心,也大抵要留下一半,倘是一片糖,就剩下一角。拿出来陈列片时,吃去一点,于我的损失是极微的,'何必改作'?"这段幽默,在鲁迅来说,实在是不多见的。

拉拉杂杂说了这么多关于鲁迅先生爱吃零食的小嗜好,突然有点替鲁迅叫屈,先生要是生活在这个时代,关于零食、糕点的选择,要比那时候丰富得多啊。但是这也是没有办法的事,毕竟时代不同了嘛。那个时候的零食,比起现在来说,花色品种实在是单调的不止一点点。周作人、梁实秋等人的文章里都写过的零食也不过就那几种。周作人还在《南北的点心》里抱怨过北京的零食糕点:"我初到北京的时候,随便到饽饽铺店买点东西吃,觉得不大满意,曾经埋怨过这个古都市,积聚了千年以上的文化历史,怎么没有做出好些吃的点心来。老实说,北京的八大件,小八件,尽管名称不同,吃起来不免单调,正和五芳斋的前例一样,安春市场内的稻香春所做的南式茶食,并不齐备,但比起来也显得花样要多些了。过去时代,皇帝向在京里,他的享受当然是很豪华的,却也并不曾创造出什么来。"周作人所说的皇帝的吃食,溥仪在《清宫饮食回顾》里有写过:"隆裕太后每餐的菜肴有百样左右,要用六张膳桌陈放,这是她从慈禧那里继承下来的排场,我的比她少,按例也有三十种上下。"于是这位清末皇帝把他保存的"宣统四年二月"的某天"早膳"(即午饭)介绍了出来。我看一下,大多是禽肉类的:"口蘑肥鸡""三鲜鸭子""五缕鸡丝""炖肉""炖肚肺""肉片炖白菜""黄焖羊肉""羊肉炖菠菜豆腐""樱桃肉山药""驴肉炖白菜""羊肉片川小萝卜""肉片焖玉兰片""羊肉丝焖跑跶丝""黄韭菜炒肉""鸭条溜海参""鸭丁溜葛仙米""熏肘花小肚""卤煮豆腐""烹白肉""祭神肉片汤"等,另外还有几道素菜,也是"熏干丝""五香干""卤煮豆腐"等,都是好菜,但也确实蠢了点,全是肉,唯一的海鲜也是溜鸭条的,而且很多肉都重复了,豆制品也重了好几道。宫里都是这种厨子,料想街市上的点心、零食也好不到哪里去。周作人在《南北的点心》里，不由得怀念他小时候在南方吃的那些茶食了："例如糖类的酥糖、麻片糖、寸金糖，片类的云片糕、椒桃片、松仁片，软糕类的松子糕、枣子糕、蜜仁糕、橘红糕等。此外，有缠类，如松仁缠、栳桃缠，乃是在干果上包糖，算是上品茶食。"在《北京的茶食》里，周作人还是免不了再次抱怨了几句："北京建都已有五百余年之久，论理于衣食住方面应有多少精微的造就，但实际似乎并不如此，即以茶食而论，就不曾知道什么特殊的有滋味的东西。"周作人没有鲁迅能变通，连小花生都吃得有滋有味。但他说的也是事实。梁实秋在《北京的零食小贩》里，对北京的零食也没有说出多少好来，无非是"豆汁""灌肠""豆腐脑""炸豆腐""烧饼""油鬼""糖三角""豆沙包""豆腐丝"等粗线条的。在说到烧鬼油饼时，他说："北平的烧饼主要有四种，芝麻酱烧饼、螺丝转、马蹄、驴蹄，各有千秋……北平油鬼，不叫油条，因为根本不作长条状，主要的只有两种，四个圆饱联在一起的是甜油鬼，小圆圈的油鬼是咸的，炸得特焦，夹在烧饼里一按咔嚓一声。"从梁实秋的文字描写看，虽然写得津津有味，也并非美食。我来北京现场吃过，实在是没有好印象。这篇文章中，梁实秋还写了北京的豆腐丝，形容为"粗糙如豆腐渣，但有人拌葱卷饼而食之"。再看汪曾祺笔下的扬州"豆腐丝"，他在《干丝》一文里说："一般上茶馆的大都要一个干丝。一边喝茶，吃干丝，既消磨时间，也调动胃口。"扬州的干丝是怎么做的呢？汪曾祺写道："一种特制的豆腐干，较大而方，用薄刃快刀片成薄片，再切为细丝，这便是干丝。讲究一块豆腐干要片十六片，切丝细如马尾，一根不断。最初似只有烫干丝。干丝在开水锅中烫后，滗去水，在碗里堆成宝塔状，浇以麻油、好酱油、醋，即可下箸。过去盛干丝的碗是特制的，白地青花，碗足稍高，碗腹较深，敞口，这样拌起干丝来好拌……我父亲常带了一包五香花生米，搓去外皮，携青蒜一把，嘱堂倌切寸段，稍烫一烫，与干丝同拌，别有滋味……干丝喷香，茶泡两开正好，吃一箸干丝，喝半杯茶，很美！"这和梁实秋描写的豆腐丝简直是天壤之别了。这是汪曾祺父亲吃干丝的年代。现在的干丝又有改进了，叫大煮干丝。汪曾祺继续写道："煮干丝不知起于何时，用小虾米吊汤，投干丝入锅，下火腿丝、鸡丝，煮至入味，即可上桌。不嫌夺味，亦可加冬菇丝。有冬笋的季节，可加冬笋丝。"现在，平民小吃"南京大排档"也在北京开了数家连锁店，有芸豆煮干丝售卖，和在北京出名的"燕郊豆腐丝"相比，高下立判。像煮干丝这种点心零食，毕竟是讲究配料、工艺和火候的，这样比较也不是说北京人不会吃，只能说北方的零食小点太粗糙了一些。这从售卖的麻花上也能看出来，一根大麻花之大，够几个人当饭吃的。有人说了，不是还有小麻花吗？却是一个味——不愿意在吃食上用心思，不知为什么。

时代真是变化万端，世界越来越趋同化，各地小吃、糕点也互相融合，风味小吃虽然有特色，其别具一格处也被互相吸收，同时，网购的发达已经到了不出屋便可以尝遍天下美食的地步了，想吃什么好吃的点心、零食，只须下个单，一两天便来到你的案头，多买几个品种，还可以挑挑选选。我也经常利用网络来买各种零食小点，从呼伦贝尔的纯手工制作的奶酪、牛肉干、羊排骨，到广州的口立湿、盲公饼、皮蛋酥等，我都买过。昆明的鲜花饼和石林乳饼也快递过两回。苏州的梅花糕、饭粢糕，朋友们也给我寄过。我也会在出差的时候，买点当地的特产，带回来分给同事们品尝。记得有一回去山东周村，带回几包当地街头现场制作的姜糖，还受到同事们的一致好评。

茶食

酒坛子

我的书房里，放着有一只酒坛子，造型并不奇特，土陶色，大肚，小口。奇特的是，酒坛子上竖刻一行字，曰：陈武先生留饮。落款是杏花村和日期。简单说，这坛子酒，是杏花村酒业集团专门送给我的。酒已经和朋友喝了，酒坛子当成了花瓶，插了一大把干花，和书房的环境也还搭调。

我在不少城市参观过当地的博物馆，最喜欢欣赏的是那些历朝历代的盛酒器，也就是各种坛坛罐罐。那些数千年前出土的坛坛罐罐，形态各异，造型独特，材质也不一，秦汉时以铁器、青铜器、漆器等为主，以后各代，以陶器和瓷器为主。这些盛酒器，除造型上有变化外，外部的雕纹、彩绘也很讲究。欣赏这些坛坛罐罐，除了会联想到关于酿酒的工艺和古人喝酒的故事外，还能从盛酒器的形制和图案上，感受其在历史长河中的变迁和记忆，感受其风俗文化的延革和发展。

但是，那么多坛坛罐罐，分散地陈列在各地的博物馆里，总是不过瘾，总想能把这些花样繁多的盛酒器集中地欣赏一次。如果偶尔在生活中遇到装帧别致的酒瓶（坛），也自然会联想到曾经看过的那些坛坛罐罐，并飞翔了自己的思绪。

2019年7月上、中旬，我在北戴河中国作协创作之家休养，认识来自内蒙古兴安盟的诗人布和必列格，他是蒙古族人，好喝酒，也好客，请我喝了一次酒。隔天，我准备回请他，到附近超市去买酒。转了好几家超市，都没有买到心仪的酒（只有当地的杂牌子）。扫兴而归时，路过安一路路口一家小超市，看到有坛装的汾酒，心中不禁大喜，买了几坛子。这是市面上常见的那种牌子，小坛子的材质是陶瓷，黑色，泛着油光，有金色的杏花图案。看着精美的小坛子，自然就联想起我见过的那些盛酒器，那些坛坛罐罐，也许过了几百、上千年后，那时的人们也会将汾酒的盛酒器，当成文物，和历代出土的那些坛坛罐罐一起，陈列在博物馆里，供人鉴赏、品评；也或许会被写进某个国家的教科书里，向世人陈述它们曾经的沧桑和历史；也或许会进入某张试卷的考题中，供学生们解答、书写。

晚上我们几个人在创作之家的二楼平台上喝酒，月色清冽，风也凉爽，我们喝着飘香四溢的来自杏花村的酒，对月当歌，也有点古人的意思。席间，他们都夸酒好，清香、醇厚而又绵软，布和还朗诵了一首诗。酒香又吸引来几个诗人，他们没喝到汾酒，表示要收藏小坛子。众所周知，收藏五彩缤纷的盛酒器，也是文人的一大雅好，已故著名作家林斤澜先生，生前就藏有很多，其中，有二十世纪七十年代末生产的四个不同颜色一套的小坛子"汾竹白玫"，四种酒分别为汾酒、竹叶青酒、白玉汾酒、玫瑰汾酒，工艺特精，一直是林老的镇宅之宝。

听他们夸着酒好，仗着几分酒意，我告诉他们，后天我就要去杏花村，去体验古老的杏花村酒文化了。他们听了，都很羡慕我，让我代他们多喝几杯，好像我喝好了，就和他们喝好了一样，我开心了，他们就开心了。

杏花村的酒，有6000年的历史了，各种关于酒的传说更是数不胜数，别的不说，仅杜牧的遥手一指，就让天下人都知道杏花村了。我们知道，文坛有领袖，诗坛也有领袖。在当时，杜牧就是当仁不让的诗坛领袖，他在纷纷的清明雨中的遥手一指，便是首屈一指的酒坛领袖杏花村。先锋小说家孙甘露先生写过一篇著名的小说，叫《我是少年酒坛子》。这个题目好啊，有少年，有酒，有坛子，也是一行抒情小诗。我一直神往有酒坛子相伴的生活。酒坛领袖杏花村，自然就是我梦中向往的地方了。

杏花村，我来了！

甫一进村，就被巨大的酒坛子吸引住了。除了村口这尊招牌雕塑，陈列在汾酒博物馆和杏花村老作坊遗址等地的盛酒器，也就是那些坛坛罐罐，让我大开了眼界，并真真实实地欣赏到杏花村酒文化的精髓。这些盛酒的坛坛罐罐，最早可上溯到仰韶时期，特别是1989年在杏花村出土的小口尖底瓮，被考古学界认为是仰韶时期的器物，是中国最早的"酿酒发酵容器"，也可称之为最早的"酒坛子"。这个酒坛子为陶质，小口、尖底、鼓腹、短颈，外形整体呈流线型，还有两只"耳朵"，腹部饰线纹。据九观堂公众号《瓶说酒史》之一的《小口尖底瓶》所说，杏花村遗址第三至六阶段，又"分别出土了仰韶文化晚期（相当于仪狄造酒时期）、龙山文化早期和晚期（相当于杜康造酒时期）以及夏代的器具，酒器品种和数量也越来越多。除发酵容器小口尖底瓶外，还有浸泡酒料的泥质大口瓮，蒸熟酿酒用粮的甑、鬲，盛酒器壶、樽、彩陶罐，饮酒器尊、豆以及温酒器等"。这真是杏花村对酒界的一大巨献了。从仰韶时期一路延续下来，经夏、商、周、汉代、魏晋、隋唐，历朝历代都有，且工艺也越来越精，形制也越来越多样，方的，扁的，圆的，龟形的，葫芦形的，雁脖形的，蒜头长颈形的。有一个酒坛子，是北齐时代的产物，坛子上的色彩为酱青釉，状为弦纹，真是好看啊。还有一尊宋代的、形制为方体带褐彩划花的坛子，工艺古拙而精美。同样是宋代的一个酒坛子，采用黑釉雕花的工艺，花纹又体现了粗犷之美。而更多的酒坛子，来自晚清和民国，特别是民国时的酒坛子，已经有了商标意识，如三斤装的玫瑰露酒坛子，是香港永利威公司定制的，这个坛子的釉彩也是玫瑰红色，下粗上细，让人感觉很稳当。最后，我的目光，停留在1915年巴拿马万国博览会上获金奖的那尊酒坛子，其造型敦实、大气，所贴商标也特别精美，有古风。2003年出品的老白汾酒坛子也值得一说，我看到的有两种，一种是方鼓形的，蓝色，上有杏花的图案，而另一种的造型设计，更能体现出其高明之处了，坛子直接就是一朵立体的杏花，加上花瓣上排列的几枝白金杏花，把杏花村的元素体现得淋漓尽致。参观完汾酒博物馆和杏花村老作坊遗址，待到了当下藏酒之处，但见各种坛坛罐罐更是琳琅满目，品种多样，仅从颜色上分，就有红黄蓝绿黑多种，造型更是美不胜收。有一种抹茶绿的坛子，线条流畅，色彩养眼，仿佛一首田园诗。这些坛坛罐罐汇合一处，在酒柜上一排排陈列，把它们当成纯粹的艺术品也是完全可以的。

酒坛子里藏有美酒，就好比文人的肚子里藏有诗文。如果这么说，文人就是酒坛子！杜牧寻访和牧童遥指的，也是酒坛子！酒和诗，历来是文人的两个翅膀，喝好了酒，才会有好诗。酒是物质的，诗是灵魂的。物质和灵魂相得益彰了，诗才能达到妙境——这当然是我的胡扯了。

我说酒坛子，其实就是在说酒！

我时常会看着插着干花并刻有"陈武先生留饮"的酒坛子，思想着饮酒的人生，思绪不知飘到何方了。

蛐　蛐

我在写《秋鸣》这篇短文时，写到静夜里响起的各种虫鸣，写到这些鸣叫像多声部的合唱时，突然不知从什么地方跳出来一只蛐蛐，跳到我书桌上的花盆里。花盆里不是什么名贵的花，不过是青青绿绿、牵牵扯扯的绿萝。没有再比绿萝好养活的了，随便栽在什么容器里，给点水就能葱葱旺旺地生长。我书桌上的这盆绿萝，就是我从阳台上随便端来的。可能是它的绿意，也可能是它的植物和泥土的气味，吸引了这只蛐蛐。但是，我没有看清它是从哪里跳来的，仿佛从天而降，"啪"一声轻响，逮眼一看，小精灵已经趴在心形的叶片上了。

它的两根须动了一下。我心里也动一下。

这是一只身体瘦长、并不强壮的蛐蛐。它从哪里来？平时的房门都是关着的，窗户虽然偶尔打开，也有纱窗挡隔，又在这十几层的高楼上，怎么进来的，又怎么活下来的？我看着它，想着它的前世今生，思绪也跟着打开了。

蛐蛐这种小昆虫，在我国的文人笔下，是有其地位的，许多名人大家都写过它，诗词歌赋里都有各种的赞美、隐喻和描写，就连《诗经》里都有一首《蟋蟀》，杜甫也写过《促织》。耳熟能详的还有叶绍翁的《夜书所见》："萧萧梧叶送寒声，江上秋风动客情。知有儿童挑促织，夜深篱落一灯明。"最有名的，还是贾似道的《促织经》。贾氏做过皇帝的重臣，他的政绩不值得一说，还被后人斥为奸臣，和蒙古人打仗也是大败，因此而被贬，后又被仇家所杀。但他写过两卷《促织经》，却传了下来，成为后世蛐蛐界的经典，全书一万四千多字，如果译成白话文，大概会有五六万字的样子，配点图片，是一本很像样的书了。全书章节分的也好，很科学，有《论赋》《论形》《论色》《论胜》《论养》《论斗》《论病》共七论，每一论又分子目，真是条分缕析，蔚为大观，可以毫不夸张地说，《促织经》是开后世蛐蛐研究的先河之作，如果谁来研究古代昆虫学，《促织经》更是绕不过去的必读之书。网上有人拍卖民国时期的《促织经》抄本，有多幅手绘图，开拍价仅一百元，最后以一千五百元成交，不贵。我有一个出版界的朋友，喜欢研究昆虫，也喜欢读闲文，关于吃吃喝喝的，关于玩花弄草的，关于笔墨纸砚的，关于古董文玩的，经常跟我交流，嘴里不停地碎碎念，说有机会，找人翻译这部《促织经》，做成休闲读物，一定会有好市场。但此事说说容易，做起来也是挺难的——至今还是停留在嘴上。

到了明代公安派小品文盛行的时候，昆虫成为文人笔下的主要描写对象，特别是袁宏道，就写过《斗蛛》《蓄促织》等经典小品。我喜欢的现当代一些名家中，也有写过这类文章的作家，周作人、汪曾祺、王祥夫等都是这方面的圣手。王祥夫不仅有文章《与虫》《白石老人与虫子》等篇，还是画昆虫的高手，有人评论过他所画的昆虫，说"他笔下的蚂蚱、蛐蛐、蜻蜓、蜜蜂、飞蛾……无论工与写，皆神形兼备纤毫毕现，没有一丝丝的造作与呆板，特别是最难画的虫足，一提一顿，一转一弯，笔断而意连，有筋有骨，又富有弹性"。确实这样，王祥夫谈他的老师朱可梅先生教他画昆虫时，说："画蛐蛐要取一个'冲'字。"我曾看过他的几幅蛐蛐图，尺幅都不大。有一幅，画面上是几枚刚离秧的花生，边上就是一只蛐蛐。这幅画的妙处在于，收花生的季节正是初秋，蛐蛐也是这时候最为活跃。还有一幅，也很精妙，是两根冬笋和一只蛐蛐，这只蛐蛐特别精神，有点好斗的劲儿，虽然是伏在地上的，静态的，给人的感觉，却是要马上蹦跳起来进攻似的——这就是功力。可惜它的对手只是两根冬笋。

再说我花盆里的这只蛐蛐，它没有蹦走，而是潜伏到了花盆里，躲在了绿叶下。它真会找地方。看了看屋子里的所有绿植和盆栽，我想，只有这盆绿萝最适合它了。好吧，既然你喜欢，就好好待着吧。

到了晚上，我散步归来，继续在灯下读书。书房里很静啊，只有轻翻书页的声音。贸然的，屋里响起了蛐蛐的叫声。

蛐蛐

声音不是来自花盆，而是来自书橱下面。是我看到的那只蛐蛐吗？应该是了，它的鸣叫声虽然是蛐蛐式的，却底气不足，极其的微弱。它可能流落在书房的时间太久了，没找到东西吃。可我并不懂蛐蛐的饲养之道，对它真是无能为力啊。它还能鸣叫，已经是奇迹了。我明天就要出趟远门了，要过些日子才能回来，然后，就要搬家了。不知道我回来时，还能不能听到它的鸣叫啊。我屋里的这些绿植，这些花盆，但愿能供养它多活几天。

在写这篇小文时，和王祥夫先生聊微信，请他发几张关于蛐蛐的画儿来欣赏欣赏，并告诉他，我正在写一篇小文，看看他画的蛐蛐，可以丰富一下文章的内容。他回我说，正在理发，找找看。又说照片很少，画要裱出来拍才好，可现在的买主大都不喜欢装裱。但他对我说，可以养一只蛐蛐玩儿，听听它的声音，虽然微弱，细听如雷。我又听了听我房间的蛐蛐叫，确实。

花　草

周瘦鹃先生在《花前琐记》里有一篇《插花》，开头便说："好花生在树上，只可远赏，而供之案头，便可近玩。"一个"玩"字，道出了心境和情趣。

和许多人一样，我也喜欢在书房里弄些花儿草儿。一方面作为摆设，可以丰富书房气氛，增加书房色彩，净化书房空气，让书房像花草一样生长；另一方面，服侍这些花儿草儿，在工作疲倦的时候，给花草浇浇水、松松土、施施肥，可以打打岔，所谓放松情绪、缓冲神经是也。

吊兰最适合书房，浇水施肥都不用讲究，随便给它点水，就能洋洋洒洒地展示青葱和翠绿。旱伞草也喜水，株形美观，叶形别致，和兰草一样不在乎环境。它还有一个名字叫水竹。比较而言，棕竹、文竹就要娇气一些了，特别是文竹，你就是精心去服侍，也会不小心把它给得罪而耍点小脾气。在我的书房里，我喜欢的，要数紫色的落新妇花，其根茎粗壮，习性强健而耐寒，姿态直立而婆娑，小花繁密雅致，特别耐看。但是，这些花草都不及我对牵牛花的喜爱。

牵牛花在乡间是常见的野花，小树、芦苇、篱帐上常常开满了喇叭形的花朵，早上开得花喷喷的，过了中午，它就蔫了。它的花只开半天，我们都是知道的。女孩子们喜欢把喇叭花一朵一朵揪下来，红的蓝的白的紫的，串在一根细长的柳条上，做一个花环，套在脖子上，可以一直"臭美"地走到学校。

牵牛花是蔓生草本，茎缠绕，可达三四米长。叶互生，三裂，有长柄，两面有倒生短毛。花腋生，开一朵，或者两朵三朵。有趣的是，开白色和淡红色的花，种子多为淡黄色，叫白丑；开蓝色和紫色花的，种子多为黑色，叫黑丑。也许这就是牵牛花的别名又叫黑白丑的原因吧。

我书房阳台上的这盆牵牛花，是我从山上采来的种子自己种的。极普通的品种，开淡蓝色花朵，秧子极其茂盛，岔了许多条细藤，我插的两根细竹竿上，都被密密的爬满了，开花也一点不偷懒，一连两三个月，基本上天天都有新花。

说起来，种牵牛花，还是受叶圣陶老先生的影响。

叶圣老写过一篇《牵牛花》，发表于1931年《北斗》杂志的创刊号上，开头就说："手种牵牛花，接连有三四年了。"叶老是在瓦盆里种牵牛花的，而且种十来盆。叶老很深情地说："种了这小东西，庭中就成为系人心情的所在，早上才起，工毕回来，不觉总要在那里小立一会儿。"四十多年后，在叶圣陶和俞平伯通信里（见《暮年上娱》），有关于牵牛花的内容涉及数十通。1974年6月18日，叶圣陶致俞平伯信中说："今日往访伯祥，知近日又到彼处晤叙。谈及种花草，忽忆前程告知，某友处可得出自梅氏牵牛花种子。未识能为致两三颗否？如可致，希纳于信封中惠我。"从这封信开始，至11月7日，两位老人关于牵牛花种子及栽、种等事宜共通信达十五次之多。

叶老信中所说的"梅氏"，就是京剧表演艺术家梅兰芳先生。

梅先生也喜欢牵牛花，还和朋友们组成一个小团体，见面时，三句话离不开牵牛花，互相间还交流种植经验，互换花种。据说，梅先生种养牵牛花，是因为牵牛花是在大清早开花，他常常拿起床和牵牛花比赛看谁更早。有一次他在俯身闻花时被朋友看见，说他像是在做"卧鱼"的身段。说者无意，听者有心，梅氏从中受到启发，便仔细揣摩实践，终于在《贵妃醉酒》中使贵妃赏花的"卧鱼"身段更加完美、生动、传神。

不仅是今人喜欢牵牛花，古人也多有诗咏，宋人秦少游就有一首《牵牛花》，可以说极为生动，把牛郎织女的故事演绎得朦胧缠绵，情韵无限。诗云："银汉初移漏欲残，步虚人倚玉栏干。仙衣染得天边绿，乞与人间向晓看。"

关于牵牛花的诗文，可以举出一大堆来，但是都不及我书房阳台上的牵牛花开得真实，在花期期间，我每天晨起，都要看看它开了几朵。有一次,已经是凌晨两点多了,我因为赶写一篇文章,在书灯明亮的光影里面对电脑沉思,心里突然想起牵牛花,跑过去看看夜里是不是也在开花——我看到,那几个花骨朵,紧紧地闭合着,它还没开。回到书桌前继续工作,心里便多了牵挂,到了凌晨四点半,天色已经微亮,我再到阳台上看时,惊喜地看到,那几个骨朵儿,居然全开了!

正如周瘦鹃先生所说,花草也可做瓶供。瓶供的瓶子不一定要多么的好,普通的杯子也可以。我就曾在书房的桌子上,用一个稍微有点造型的罐头瓶,瓶里灌一半清水,剪几枝盆栽里的枝叶,蓝花菜、绿萝、薄荷、吊兰等,稍作整理,插于一瓶,青青绿绿的,也还好看。有趣的是,这几种枝叶,都能在水里生根,自行生长,这瓶生机勃勃的绿,便可四季长供了。

鲁迅先生在《朝花夕拾·小引》里,有这样一段话:"广州的天气热得真早,夕阳从西窗射入,逼得人只能勉强穿一件单衣。书桌上的一盆'水横枝',是我先前没有见过的:就是一段树,只要浸在水中,枝叶便青葱得可爱。看看绿叶,编编旧稿,总算也在做一点事。"鲁迅书房里的"水横枝"(以栀子为好),就可看作是清供了。有一盆清供盆景陪伴,鲁迅先生"编编旧稿"才不至于寂寞,并可以"驱除炎热的"。当代著名作家王跃文先生常在微信朋友圈里晒他制作的清供盆景,有的清雅可人,有的调皮可爱,别有特色。受他的影响，我在我的掬云居里也做了一盆，造型是根据自己的想象，配以相宜的几枝竹叶和桃枝，竹枝青绿，桃花艳丽，虽然太过简陋，居然也不俗。后来又换成几枝茉莉和两三朵白牡丹，高低错落，清香沁人。瓶供的好处，就是可以随时更换，枯萎了可以换，看腻了也可以换。冬天，我的瓶供里供过蜡梅；早春，供过迎春花；初夏，供过海棠；盛夏，供过荷花，初秋、深秋、残秋，直至寒冬，都可以有做清供的花枝。虽然有些花花草草，都有象征意义的，但也不可太强求，以舒心好看为上。

最可记一笔的，是我在今年冬天制作的一束干花。在我供职的办公室楼外，有一个花圃，栽种好几个品种的月季，从四月开始，每月都开，花朵大，花色艳，特别养眼。但是，开到十一月中旬里，突然而至的寒流，一夜间冻死了。那些正开的花，或花骨朵儿，还有绿叶，便保持前一日的姿态静止在那儿了，再被太阳晒了几天，成了干花，如烘焙一般，依然不减原先的美丽。我便拿了剪刀，剪了几枝，长长短短插在一个白釉带蓝色碎花的广口小瓷杯里，放在书桌上，比切花更有味儿，生硬的桌子立即焕发出别样的生命力来，而且花儿在一个多月里，一直保持她的色彩，花光鲜艳，如在枝头一样美丽动人。

花草

摆件

　　文人在自己书房的几案上或书橱里,摆几件艺术品或好玩的小物件很正常不过了。特别是些不起眼的小物件,往往能体现出主人的趣味。有人摆放一幅自己的照片,有人摆放一个地球仪,有人摆放一件漆器,有人摆放一架太湖石,有人摆放一件玉雕,有人摆放晶莹剔透的水晶工艺品,有人摆放一缸金鱼,等等等等。我在一个朋友家,看到他的写字桌子上,摆着一件旧式的仪表,很复杂的仪表,是五个大小仪表组合在一起的,造型紧凑,又错落有致,在他的工艺美术工作室里,倒是别有韵致。他曾是某仪器厂的工人,下岗后自主创业,搞铸铜、雕铜艺术,取得成功。摆放仪表,可能是不忘初心的意思吧。我一个搞根雕造型的朋友,曾打磨出一件"随型根瘤"的摆件,造型简直奇异的让人不敢相信,从不同的侧面能看出不同的物体来:一面是"神女峰",一面是"怀中抱子",一面是"回首望月",一面是"天女下凡"。这种巧料,虽然可遇而不可求,但有眼力识见,也是要一定功力的。诗人刘晶林先生当过兵,在他案头上,摆着一个真实的炮弹(弹药取出),这也是一种不忘初心的具体表现吧。

除了书桌上的摆件,还有橱柜上的摆件,条几上的摆件,供案上的摆件,等等,而书橱里随意放些小物件,恐怕是许多人常办的吧——不仅可供观瞻,也可供存放。有一年春夏之交,某天,已故大作家汪曾祺先生的公子汪朗先生带我到老先生的书房里看看,老先生的书桌上有些乱,一个笔筒里长长短短插满了笔,桌子上也是摆满了东西,放大镜、画碟、印泥盒、颜料、颜料盒、胶带纸、圆珠笔,等等,而书橱里也算不上整齐。我在日记里对汪先生的书橱有这样一段描述:

……比如那件带支架的漆盘,一对红木的手把件,一个铜器等,最著名、也最有说道的是那个香瓜大小的陶罐,汪朗乐呵呵地对我说:"这件东西沈从文先生过过眼,对老头儿说了三句话:元代的。民窑。不值钱。"沈从文在1949年后被剥夺写作的权利,发配在故宫博物院整理文物。沈先生文章好,搞文物也随遇而安毫不含糊,研究成果颇丰,对这件小东西,当然一眼就看出来了。其他的小摆件也挺有意思,有一个鸟巢,一只鸟栖在巢顶上,另一只鸟躲在巢内,巢外的鸟正勾着头和巢内的鸟说话,而巢内的鸟似乎爱理不理，眼神望向别处。这件作品神态逼真、传神，表达的意思可任意琢磨。还有两把造型别致的紫砂壶，一大一小两个陶罐和几只青花瓷器，都造型雅致，挺有看头。一个青龙图案的印泥盒，应该是他常用的。有一件料器，造型是雏雁或雏鸭，憨态可爱。汪朗告诉我，这种料器，家里原有不少，都让他们兄妹几个小时候玩坏了。

在白化文老先生家里，我也观察过他的书橱里的摆设，大都是老先生各个时期的照片，有单幅的，也有合影。我认出来的就有他和任继愈的合影，有跟周绍良的合影，有跟季羡林的合影，也有几张是跟他夫人李鼎霞的合影。常熟作家王晓明先生，有一次听完古琴后，对人家茶案上的一盆绿植感兴趣，花二百块钱买下带走了。这盆绿植实际上就是一盆草，我们叫"红草"，有点像秀珍芦苇，一尺高的样子，拱成一丛，供在一个精美的梅花边的红陶小花盆里。他经常晒朋友圈，这盆草也经常作为配角出现，有时在他的书桌上，有时在他的茶案上，有时在他的窗台上，都起到很好的点缀作用。这是一盆可移动的"摆件"。

不知道别人如何，反正我的书桌上的小摆设是经常换的。有一阵，我在书桌一角，摆放的是一件瓷器，架在一个精致的红木架子上。这件瓷器有点特别，可以说是失而获得——某年，突然有陌生人来电话，说在整理仓库时，发现有我的奖品，空了来拿一下。我不知是什么，跑去一看，居然是一个奖盘，是某年得了个系统内的先进个人。记忆中好像有这回事，还上台领了奖，怎么会遗漏这个奖盘呢？明知道也不是什么名贵瓷器，但为了他们的"遗忘"，我在桌子上摆了一摆，借以提醒自己"人微奖轻"的现实，对自己也是一种警示。我还在书桌上摆过一个木工家具，那还是在我父亲去世不久后，我在老人家的工具箱里，找到一个刨子。这个刨子是铸铁浇铸的，约有六寸长，这种很短的刨子，俗称"小倒刨子"，很重，刨刀（也叫刨舌）是用螺丝固定的，调整刨舌也是由螺丝来掌控。如果需要磨刨刀了，拧松螺丝就可卸下来。我小时候帮父亲干木工活，常常推这种"小倒刨子"，这是粗活，体力活，等我刨了个"大方"后，父亲再用线刨子找平。我把这把刨子带回来，放在书桌上，立起来，或平放着，大约有一年时间。现在，它静静地躺在我的书橱里。我找书的时候，会看到它，都要拿起来看看，抚摸一番，有时会想当年跟着父亲学习木工手艺时的种种情景，有时候呢，也不敢多想，赶快又忙别的去了。

我的书桌上还放过什么摆件呢？记不得了。

砂 盆

砂盆是什么盆？不是紫砂盆，无论工艺和材质都和紫砂器具风马牛不相及。我没有探索过砂盆的制作过程和工艺流程，私自以为，是沙子和陶土制成坯胎，再高温烧制而成的。就是说，砂盆属于陶器的一种，为了耐用和耐损，才在陶土里掺了沙子。砂盆由于"格"比较低，又不够精致，属于日常用品，收藏界无人问津，也很少有人用在书房作摆设或观赏物，我也只在园林里的曲桥一隅或花墙、围栏下，看到其踪影，都是用来培植极具观赏价值的藕荷或睡莲的。

我家也有一个砂盆。由于其个头很大，我们习惯上称作"大砂盆"。

没错，这个盆足够大，直径有七八十厘米；也足够重，十五公斤左右；足够漂亮，敦实、粗犷又霸气，内壁涂有深绿色的釉，鲜亮、光滑而精致；足够古老，据我祖母说，是她婆婆那一辈就有的，那就是我高祖父那一辈就有这个大砂盆了!

我最早记忆的物品,就是这个大砂盆,它长时间放在我家的石台上,春夏时,里面会积些雨水和尘土,秋冬时会落进树叶。平时根本派不上用场。只有到了过年前,祖母和母亲才会把它洗干净,在盆里揉面,蒸馒头、蒸米糕。记得有一年,邻居家要打草牌(一种面食),砂盆被邻居借去了。快到年底时,我听到祖母和母亲的对话,对话是祖母先提出来的,主要是纠结要不要把砂盆要回来。我母亲的意见是,要回来不太好,会影响邻居家做生意。祖母同意母亲的意见,同时又担心,过年了,要和面蒸糕、蒸馒头,没有大砂盆,用别的盆和面,一次和的面既少,盆又不够稳当。记得那天晚上,祖母和母亲一边烤火,一边为这么简单的事商量半天。还好,第二天,邻居家就把大砂盆送回来了,是用"土牛车"推着来的,还在大砂盆里放着几块草牌。

多年以后,父母随我们来城里居住,我常惦记着家里的几件物品,一是父亲那些五花八门的木工家具,二是我那一橱加一大木箱子的书,三是那个四鼻罐子,四就是那只大砂盆了。在岁月不断的流逝中,我每年都会回老家几次,陆续会带回我觉得有纪念意义的小物件。但是,大砂盆,一直没有带来,一来因其笨重不方便携带,二来带来也无适合的安放之处。直到我搬进秀逸苏杭的新居,在二楼书房南窗外,有两间露台,又动了那只大砂盆的念头,便和老婆一起,由儿子开车,专程回去一趟,把它运了回来,放在我书房外的南窗下了。

　　最初我想在砂盆里养荷花，已经联系了搞园艺的朋友，他有上好的品种。想象中，养一大砂盆藕荷，春天藕芽新出，绿叶青翠，一派盎然；夏天荷花初放，红白吐蕊，香飘四溢；秋天莲蓬低垂，果实满满；冬日残枝临水，枯叶零落，一派悲凉。如此，四季都有好风景看了，岂不美哉。后来杂事蹉跎，过了最佳种植时间，便临时改了主意，在砂盆里放上半盆清水，养了十几条红色小金鱼。小金鱼也并非名贵品种，小如麦娘（一种喜欢在水面上嬉戏的小鱼，身子细小，只能看到两只眼），经过一个夏天的喂养，才初现鱼的模样，又是一秋一冬，到了来年春天，小金鱼的个头已经长大到一寸长了，常常分成两伙，在大砂盆里尽情地畅游、追逐、戏闹，大砂盆对于它们来说，水域算得上阔大了。由于我不常在家，投食喂养的责任都由家人承担。但它们对我还是情有独钟，虽然不常见面，每次居然都能认出我来，只要听到我的脚步声，它们会突然汇集一处，把嘴伸出水面，发出"噗噗"的声响，仿佛是在跟我说话。如果我蹲下来，跟它们交流几句（并不需要投食），便又半沉半浮着，畅快游玩去了。

　　渐渐地，我由对大砂盆的关注，变成对小金鱼的关注了。但偶尔来做客的朋友们第一眼还是被大砂盆所吸引，他们纷纷赞赏这只造型笨拙的盆。有一个朋友，甚至还到处寻访，试图找到和这只大砂盆一样的盆，理由倒是也说得过去，在玻璃缸里养鱼，老是担心玻璃会坏，有了这种结实又接地气的大砂盆，就不会有此担心了，还可以在砂盆里做些小摆设。可惜他一直没有寻访到。

2018年7月，喜欢玩石的深圳作家徐东先生，给我寄来几块好看的石头，其中有两块造型别致，一块像老旧的古瓶，一块像历经风霜的宝塔。这两块石头都是天然形成，没经过人工的雕凿，特别有情趣，我便把它放在了大砂盆里，在水的浸润下，在微波中，静中有动，动中有静，大砂盆一下就活了起来。小金鱼们对于突然出现的"小岛"，感到纳闷，远远地躲着，试探着靠近，不多会儿，它们就绕着小岛躲猫猫玩了。有了这两块石头的点缀，大砂盆丰富了起来，复杂了起来。

这就是我家祖传的大砂盆，经过简单的改造、利用，成了我书房的一景——很多时候，我会站在书房的窗下望呆，看大砂盆的敦实和厚重，看小金鱼的嬉戏和欢闹，看水中央"岛屿"的精致和考究，突然会产生对岁月、永恒、生命一类的思考。

四鼻罐

和大砂盆一样,四鼻罐也是我家的祖传之物。

所谓"四鼻罐",就是罐子的脖子上,有一圈平行对称的四个鼻子,可以系上绳子,便于手提。这个罐子不小,圆肚细脖,有点像《地雷战》上的地雷,口的直径约有十二三厘米,盛水装酒都可以,里外都是一层蓝青色的釉,造型古朴、大气、适用。罐子因无款无印无识,不知烧制于什么年代。但据我祖母描述,至少有二百年历史了。

在我小时候的记忆里,这个罐子一直是用来腌咸菜的。咸菜有三种,一种是萝卜干;一种是"老红咸菜",是萝卜缨腌制的;一种我们叫"冬瓜酱",煮熟的黄豆和新鲜的冬瓜切成片,合在一起腌制的。除此而外,这个罐子还借给村里一个外号叫"老团"的长辈,去海边贩过虾酱。我看过他挑着一个担子,一头是我家的四鼻罐子,一头是绑了一块石头,从我们小学校门口经过,进入村子时,就听到他叫卖声了。"挑虾酱"是小生意,他挑了一冬的虾酱可能也挣不了几个钱。但他把四鼻罐子还给我家时,会留一碗虾酱。我母亲会把这碗虾酱烩上黄豆和花生米,让我们解解馋。

我二十岁出头时离乡进城谋生,十几年之后,父母也随我到城里居住,这个四鼻罐子就一直扔在老家的堂屋里,直到搬到秀逸书杭新居,才把它请到我的书房。如果仅仅放在书房观赏,罐子略显蠢笨了一些,审美价值不高。当成画缸吧,口又小了些,插不了几件书画卷轴。放在书橱上,又太大了,一来放不下,二来和周遭的物品极不协调。放在地上又碍手碍脚。当成容器使用吧,又不知道拿来干什么。有一次,爱人拿回家几枝烘干的带柄莲蓬,没曾想家里没有适合的花瓶,正无处安放时,我想起了四鼻罐子,拿来一试,放在阳台的花架上,真是绝配,四鼻罐子沉实,莲蓬也厚重,高低错落,熠熠生辉,别有看相。从此,这个四鼻罐子,就一直被安顿在阳台的花架上了,那五六枝莲蓬,也一直在陪伴着它,它们成了一罐完美的插花。

有一天,夜深人静了,我一个人在客厅里看电影,一部美国片,叫《闰年》。这部片子也没有什么奇特之处,老套的爱情故事,却有着美丽的乡村风光(取景地在爱尔兰),十分的治愈。片子看到最后,在黑黝黝的屏幕上缓缓打出了长长的演职员表,伴着轻柔而抒情的主题音乐,使室里的光线产生了奇特的意境。正当我还沉浸在这美好的氛围中时,随意地一转头,看到阳台上的四鼻罐子和莲蓬了,被它骤然一惊，在荧屏不断闪烁的光影中，四鼻罐子的釉色上，映照着向上移动的字幕，因为四鼻罐子肥肚子上的弧度，映照在上面的一行行移动的白色英文字母便由小变大再变小，仿佛悄然隐身到静静的莲蓬里了。它们所产生的互动和效果，非常的神秘，像是一种新的生命体，或它们因为电影和音乐，也焕发或呈现了另一种有生命的情态。这让我受到非常大的触动，我们差不多都要忘了的这罐插花，其实一直都在，一直都在用自己的方式，表现自己的价值和个性。我才觉得，我们是不是一直轻慢了它？

第二天，我把它请到了书房，为它专门买了一个和它般配的花架。我想在我读书和写作中，让它也陪伴着我，或我陪伴着它。它还是那样的本色，还是只插着几枝干支的莲蓬，而罐子表面的釉彩也依然闪着幽暗的光泽。

像石（拓片）

雨天无事，在书房整理旧物，发现一卷汉画像石的拓片。其中一张特别有意思，是"蹴鞠图"，尺幅不大，高约三十厘米，宽约二十三厘米，大约是汉画像石的局部。画面上共有三人，从造型看，应该是三位女子，细腰肥臀，都穿长袖舞衣，三角而立，共同起舞，舞态轻逸，舞姿优雅，两个"鞠"在她们的中间穿梭、跳跃。

不需要仔细地回忆，这幅"蹴鞠图"是很多年前在徐州云龙山下一旧货市场淘得的，当时开会无聊，和当地朋友相约爬云龙山，在放鹤亭里坐了一会儿，望望山下的云龙湖，谈谈苏东坡（放鹤亭传说是苏东坡当年放鹤的地方），便下山闲逛，在一处仿古建筑群的旧货市场里，看到有很多卖汉画像石拓片的小摊。便流连一番，几经比较，淘了几张小幅的，其中就有两幅和"蹴鞠"有关。据说，现代足球的起源就可追溯到中国古代的"蹴鞠"，甚至有好事者考证出山东淄博是现代足球的发源地。我对此说法向来不以为然，在此不作多论。不过"蹴鞠"的玩法，倒是和现代足球有点类似，也是讲规则的。东汉文学家李尤有一篇《鞠城铭》，曰："圆鞠方墙，仿象阴阳。法月衡对，二六相当。建长立平，其例有常：不以亲疏，不有阿私；端心平意，莫怨其非。鞠政犹然，况乎执机！"这里的"鞠城"是指球场，"不以亲疏，不有阿私"，说明是有裁判的。看来那个时候已经有正规的比赛了。不过所用的鞠，是实心的，是用皮子包裹着的圆形球，里面的填充物会不会像现代的充气足球那样有弹性呢？话题扯远了，还是来说说我这几幅汉画像石的拓片吧。像石和汉砖一样，大都出土于墓地，是艺人刻在墓室、棺椁、墓祠、墓阙上的以石为基础、以刀代笔的艺术品，由于原物较笨重，收藏不易，拓片便成为藏家所爱。在民间，收藏像石拓片的不在少数。徐州的朋友告诉我，仅他们那里就有很多人收藏像石拓片，拥有几百幅上千幅的大有人在，这实在是叫人钦佩的。

　　我见过的汉画像石都是在博物馆里。山东博物馆里就有专门的馆藏，有一年我和朋友专门去参观过，在一件件像石前踟蹰，慢慢地体会、观察，细细地欣赏、品味，确实被古代人高超的构图和雕刻技艺所折服，感觉他们不是生活在遥远的汉代，他们的思想和当代艺术家一样的先锋，一样的激进，一样的现代，甚至还要更现代，没有一点陌生感和隔膜感。有一件山东莒南县蓝墩村出土的东汉孙氏阙，其正面雕刻有七组图案，有杂耍表演图、农耕图、骑马追逐图、游戏图、切磋交流图，等等，这些图案，造型夸张而活泼，艺术水准极高。首组的杂耍表演图，共有四人，两名观众，宽袍大褂，盘腿而坐，两个表演者，一个匍匐在地，似乎嘴含器具在玩杂耍，一个倒立，双手当足，做行走状。如果把正面的这些图案连缀起来，很可能是一篇完整的民间风俗故事。而侧面的图案又别有情趣，共有三组。第一组是一只行走中的四腿怪兽。中间的图案简单而有内涵，长方形中，有一个对角交叉的粗线，中间的交叉点上是一个圆，四角各有一个半圆。这幅图案应该代表某种深奥的意思，我不是这方面的专家，无从知晓。最后边是一幅人面龙身的图案，人面清瘦，龙身肥壮、颀长，正做游动状。另一侧刻有一行字，曰"元和二年正月六日孙仲阳仲升父物故行丧如礼刻作石阙贾值万五千"的字样，可知墓穴的主人和纪年以及石阙的价值。山东博物馆的汉画馆里还有很多的像石精品，反映的内容也多种多样，农事、文事、游戏、战争等等都有，如孔子见老子图、斗鸡图、泗水捞鼎图、骊姬故事图，等等，无论是人物还是动物（如战马）都十分传神。

众所周知，汉代雕刻、造像艺术是古代这一艺术形式的最高峰，鲁迅当年住在北京的绍兴会馆里抄古碑，接触了很多汉画像石的拓片，很钦佩古人的艺术才能，认为汉画像石的气魄深沉宏大，能给中国的现代美术提供借鉴。翦伯赞先生也说过，在中国历史上，没有任何一个朝代比汉代更好地

像石（拓片）

在石板上刻出当时的现实生活和流行故事来。确实如此,当年的现实生活和流行故事在汉画像石上体现很多,仅山东博物馆里就有数十幅,这还不包括散布在全国各地的摩崖造像。比如离我家仅一箭之遥的海州孔望山上,就有汉代的摩崖造像,我每每带外地朋友去观看,都会被如此壮观的造像长卷所震撼,实在是古代石刻艺术的瑰宝,外地朋友更是赞叹不已。这幅长卷上共有人物一百多人,内容丰富,层次感强,一笔一画、一人一物等交代得特别清楚,有饮宴图、叠罗汉图、结伽趺坐图、舍身施虎图,等等,人物形象生动,极富生活气息。我也藏有这幅长卷的局部拓片,是那幅施无畏印,图案适宜,线条有韧劲,可当作小品观赏。有一次在朋友处,还看到那幅最大的门亭长的拓片,拓片上的门亭长很有威仪,连面部表情和眼睛神态都表现了出来,让我怦然心动,也想托他搞一张。但朋友说,这是多年前的拓片了,现在管理太严,不允许拓了。我听了,只能遗憾。孔望山这组摩崖造像的生成年代,据权威专家鉴定,比敦煌莫高窟的壁画还要早200多年,是我国迄今发现最早的石刻造像。关于这组造像的拓片,早先在旧货市场和朋友处,我都看过一些,海州美协主席陈立新就有不少。由于觉得这些东西就在身边,可随时得到,也就不太在意,没想到现在都成了宝物。我知道,如果纯属欣赏,可以去山上或博物馆看看。但拓片的优势也很明显,由于石刻上的图像文字,因年代久远,有的会漫漶不清,如经过捶拓印到上等的宣纸上,就能体现出原物所看不清的线条和画面来，便于欣赏和研究，更是一件珍贵的艺术收藏品了。如果能请这方面的专家或书法名家题款题跋，其价值更是弥足珍贵了，这大概就是汉画像石拓片受到欢迎的原因之一吧。

飘 窗

　　顾名思义，飘窗，意在一个飘字，飘出去的意思，飘飞的意思。不仅是窗户飘出了墙体之外，扩大了眼前的视野，满眼都是风景，而且思想也跟着飘了出去，云山雾罩不着边际是也——思想又衍生出别的思想，风景又变幻成别的风景。同时呢，风景触动了思想，思想触动了风景，相互触动，又形成了另外的风景。所以，家有飘窗，实在是一种享受。

　　飘窗的结构也是多样的，有外飘，有内飘，有落地式，有半圆式，也有窗台式。外飘也有多种，这些就不去多说了，有兴趣的读者可以去看看建筑方面的专书。刘心武就写了好几本建筑方面的随笔集。他在演讲中多次讲过他创作的"几棵树"。"建筑树"就是其中的一棵，文章涉及建筑的方方面面，甚至建筑材料都写到了，但他并不是像建筑师那样的规划、设计，他是从美学和艺术的角度来审视建筑的，所以也还可读。也或许是研究建筑受到了启发，激发了灵感，刘心武还写了一部长篇小说《飘窗》，通过飘窗，来看世相人生。我曾在德国西西里宫威廉四世的书房里，见过那种落地式的、占整面墙体的大飘窗，窗外隔着草坪就是著名的少女湖。从书房的飘窗看出去，视野特别开阔，外阳台和草坪几乎齐平，草坪和湖水几乎齐平。据说当年威廉四世坐在书房里读书，喜欢看自己的三个女儿在少女湖畔的草坪上玩耍。确实，威廉四世的书房的飘窗，有着看少女湖畔美丽风光的最好的角度，深蓝色的湖面平静温柔，湖岸边是高大的绿树和青翠的草坪，草坪和湖水相拥相依，湖里的天鹅和各种水鸟自由嬉戏，三个天真烂漫的女儿在草坪上追逐玩闹，人生幸福也莫过如此了。常熟女诗人陆大雁家的飘窗也格外诱人，她在多篇文章中写到过。据她的描述，她家的飘窗位于十九层，落地式，和威廉四世书房的飘窗一样，玻璃窗充当了整整一面的墙体。有了这个飘窗，不仅房间显得开阔、明亮，还可以完美地利用这片空间——她在那里放了一个小几，还有几个蒲团。小几上常常出现的是几本书刊或笔记本电脑，一杯飘着淡淡清香的虞山白茶或一杯浓香扑鼻的咖啡也是常有的，甚至还会在这里喝杯精酿啤酒，小憩一下。她在这里读书、写诗、品茗、饮酒，慢慢品味着生活的曼妙，感受着时光的流逝，享受着独处的安静，也会为烦心事而哀愁，为高兴事而欢欣。她当然也会在这里工作了，把这里当成了另一间小书房，闲读之外，写诗，写散文，也写小说，她不少作品就是在这里完成的，比如那篇《三杯咖啡到天亮》，就是在这里一边品饮咖啡一边放任思绪的潆漫而产生的灵感。我读过这篇文章，能体察到她写作时纷繁、复杂的心事和对遥远往事的不甘和怀念。我甚至想当然地以为，如果不是在飘窗上，能否会有这些灵感的产生呢？飘窗于她来说，不仅是一个活动区域，也可能是思想和灵魂发散的场所，会不由得产生多重的感怀。比如那首《凌晨两点》，就是在这里眺望夜色时产生的恍惚感构思而成的，觉得自己所处的空间，是个大鱼缸，而对面一扇蓝色的飘窗在灯光映衬下，更"像一个巨大的鱼缸飘浮在海面上"。

家里有个飘窗，确实会给生活带来不一样的体验，我能想象得出，诗人穿着家居服，坐在飘窗的蒲团上，欣赏夜色的样子。她在朋友圈里，会发几幅夜色中的照片，那些迷幻的灯景和虚实明暗的影像，可能正是她飘忽的思绪吧。

我家的飘窗大概是属于"内外兼飘"，有宽阔的窗台。窗户虽然没有整体飘出墙体，视野也相当于"三面可以观望"的那种。有时我会站在窗户前，趴在窗台上看外面的风景。楼底是一家幼儿园，每天早上按时升国旗，奏国歌，幼儿们跟着音乐唱国歌的情景特别纯真。小区外是一所高校，校园环境整洁，有一片不大不小的湖泊和绿地，湖泊里有堤，有曲桥，还有亭廊，绿树穿插其间。在校园的北半部是一片未开发的野水沼，芦苇和蒲草遍布在水沼周围，会有一两只白色的鸟从那里飞起飞落。隔着水沼是一条河，沿河是一条笔直的路，路那边是操场和足球场，在周末的时候，足球场上会有人在踢整场的足球，可能是大学生自发组织的比赛吧。在学校的西墙外，是去年冬才种的樱花树，不是几株，而是一大片，有几百亩，四月樱花开时，一片水红，特别养眼。一条笔直的大马路从花丛中穿过，人和车在路上行，仿佛穿行在花海中。

我在读书和写作累了的时候，会去露台上弄弄花草，也会来飘窗前看看外面的风景。飘窗的窗台很宽，上去坐坐也挺好，还可以伸伸腿躺一躺。本来我以为窗台的长度没有我长，可我躺下去，居然正好。我家飘窗的窗台，并没有装修成沙发状，也没有摆放茶几和茶具等用品，但会扔一个布垫子在上面，正好适合我躺躺。这有点像古时的榻，可以小憩。有时呢，要查什么资料，会把相关的书抱一大摞甚至几大摞在窗台上，一边翻阅，一边手撕纸条，夹在书页里，待挟几本有用的书上楼时，飘窗台上便留下了一片凌乱，常会招致家人的指责。偶尔我也会躺在"榻"上"无事此静坐"，或翻翻闲书，旁边放一杯绿茶。茶香和书香相伴，是愉悦的，也会忘记许多扰人的闲事杂事。外间有家人说话的声音，或拖地声、洗碗声，都不关我的事。有一次，我听到他们的对话："你爸呢？""不知道啊？爸？"我听见了，假装听不见，故意不理他们。"你爸出去啦？""没有啊。"于是他们就到处找，我听到他们的脚步声，这里，那里，阳台上、厨房里、卫生间、储藏间、小书房、大卧室、小卧室，又上楼，大书房、藏书间、工作间、里里外外，连露台都去了，都没有找到。于是脚步声开始杂沓和凌乱。我怡然自得，就是让你们找不到。终于让他们发现了，原来就在飘窗台上，儿子刚才还探身进来望了一眼，居然忽视了窗台。我说，怎么，你们找我啦？他们同时骂了句"大痴子"完事。我以为这个飘窗是我的专有，未曾想他们有时也会占领，也会像我一样上去坐坐、躺躺，或靠在墙上，看书，看平板，玩手机。

家里有个飘窗，就多了个好玩的地方。

纸 杂

纸杂者，杂纸也。和许多爱书者一样，与文字相关的纸片、档案、手稿、便签、油印稿、打印稿、笔记本、退稿签、明信片，甚至会议手册、会议日程，等等，陋室都会有一些，这些"杂纸"看是无用，闲暇时翻翻看看，会有许多意想不到的收获，比如触发一些灵感，比如想起某些封尘的记忆，比如对久违的人事进行重新打量，等等。在我印象中，鲁迅和周作人都是爱保存这些东西的，巴金也是这方面的有心人。记得有一次在上海图书馆参观巴金诞辰一百二十周年的展览，这次展览不像通常的全方位展示巴金一生的成绩和荣誉，而是突出巴金的日常生活，其中一个展厅，除了书籍、使用过的物品和各个时期的照片外，还有他经手的一些票据，如饭票、布票、粮票、船票、车票、门票、机票、参观券、会议通知、会议餐券、买东西的收据、发票，等等，真是琳琅满目。这些物品在当时都可以随手丢弃的，现在看来价值非同寻常，至少能从另一个方面，知道巴金的活动、旅行和日常生活的情状，是巴金丰富多彩的传奇人生的另一种呈现。不久前，我还在网上看到过二十世纪八十年代初，汪曾祺参加一个文学笔会的住宿房间的分配表，有参会日期，有和谁同住一间的花名册。这个看似普通的表格，传递的信息是多样的，为汪曾祺的创作年表和年谱，提供了重要的依据。另外，我在小文《古董》里提到的地契和碑拓等，也可归"纸杂"一类。

大多数"纸杂"，我也不是要刻意收藏，只是时间长了，发现它还有些价值，便保存了下来。这些的纸杂有名家书信、便条、手稿、讲话、照片、笔记本、打印稿、风景名胜的参观券、会议花名册，等等。当然，因为喜好，也偶尔会购买一些，比如书法家顾铁侬的人事档案卷宗，剧作家周维先油印稿本的电影剧本《早春一吻》，以及一些旧时的笔记本，就是在旧书摊上淘来的。在淘到《早春一吻》后，还专门写一篇短文，收录在《尚书有味》一书中，文中在对作者和剧本做了简要概括后，又说："南影厂早就准备投拍这部影片，并多次请周先生到南京锁金村（南影厂所在地）修改剧本。1991年的这个修改本，已得到各方面的认可，但制片厂一直拖了两三年还没有动静。真所谓好事多谋，早就钟情于该剧本的广西电影制片厂准备中途挖走，南影厂这才搭班子正式投入拍摄，于1994年拍竣。影片一经上演就好评如潮，荣获当年金鸡奖、全国五个一工程提名奖和北京大学生电影节优秀影片奖。是年，德国柏林电影节来我国选片，很欣赏这部影片的李准先生力荐该片，德国选片专家在认真看了电影后，认为在描写真爱和探索人性方面，是近年来不可多得的好片子。但曾经策动两次世界大战的德国人，非常挑剔地认为，片中六岁主人翁早春因剧情需要而玩的玩具枪，不符合德国人痛悔战争的原愿，只好忍痛割爱。但是该片仍然被我国权威部门推荐，参加在美国、新加坡等国举办的中国电影展。"除电影，周维先生在舞台剧方面也卓有成就，也写电视连续剧，曾在国内多次获奖，电视连续剧《小萝卜头》更是让他声名远扬。这本早期的油印修改本，可从一个侧面了解这部电影的创作和演进过程。

我所藏的顾铁侬档案卷宗，如前所述，也是逛旧书摊的产物。说起卷宗主人顾铁侬，苏北地区的书法界朋友对他是熟知的，他是著名中医，也是书法家，还曾担任过连云港市书协副主席，据说还曾连续多届担任市政协常委。在二十世纪七八十年代，他的字深有影响，不少景点勒石都出自他的手笔，可以说，顾铁侬和杜庚，在相当长的一段时间内，是连云港书法界的双璧，书法作品被不少藏家收藏。这卷不知因何"遗失"到市场的卷宗档案里，有他撰写的《自传》《交心书》《整风笔记》《自觉革命总结》等珍贵资料，还有《顾铁侬检讨记录》等。档案建于1958年1月26日，初建时只有4页，其中"干部简历表"填写于1957年2月，表中的职务是"新海连市立医院新浦分院中医科"，从"干部参加革命前后经历登记表"和《自传》里得知，他出生于1902年10月，1909年1月至1917年，在淮安驸马巷读私塾，1918年至1923年，跟随名师张葆田学医，1924年至1929年2月在驸马巷寓所挂牌行医，1929年2月至1950年6月在新浦民乐巷开业应诊，此后有几年时间，往返于新浦和南京各诊所，直到1956年参加工作。关于他的事迹，孙济仁、江尧禹等人都写过文章。这册档案提供的信息很多，也很复杂，从中能透视出很多内容，对研究社会史、文化史、地名变迁史、中医药史等诸多方面，都是重要的第一手资料。

笔记本我也在旧书摊淘了一大堆。笔记本里所记的内容，大都和时代有关，和个人命运有关，是不可多得的史料，可以补充正史的缺失。记得有一次，在一冷摊上，看到有三个旧笔记本，都是二十世纪五六十年代的，而且都写满了整本，颇有价值，和摊主讨价还价后，喜得而归。其中一本主题是"百花齐放"的笔记本，深绿色硬壳，74开，封面左上部分是一幅菊花图，特别精致。这是一本读书笔记和日记相混的笔记，第一篇写于1959年3月，所读之书叫《不朽的人》。作者很用心，把笔记内容分为"主要内容""摘录""读后感"三部分，而且条理清晰，极其详细认真。第二篇读书笔记写于当年的4月，所读之书是《我的家》，作者陶承。此后，日记主人还读了《青春之歌》《苦菜花》《野火春风斗古城》《迎春花》《小城春秋》等书，这些书在当时都十分畅销。读书笔记的后半部分，开始出现了日记性质的笔记，有一些学习心得、在毕业班上的讲话等内容，可以推断，主人是一个中学老师。最后一篇日记是1966年9月6日。日记跨度近七年。有一本日记是"赠给优秀学生吴某某"的，赠送者是新海连市墟沟初级中学（印），赠送时间是1959年2月4日。吴是学生，第一篇日记写于1960年10月18日，用蓝墨水钢笔，字迹十分娟秀。在第一篇（也是第一页）上，日记者还用红蜡笔，写上几个美术体的大字："日记 自觉不要看！"从日记中可以知道，这个吴姓同学是个女生，是从墟沟初级中学考进新海高中的，和云台中学考来的一个姓于的女同学是好朋友。"我们共用脸盆等东西……我们用钱和其他东西都不分你我，有事出去或玩都在一起，我们都互相保证过，谁也不背弃谁。"（1960年10月19日）日记记到1962年8月11日，突然停止了，直到近一年后的1963年7月21日，才又重新写。但也只坚持到1963年7月26日。从中断后重写的几天日记看，吴同学高考后在家等录取通知时，自认为高考成绩不理想，心情不好，在家郁闷着，生发着各种感慨，一会儿要学习雷锋，一会儿要学做针线，学做家务，一会儿又觉得在家靠父母养活真没出息，下决心要挣钱。"让父母在家歇着，让我来奉养……可是，现在我连小工人家都不要我去，何时才能实现我的愿望？"（1963年7月23日）。吴同学的父亲还拿她开玩笑，说她考上了北京大学。"唉，当时我听了，真像倒翻了七味罐，酸甜苦辣咸样样有，搅得我心里实在不是滋味，于是我倒上床，闷闷地流泪……我觉得对不起父母，父母辛辛苦苦培养我十多年，结果一场空，连一个大学都没考上……爸爸这么眼巴巴地希望我能考上大学，可是我连这一点希望都满足不了他，他心里也一定是很难受的。"（1963年7月24日）但是，从1963年7月26日的日记看，似乎峰回路转，这天的日记只记六个字"今天我真高兴"，没有标点就结束了，可能是收到大学的录取通知书，忙着和家人庆贺去了。有意思的是，日记本里夹有一张半寸的小照片，一个短头发的女生，穿条纹翻领衬衫，很可能是日记主人。这两本日记有一个共同的特点，就是文字通顺，语言简练，特别是后一本，比较完整地记录她高中三年的学习生活。

这些可遇不可求的"纸杂"，有时候的价值，堪比阅读一部史书或一部专著，而且比阅读正规史书或专著更轻松，此话并非夸大其词，比如紫砂大师吕俊杰先生十多年前送我的一包个人专题明信片，套封上印有"中国当代艺术名家系列"，主标题印有"吕俊杰作品选"，图案是一把"旭日东升"提梁壶。从照片看，该壶制作十分精美。十二张明信片上，主题画所呈现的，也都是吕俊杰一个时间紫砂创作的精品，有"牧童渡水""补天余石""满腹玑珠""一帆风顺""紫气东来"，等等，展现了艺术家的艺术追求。这套明信片上，有吕俊杰较详细的从艺简历，还有他的签名，落款有"北大"字样。在阅读、欣赏这些紫砂艺术后，再看他的创作简历，基本就是一部个人的阶段性艺术史了。还有一册2010年印制的活页笔记本，封面上印有"江南再生——江阴第二届青年当代艺术展"，在笔记本前边，充当目录的，是十位艺术家的创作简历，他们的十余幅不同风格的绘画作品，也作为插页，分散插在笔记本里。这是那一年我参加江阴图书馆办的一个活动上的纪念品。从这些青年艺术家的作品风格看，也可以略见那个时段江阴后起之秀们的绘画艺术的基本风貌。至于那些获奖证书、聘任证书、资格证书，还有年代感很强的各种票据，我更是在冷摊上淘得很多。这些看似用处不大的东西，可以尽可能地补充和丰富自己有限的知识库。这方面的名家，要数天津好友罗文华先生了。罗先生收集的"纸杂"，可以说包罗万象，只要是纸质的东西，只要是旧物件，他都收，而且也毫不避讳地在微信朋友圈晒出来。比如，他晒过朋友赠送他的老支票，共有十余张，有德华银行的支票，有中南银行信托部的支票，有新华信托储蓄银行的支票，有华侨银行有限公司的支票，等等。这些都是晚清或民国时期的银行支票，支票上的文字和说明，能反映那个时代的金融面貌，比如德华银行支票上，就有一行"此票在天津取银"的字样。华侨银行有限公司支票是两种，一种灰色的支票上，币种是"大银"，红色的支票上，币种就是"国币"了。还有几张是新中国建国初期中国人民银行的存款单，有一张1953年6月6日开出的存款单，金额是139000元，除盖有四枚红色名章外，还补盖有两枚紫色印章，一枚的内容是"捐献飞机大炮，打败美国强盗"，另一枚是"私银其他企业存款"，1953年11月2日开出的一张十万元的存单上，也有"捐献飞机大炮，打败美国强盗"的紫色印章。

所以说，"纸杂"虽"小道"，反映的却是和时代密切相关的"大道"。

古　董

　　这是一个泛泛的概念，什么叫古董？一定有人能说得很明白。但我不愿意做那样一个明白人。我的概念是，过去的东西，就是古董；与我有价值的，有意义的古董更值得珍视和收藏。比如我收藏有许多种木工用具，而且年代都不算长久，但绝对算得上"过去"，因为它的主人，就是我已经去世十多年的父亲。几十种木工用具，怎么能算得上古董呢？在常人看来，这是不可思议的事，对于我来说，却大不寻常，因为这些用具，大部分都是父亲亲手制作的，比如大大小小的各种"刨子"，什么"线刨""小刚刨""槽刨""倒刨"，等等，除了"刨舌"是买的，其他工艺，都是父亲的手艺。四十多年前，在我还很年幼的时候，经常看到父亲在捣鼓这些木工工具，为挑选一块适宜的木料而操心。做刨子的木料，一是要硬，经得住磨耗；二是花纹要好看，这一点父亲尤为看重。拿来做刨子的木料，无外乎"本槐"，即北京槐；还有一种叫"作力"的南方木料，有些暗红色，其学名叫什么，我至今也没弄明白；最好的木料是"山檀"，花果山上就有野生的山檀。这些材料的刨子，父亲都有。我们兄妹四人结婚时的所有家具，都是父亲亲手做的。所以，这些木工用具，对我来说，收藏的意义和价值，比起一般的古董，就金贵得多了。我舅爹（外公）是铁匠，我家有不少铁器农具，是我舅爹打的，有斧头、剁刀、铁叉，还有一把锄头。我舅爹去世四十多年了，其他农具都已经不在了，只有一把锄头还在我老家的老屋里，我每次回家看到锄头，就想到我舅爹。

我收藏时间最久的古董，是我家的地契。在我数十个书橱的其中一个的顶端，放着我这个宝贝，卷成两捆，用报纸包裹着。说是宝贝，有三层含义，一是，这一百多张地契，是货真价实从祖辈传下来的，到我手里，从最早算起，是第九代了。最早一张，是在雍正三年，应该是1725年了，我家买的土地只有"丈二"，换算成今天的度量，约四米宽。以后历代都有多张地契，有买地的，也有卖地的，写地契所用的纸张都很差。地契上出现的一些地名，我小时候还在沿用，比如"王庄家后"，比如"山前荡"，比如"西湖"，比如"大桥北"，比如"后河淌"，比如"水园南"，比如"西南荡"。我家的地块都不大。因为地契上使用的度量衡，都是丈，我算一下，最大的地块也就四五亩，小的不到一亩，最小的只有"二分"，就是"花园"那块，我小时候还常在那里的树下和小伙伴们捉迷藏。如果这些地契保存完整的话，买卖相抵，我家的地，最多时达到一百多亩，再对照新中国成立后的成分划分，应该是一户中等农民了。但是，我小时候听我祖母说，到我曾祖父陈开山这一代，也就是新中国成立前时，我家的土地只有七十多亩了，除了三四十亩能收些粮食，其他的地块，基本不收。我常听祖母讲的一个段子是，1940年代末，我父亲去田里收庄稼，三亩多一块田，收的小麦，连草带粮，被十几岁的父亲，一担子挑回家了，连种子都没有收回。第二层意义是，从这些地契中，能够清楚地看出我们这一支陈姓的生活变化，可以说是一部"家族史"。第三层是，这些地契的书写者，就是代笔者，书法都不错，有一张道光年间的地契，是上等棉纸写的，小楷书特别娟秀，对该地块的地理位置叙述也很流畅，看来文笔不含糊。所以，对于这两卷地契，我是当着宝贝的。

其他的"古董"，我也有一些。比如几块古砚，方的圆的都有，有的刻有"喜鹊登枝"的图案，有的敦实厚重。比如笔筒，有瓷器，也有竹器，还有根雕做成的，特别古雅，大多是民国"玩意儿"。有几本明版书，是二十多年前在南京朝天宫花大钱买来的，当时有些后悔，几乎用去我所有的积蓄，现在看来，超值了。和小儿陈巴乔逛青年路古董市场，买过一个铜印泥盒，上面錾有精美的"寿"字和祥云图案，底有"永宜昌"钢印。百度一下，这"永宜昌"，是民国年间制作文房铜器的大家，工艺制作精良考究，为当时文人所喜爱。这虽然是近代的物品，因图案烦琐、精致，还是有点意思的，送给巴乔收藏了。最有纪念意义的，是朋友们送的"古董"。已故小说家郝炜先生，曾送过我一块鱼化石。鱼化石算不算古董呢？我不知道。这块鱼化石，是一条二指长的小鱼，由两块化石拼接起来的，就是说，有可能是两块化石，因大小、颜色差不多，拼成一块了，便于观赏吧。有一个"化石鉴定证书"，说这条亿万年前的小鱼的学名叫"狼鳍鱼"，产地在"中国辽西"，地质年代是"晚株罗世—早白垩世"（距今约1亿4千万年），鉴定单位是中国地质博物馆。这样的古董，因赠送者已归道山，不免有些沉重了。但能于"古董"而"睹物思人"，也是一种情怀吧。

　　总之，我对古董的认识，还是浅层次的，还没到"玩家"的水平。但是，对自己心仪的"古董"，特别是承载自己情感和寄托的老物，还是很在意的。

古 书

古书，陋室也有一些，很少。

但古书今印的选本很多都值得怀疑，甄别起来也很麻烦，适当地选些明清时代的原刻古旧书，特别是一些笔记、小品，抽空读读，还是很有益处的。

第一次购得古书，是在二十多年前，南京朝天宫的夜市上。那天因久有预谋，几个书友吃完晚饭，不肯散去，聚在宾馆房间里闲谈，等午夜过后，两三点钟时，夜市开张了，便一拥而去。

南京朝天宫的夜市，又称"鬼市"，原因是天一亮，就散市了。所以，到朝天宫夜市去淘书，得手持一把小手电。那天我们的淘书队伍有四五个人，只记得有南京读书界名流薛冰先生，还有《开卷》执行主编董宁文先生，其他先生都忘了。因之前听薛先生讲过淘书时的许多趣事，所以，那天午夜一过我们就提前出发了。但我们去的还不是最早，沿街两边，已经摆上了各种摊点，也有的摊贩刚到，正从大包或纸箱里往外取货。我们各人兴趣不同，便各取所需，在摊点前流连。赶夜市的人渐渐多起来，书友们很快就淹没在人流里了。因事前说好，夜市散时，大家在朝天宫南门口小河边（秦淮河支流）汇合。所以我也放心地沿着街市一路看下去，也淘得了几册心仪的旧书。至于那些雕版古书，因为不懂，要价也贵，没敢下手。待到了朝天宫门口的秦淮河支流边，正巧薛先生也到了，他买了一大包书，大多是外国建筑或民国旧画刊。说起我想买几本旧刻的意思，他说，走，我带你去看看。他轻车熟路地带我到朝天宫市场的一个门店里，这里有好多旧书，他跟店主也相熟，在他的推荐下，我买了六本清末道光年间的"坊刻本"小书，内容是明人小品。这一涵原有八册，如今缺二册，价格相对来说便宜一些，六册不到一千元，据说，如果配齐，至少要五千元不止，这还是当时的价格，我已觉得大赚了。至今，它还是我的镇宅之宝。

　　坊刻本，我是略知一点的，旧时街市上，除了少数大商行，不少临街人家都是"前店后坊"式的结构，比如新浦老街上的酱菜店，前边店铺售卖，作坊就在后院。大地方的一些书铺也是这种格局，前店挂着"古今书铺""东亚书坊"等招牌，售卖《说唐演义》《荡寇志》《马义相法》《中医验方》等书，实际上，在店后的背弄或耳房里，就是刻书、印书的工作间，这些小作坊出来的书，后来的读书界，就称其为"坊刻本"或简称"坊刻""坊本""坊间"。"坊本"也有"精刻本"。据行家说，我在朝天宫购得的这六册坊本，算得上上等精刻了。

此后，我还陆续购得一些古书，比如刻本《奎壁书经》，比如绣像本《二度梅全传》等。前者我还写过一篇短文，开头讲述了得书的经过，"2001年初秋，在新浦盐河边旧书摊上，发现一堆旧籍，大都去头掉尾，残缺不全，以为没有什么可淘，正欲离开，发现一本《奎壁书经》。遂蹲下，一边翻，一边阅，一边和摊主闲谈。问其价，才索要二十元，我还以十五元，摊主爽快成交"。这本书后来我请"素喜版本古籍"的陆瑞萍女士鉴赏，不久后就送来一篇文章，《苍梧晚报》"读书版"于2001年11月23日全文发表，文章对该书鉴定说：

《奎壁书经》是那种天头很大的线装书，清光绪丁酉（1897）年刻本。该书前有作者蔡沈自序。从序里可知该书原名《书集传》，成书于南宋宁宗嘉定二年（1209），是一部对古代特别是虞、夏、商、周四代典章制度、君命征贡进行训诂释义的经部著作。700年后，金陵汇文堂以当时福建莆阳郑氏订本为底本，刻梓重印，易名为《奎壁书经》，仍按底本之例，分为六卷，其中虞书一卷，夏书一卷，商书一卷，周书三卷。朋友携来的是第一卷"虞书"，版匡高19.5公分，宽12公分，白口，黑鱼尾，半叶九行，每行17字。科白小字双行,行亦17字。双面,有眉栏,眉批即音注。正文通过字的位置高低排列显示文章层次和段落。

对于该书的价值,陆瑞萍也给予了恰如其分的评价:"该书的扉页署'汇文堂梓',书后又刻一阳文章'莆氏郑氏订本,金陵奎壁斋梓',大约'汇文堂'和'奎壁斋'是同一家书坊。我翻查《江苏省志·出版志》及相关的刊物资料,清代金陵有名的私家书坊有三山堂、世德堂、芥子园、文英堂等,汇文堂和奎壁斋都不见记载。除了《奎壁书经》,这家书坊还出了哪些书,都无缘得见。从这一意义上说,《奎壁书经》虽然字迹已稍显漫漶,但依然是珍贵的。"

关于"绣像",印象最深的是周氏兄弟小时候用"荆川纸"蒙在小说的插图上描红的事情,鲁迅在《从百草园到三味书屋》里写得很详细,周作人在许多文章里也都有提及,特别是回忆他小时候侍陪祖父在杭州的一段生活,经常用"荆川纸"映写大字或绣像。"绣像"不仅在小说里有,在一些诗文集里也有,王稼句在《绣像与小说》里说:"大致有三种情形。一是在每页正文之上,下则为文,文占近三分之二,图占近三分之一略多,大致画着本页故事的情节,也就是后来连环画的滥觞。二是置于卷首,往往是书中主要人物的白描画像,鲁迅在《连环画琐谈》里说'明清以来,有卷头只画书中人物的,称为绣像'。三是插在每回起首,画的是这一章回最精彩的场景，即徐念慈《余之小说观》所谓'回首之绣像'，它有两面皆图的，有正面是图，背面是诗或杂画的，也有长卷式的，即所谓合页连式，有的数页相连为一图，有的两面合为一图。至于插图的图形，有满版，有方形，有圆形，使得版刻的装帧艺术呈现丰富多彩的景观。"

现在，我的书房里有整整一橱"古籍"，是广陵书社历年来陆续出版的九十涵近二百册的"文华丛书"。丛书为仿古样式，蓝色布面涵套，一涵二册或三册，除不是雕版而外，其他都与旧时经典的装帧一样。但也不能说不是雕版，书里的插图就是手工木雕的。传统的手工木雕，是广陵书社保存较好的传统工艺，不仅艺精，对版子也非常讲究。我听他们家的刻工技师、也是非物质文化遗产的传承人跟我说，他的雕版使用的木料，是生长在民间的梨木，有一个老先生，专门在江苏、浙江、安徽、山东一带收购，然后放在水里浸沤，过了一定年限后，才拿出来，阴干，开成木片，卖给他们。我藏有的这套书里的雕版插图，就是经他亲手雕刻然后又制版印制的。这套书是中国古典文学的基础书，计有《诗经》插图本（二册），《楚辞》（二册），《唐诗三百首》插图本（二册），《宋词三百首》套色、插图本（二册），《元曲三百首》插图本（二册），《花间集》套色、插图本（二册），《片玉词》套色、注评、插图（二册），《东坡词》套色、注评（二册），《纳兰词》套色、注评（二册），《诗品·词品》（二册），《世说新语》（二册），《浮生六记》（二册），《老子·庄子》（三册），《论语》

附圣迹图（二册），《孟子》附孟子圣迹图（二册），《近思录》（二册），《传习录》（二册），等等，还有李白、杜甫、柳宗元等人的诗选。这些书籍，都是选择了古籍中的好本子为底本，配以插图，加以修订补充，并"添加简注""搜辑评语"，才用上等宣纸，精印而成的。以《东坡词》为例，就是以清末朱孝臧编的《东坡乐府》为底本而选编的。而书中的插图，也是仿绣像精印而成，《东坡词》的卷首，就配一幅苏轼的白描画像，是大画家赵孟頫所绘。内文中也有多幅插图，比如《江城子·湖上与张先同赋，时闻弹筝》一词的下方，就有一幅图，是根据诗意刻的，近柳、远山、晚风，湖上的轻舟，甚至琴音都可闻，是对词的很好的诠释，画幅也很适中，占了书页的一半。再以《片玉集》为例，该书是周邦彦的代表作，底本也是使用了朱孝臧的《片玉集》，"并参考吴则虞先生点校本、四库全书所收汲古阁本，因四库本补遗部分十首多疑为他人所作，不再收录，而另参近人成果，增成新的补遗"（《片玉集》出版说明）。可见出版者是何等的用心了，他们呈现的新印本子，应该是目前较权威的了。

这些书虽不是传统意义上的"古书"，但因长得很像，且内容更精更古，还是值得珍视的。

淘　书

万卷藏书可救饥。

我是靠读书、写作讨生活的,说洋气点叫"文字劳工",说夸张点是"笔墨生涯",实际上就是一个码字匠。写小说固然是我的本行,但几十年来,别人觉得成绩可喜,在自己看来,还远远不够。"不够"的标准有很多,有人拿国家级或国际级大奖做标准,这本没有错,我也不能不以为然,但能够在语言上做些贡献,在文体上做些尝试并被读者认可,才是我用心追求的。话扯到这里,似乎和"淘书"没有关系——这正是我接下来要告白的。我们的文学营养从哪里来?当然是阅读了。世界之大,书籍之多,用浩如烟海来形容毫不为过,如何取舍?一个"淘"字即可道来。淘所需之书,淘有用之书,淘好书,才能读好书。至于淘书之乐,读书之趣,各人有各人的感受,不用多说。

我的淘书生活,要从1975年说起。那时候,父亲在一家荒寒偏僻的供销社废品收购站工作，我喜欢在收购来的成捆成堆的充满霉味和腐烂气息的书籍报刊中，翻捡我喜欢的书刊，《江苏文艺》《东海民兵》一类的杂志和《钢铁是怎样炼成的》《牛虻》《鲁迅杂文选》等是我最早的一批藏书，特别是那些中外小说，已经去头掉尾破烂不堪，而且不少是繁体字，读起来非常吃力。对于那段时间的阅读，我只能用囫囵吞枣来形容。

每个孩子的成长，都有自己不为人知的秘密花园，都有自己珍藏的宝藏。怀揣着这样的秘密和宝藏，度过无法与他人分享和言说的美妙时光。对于我来说，一个炮弹箱，就是我藏宝的花园——书箱。

书箱里是我从废品收购站里淘来的最早的一批藏书。我把这些书整齐地码在箱子里，还在书籍上贴上口取纸，编上号。对于第一批藏书，我对它的珍爱程度，是没有词汇能够形容的，我不但给书包上书衣，还在每本书上打三个孔，用麻线重新装订一次。

我购买的第一本书是在一个叫平明的乡村集镇上。

集镇上有一间只有逢大集时才开门营业的"新华书店"，我用父亲给我买油条的钱买了一本《家》，时间是1978年寒假。那年的冬天格外寒冷，在春节来临前的寒风中，我在尘土飞扬的乡村集镇上一边行走一边如饥似渴读《家》的情景，多少年后依然历历在目，不能忘怀。那真是一个多梦的时代，也是多梦的年龄。也是在那时候，我做起了作家梦。在此后漫长的人生旅途中，淘书、理书、读书、著书、编书，构成了我生活的重要内容。

有规模地淘书是从1981年干临时工以后，手里有了自己挣来的钱，三天两头往书店里跑。八十年代初，古今中外名著刚刚开禁，挑选的余地不大，能见到的都买，《红楼梦》《水浒传》《儒林外史》《复活》《德伯家的苔丝》等，是对我产生影响的精神食粮。而真正确立我写作方向的，是《七九小说集》《八一小说集》《美国当代短篇小说选》《德语国家短篇小说选》和《晦庵书话》等，在相当长的一段时间内，这几本书成了我的枕边书，也是我初学写作的蓝本。前几本小说集里的《李顺大造屋》《陈奂生上城》《伤心咖啡馆之歌》《市场街的斯宾诺莎》《致科学院的报告》等经典小说，真是百读不厌，而《晦庵书话》里一篇篇关于书人书事、作家轶闻、名著评价、版本沿革的精彩短文，更是奇妙无穷，让我充分领略了藏书之益，淘书之趣，观书之乐。我那时候就想，书中所写的这些作家和他们的书，以后会不会有人写我？或者我能不能写他们和他们的书？我后来的小说写作受其影响自不必说，近三百篇书评书话类短文可以说就是读《晦庵书话》之后的"描红"作业。此后的历年间，我成为各家书店、书摊的常客。我像老鼠爱大米一样把书一本本地搬回家。

孔夫子旧书网当然是淘书的好地方了，只要用心去淘，收获总是多多。近来要策划、编辑《吴小如文集》，开始在网上搜吴先生的书。因事先从吴小如公子处拿到了老先生生前出版的全部近四十种专著的目录，搜起来相对容易，居然把他的书搜齐了。今年是鸳鸯蝴蝶派代表人物周瘦鹃先生逝世五十周年，突然想起我藏有他在五六十年代出版的两本谈花弄草的小书，一本《花花草草》，一本《花前新记》，从而知道他还另有《花前琐记》《花前续记》《花前新记》《花弄影集》《拈花集》《盆栽趣味》《姑苏书简》等书。我由于业余从事图书策划工作，感觉这里有文章可做，便在网上"淘"了半天，把上述这些书都收齐了。周瘦鹃先生原是做小说的圣手，后来对花木盆景有兴趣，并成为一代宗师。他的这类书，如果编一套"自编文集"，市场应该可期。

最近淘书，是在微信圈里，有一个"杂纸铺"的微友，每晚在朋友圈卖旧书，标价有十元、十五元、二十元不等，也有高到一百元的。我有时忍不住手痒，看到喜欢的，也下单抢几本，几次下来，计有冯友兰的《中国哲学史》，冯亦代的《洗尽铅华》，刘海粟的《艺术叛徒》，吴小如的《台下人语》，刘心武的《人生非梦总难醒》，余光中和黄永玉的对谈集《给艺术两小时》，等等，三四十种。

淘书难、聚书累、著书苦、读书乐，是我四十年淘书的基本写照。说难，是因为改革开放以后，图书业发展很快，图书种类目不暇接，书价也随着经济发展而不断走高。但是这种"难"是幸福的难，毕竟书多了，有可淘的余地。"聚书累"自然涉及书籍的存放，首先是量大，四十多年下来，聚书两万册左右，住房逼仄，如何让书们呼朋唤友、类聚群分，方便自己查找、阅读，挪来挪去，藏书于楼道，厕身于书丛，难道不累吗？"著书苦"无须多说了。平生不羡黄金屋，灯下窗前常自足。"读书乐"可是深有感触的，购得清河一卷书，古人与我话衷曲，苏东坡也说"千卷文字不求饥"，清代文人张潮在《幽梦影》里更是直言不讳，"有功夫读书谓之福"。每当我坐在南窗的书灯下，醉心书林，品读经典，翻看闲书，心情由不得的轻松而愉悦，就大里说，我愿意继承中国文化人的一个好传统，"一代之文存一代之事"，就小处讲，也是一种享乐和休闲吧。

编　书

近日收到著名文学评论家阎晶明先生所编的两本书，一本是《鲁迅演讲集》，一本是《鲁迅箴言》。两本书的选编难度都不小，特别是《鲁迅箴言》，一是要通读《鲁迅全集》和许多集外文；二是要把"箴言"挑出来，再归类。什么是"箴言"也是见水准见功力的事，非一般读者莫办。阎晶明是鲁迅研究专家，他花了大约十年时间，收集有关的"鲁迅语录"，终于有了这个成果。专家用时十年，这本箴言录就相对权威了。倾读是书，能够感受到编者对这部书的用心，仅从分类上讲，全书就分了十五个类别。这些分类都倾注了选编者的智慧和思想，"其中既有对中国国民性的剖析，对中国文化的批判，也有对文学艺术、中国新文学的分析；既有对文学批评、文学翻译的态度，也有对自己作品的自谦或辩护；既有对青年、对同时代人的思想，也有对中国社会情状、对人生的理解。选择和分类时，我首先注意拣摘句子时的把握，每论需尽量寻找那些具有'超越性'的话语,即虽然鲁迅论述的是一时一事,但话语却可指涉更广大范围。比如对同时代人的评说,鲁迅文章里涉及的人名太多,我所取的,是当他评说某一人时,也指向了对某一类、某一阶层人的态度,比如他关于陈独秀、胡适、刘半农三位人物韬略的比较就非常有趣而典型。其次,在分类上难免勉强……鲁迅的话语具有不确定、不稳定的特点,具有模糊性、流动性的色彩,谈国民性时也是谈美学问题,谈艺术时也涉及民族特性,谈青年也是谈人生,谈人生又何尝不是谈艺术。我在分类选择时,重点是看文章整体的用意和主题,文字里直接的取向和针对性。最后,所选的话语尽量保证原文的完整,既要保证'名言'之精彩、精练,又不要随意断章取义,尽量从句号后面开始摘录,一直到以句号为'休止符'。但也有时不能完全做到,有时就在逗号处开始或结束。有时是我自己在结尾处将原文的逗号改为句号,这也是没办法的事,不过这样的情况尽量少之又少"。(《鲁迅箴言·选编者的话》)从这些话里,我们可以感受到编者是下了大功夫的。《鲁迅演讲集》是一本再版书,十多年前在漓江出版社出版过。这次新版由三联书店出版,编者在《选编者的话》里如是说:"常常能听到一些朋友和读者的反映,大家多由这些演讲文字中获得鲁迅在文章之外表达的思想。鲁迅并非专业的演说家,他甚至并不喜好到处去演说,他的数十次演讲所产生的影响,和我们今天通常所认为的'演讲效果'远不是一回事。也正是因此,在今天这样一个演讲越来越成为某种'专业'和'职业'的时代,面对那些愈演愈烈的空洞的、表演式的演讲,我常常会遥想起鲁迅的演讲,而且认为非常有必要在今天重新认识其独特魅力,并引发对演讲本身的思考和探讨。"从编者的话里,我们知道了选编者的初衷也是和当下生活贴近的,带有目的性的。选编图书中的两部精品,即《鲁迅箴言》和《鲁迅演讲集》就是这样诞生的。

做和书有关的工作,在我,也是最快乐的工作。

编书,便是快事一件。

我编的比较成功的书,有十卷本的《白化文文集》、十卷本的"名人与生活"文丛、十二卷本的"朱自清自编文集"等。编书的妙处,首先是对这个作家或这一类文体要有个较全面的了解,最好还是喜爱。我编"朱自清自编文集",虽然是受止庵先生多年前编的"周作人自编文集"的影响,但朱自清是我喜欢的作家并是同乡前辈也是一大因素(《白化文文集》也出于同样的理由)。编书中,有几个工作是别人取代不了的,一是要把原著通读一遍;二是要做选题策划,写策划方案,包括销售方案;三是要写"编后记"或"出版前言""凡例""赏析"一类的文字,甚至需要的时候,还要有适当的注释;四是写"封面预案"和"封面语";五是还要写"审读意见"。"审读意见"是什么呢?先举个和我有关的一个例子,这是湖南文艺出版社编辑编我的长篇小说《连滚带爬》时的两篇"审读意见",看看这种文字是如何写的。

背景是，当初这部《连滚带爬》，开始只打算写一个中篇小说。事实上，该小说在发表之前，它的另一个名字叫《我们是饭友》(《清明》2003年第四期)，作品完成以后，我觉得，这个中篇还可以继续写下去，应该是一部长篇的容量了。到2004年夏天，全稿写完后，我给它重起了个名字，叫《连滚带爬》。《连滚带爬》发表在《钟山》增刊B卷时，也不过12万字，从内容来看，还算不上一部成熟的长篇作品，因此，我继续对它进行补充修改。2005年春天，我接到湖南文艺出版社编辑汤亚竹先生的电话，说该社有意出版这部小说，这更增加了我修改好这部小说的信心。又是两易其稿，终于在2005年底完成了对这部小说的修改，实际字数已经达到18万字。

现在，我已经说不清当初写作这部作品的初衷了，对整个作品的把握，我也从开始时的信心满满，到修改时的犹犹豫豫，再到发表时的诚惶诚恐，虽然最先读到这部作品的贾梦玮先生对小说的批评和肯定，让我略感安慰，但我还是觉得，那不过是一个朋友的鼓励。直到后来，湖南文艺出版社又寄来了关于《连滚带爬》的两篇审读意见（我不知道汤亚竹先生为什么让我看这种文字，大约是咨询我对这个"意见"的看法吧），我才稍稍有底。一篇是管筱明的，照录如次：

本作品是一部较为成熟的作品，发表在大型文学杂志《钟山》2004长篇小说增刊B卷。题材并不重大,不过是一个中等城市某个社会截面的日常生活,但是作者文笔老到,叙事写景,描人状物都不同凡响,使得作品充满生机与活力,于平凡中偶见峥嵘,日常生活中隐伏着深刻的哲理。

作品从老同事的一次聚餐活动开始,写了一组人物。由于命运的拨弄,社会的沉浮,各人的身份地位出现了分化,有的成了政府官员,有的成了商界精英,有的成了落魄文人,更有的堕落到贩毒分子的行列,而各人的生活状态更是让人唏嘘感叹。发财的连发地发,升官的一升再升,走桃花运的美女不断,下岗的潦倒得到了靠搬尸吃饭的地步。然而,透过他们或繁华或苍凉的故事,折射出一个不容置疑的现实:其实每个人都活得疲惫、压抑、沉重。"连滚带爬"就是每个人的生活状态。

叙事非常出色。把一些身份地位很不相同的人物编排在一起,通过一次次的取餐将他们的故事串起来,并且讲得天衣无缝,不见破绽,是很要功力的。

更让人叫好的,是作者刻画性格的笔力。写小麦对男友的情,并不直接写两人的缱绻,而是写她紧闭的口风,暗地的关照;写李景德的老奸巨猾和坏,也是间接的两个细节,甚至一句对话。许可证命运的无着,就体现在一个细节:独生子带回家的女友,竟是与他有过来往的女大学生!

然而我最佩服的，还是作者捏拿有度，收放自如的分寸感。作者并不是浓墨重彩，写社会的大善大恶，也不是刻意强调什么，突出什么。他只是淡淡的，像水墨画似的描绘生活。生活该是什么样就是什么样。生活中的不正当反衬了生活中的正当，人性的扭曲反衬了人性的闪光。基调虽然是忧郁的，但是也让人看到光明，看到希望。

另一篇是李绍谦写的：

一、社会价值

陈武的小说《连滚带爬》是此类题材小说中比较特殊的一部，或许，它不能说是"生活的教科书"，但却可以说是"生活的镜子"，它真实地反映了当前中国剧烈变化中的社会生活的实相，主人翁是一群六七十年代的年轻人，他们的情感，他们的事业，他们的生活方式，他们的社会关系，他们的喜、怒、哀、乐，他们的或升或降，他们的成功和失败，都那么原汁原味地呈现在读者的面前，是读者认识中国当代生活的一个难得的读本。就"海城"这个小城市来说，"麻雀虽小，五脏俱全"，在人们贪权、贪财、贪名、贪利、贪色、贪享乐的强烈欲望驱使下，人人都活得人不像人，鬼不像鬼，确实是"连滚带爬"在活着。

二、艺术特色

作者以幽默和冷峻的笔调,用喜剧化的场景,使读者在笑的时候心中发紧,在笑的时候想哭。生活显得荒诞、滑稽、可笑,但同时又是那么真实,那么可悲。

三、卖点

有较强的可读性。因为一切应有的时尚和时髦的玩意儿都有了,书中人物的所想、所说、所作、所为,正是不少人想要了解和体验的。这也正是"可悲"的一面。

从上述两位专家(编者)的审读意见看,他们是认真"审读"的,并较为准确地指出了这部小说的主题和特色。同时,从他们的审读意见所涉及的内容看,也是多方面的,有对作品的简评,有对市场的预测,也有对社会价值的肯定。可见,审读一部作品,也是一项综合性的劳动。

所以,选题、编书、审读的工作,不仅要有眼力(寻找好稿),而且是体力活和技术活,还要有独到的艺术眼光和文字表达能力。我在选编"名人与生活"文丛时,计划分为十二种,每一种都有一个主题,谈历史的,谈休闲的,谈读书的,谈饮茶的,谈旅行的,谈哲理的,谈修心的,谈爱情的,等等,每一本都要起个书名,这是很费脑筋的事。但工作临到头上，还得做，几经酝酿，最后确定了这样的书名，分别是《清洁的精神——文化名家谈历史》《壶中日月长——文化名家谈饮酒》《我的精神家园——文化名家谈读书》《无为是一种境界——文化名家谈修心》《摇曳秋风遗念长——文化名家谈怀旧》《佳茗似佳人——文化名家谈休闲》《恋爱的水罐——文化名家谈爱情》《民食天地——文化名家谈饮食》《仁山静水——文化名家在旅途》《领悟人生——文化名家谈哲理》等十本（原定的"谈佛法"等两种因为涉及敏感选题，被搁置了）。然后在每一本书的前边，要写一个简短的、能体现是书内容的"前言"，这同样是考验能力的工作。这套书由广陵书社出版后，发行效果不错。

而像"朱自清自编文集"这种样式的丛书，我没有写总前言，而是其中的每一本都写了一篇"编后记"。朱自清生前自己编订出版的书有《背影》《你我》《标准与尺度》《诗言志辨》《经典常谈》《论雅俗共赏》《欧游杂记》等十余种，由于时代不同，许多用词用字都有不同的变化，是保留原样，还是改成通行的本子，这些都是要考虑和解决的。比如"北平"，现在是"北京"，要不要改？我的意见是不改。还比如"首都"和"故都"，当时的"首都"是指南京，"故都"是指北平，而现在的"首都"是北京，"故都"是南京，是改现行的称呼，还是保留原样加注？如果改了，在语感和节律上就有问题，如果不改，又会给年轻的读者造成混乱，这些都要做好。这样，就需要一篇"编后记"，把这些变化写在"编后"里，便于读者辨别和阅读。

接下来我准备编的另两部大型丛书，一部是《周瘦鹃自编文集——花草树木八种》（暂名），一部是"名人"系列（即《名人书信》《名人述怀》《名人遗言》《名人演讲》《名人小品》等）。前一部的格式，大致和"朱自清自编文集"差不多，后一部，我准备参照阎晶明先生编《鲁迅演讲集》的编辑方法，在每篇文章的后边，加上"点评"。加上"点评"是对原作一种很好的补充，能够帮助读者对这些书信、演讲、小品等内容的了解，便于读者发挥和想象。

编书不仅是乐趣、工作，还是一种学习和提高自己的过程。特别是所编名家之书，可以补充自己的知识不足，提高自己的文化知识和学术修养，可谓一举多得。

内刊和民刊

坊间藏有不少内刊和民刊,这些刊物编者大都和我相熟,有的还有交流。我也有文章发表在这些内刊和民刊上面。

我最早接触内刊时还不到二十岁,在东海县文化馆看到的,叫《东海文艺》,开始是"出版""发行"在文化馆临街的橱窗里,彩色广告粉抄写的,字体有粉红色和墨绿色,还配有花边和题花,"发表"的作品有小说、诗歌、民间故事等。我当时正热爱文学写作,小说、诗歌、散文都写,看到这样的阵地,自然要跃跃欲试了。我的第一篇文学作品——四行小诗,就发表在文化馆橱窗的《东海文艺》上。后来,《东海文艺》又相继出了铅印本的杂志和报纸,那时我已经离开东海了。

接触最早的民刊是《月季花》和《荠菜花》,这是东海县房山和平明两个乡镇的文学青年办的油印刊物,存在时间都不长。和我有关系的比较有名的民刊是《开卷》,南京书友董宁文承担主要工作。《开卷》名气比较大,坚持时间也很长,到现在应该有二十多年了吧?许多名家都在《开卷》上发表过文章,黄裳、黄永玉、柯灵、来新夏、钟叔河、陈子善、王稼句等都是《开卷》的常客。《开卷》也赠刊给我很长一段时间,我在上面也有文章发表。这是一篇关于黄裳的《珠还记幸》(修订本)的随感,黄裳读到后,还专门写了一文回应。我还参加过几次"民间读书会",与会的代表大都是民刊的出资人或编辑。比如《东方书林》《目光》《可一》《书乡》《书简》《芳草地》《泰山书院》等。有的也带有一点"官方"背景,标某某协会主办,实际上也是挂名。有人会小看民刊,其实民刊上有许多名人的妙文华章来捧场,仅举《书乡》2007年第4期为例,刊中就载有一篇《黄苗子、郁风:一流人物一世情》的访谈、对话,出自广州文章家李怀宇之手,另外还有沪上名教授陈子善、金陵名家薛冰和张宗刚等人的文章,也很耐读。

有几本内刊和我比较密切,可以详细介绍,比如《点滴》。《点滴》带有官方色彩,主管者是上海市作家协会,主办者是巴金故居和巴金研究会,顾问是巴金的女儿、《收获》主编李小林女史,主编是陈思和和陈子善,实际办事的是执行主编周立民,他是巴金研究会常务副会长,著名的巴金研究专家。这本内刊充满浓浓的巴金元素,每一期上都刊登巴金的研究文章或新发现的巴金轶文,封二上刊登巴金藏书的插图,封三是巴金藏书掠影。当然,除巴金元素外,杂志也兼顾现代作家的研究文章。我手边恰巧有几本《点滴》，在2017年第二期上，"还魂草"栏目就是专论陈梦家的三篇文章，分别是方继孝整理的《冯友兰致陈梦家书简》、朱银宇的《〈冯友兰致陈梦家书简〉写作时间辨析》、子仪的《胡适和陈梦家》。"梦与醒"栏目里，除了陈子善、子张、袁洪权、周立民、洪砾漠五篇研究巴金的文章外，另外五篇都是关于现代作家的，计有李树德的《朱洗和〈爱情的来源〉》、章海宁的《〈生死场〉的版本及其差异》、薛原的《王度庐的青岛"侠客"时代》、吴心海的《甘运衡："诗神捉住了我的灵魂"》、宫立的《徐中玉的〈芭蕉集题记〉》。在"憩园"一栏里的五篇文章，也是关于现代作家的。《点滴》2017年第三期甚至还在"梦与醉"里刊登了"废纸帮"作品小辑。编者在"编者按"里说："近年来，民间收藏甚是红火，对于保存文献功不可没。然而，长久以来，收藏界与学术界常常是井水河水不汇一流，遇宝山无动于衷，这对于学术界而言，无疑是巨大的损失。本刊一贯注重史料的发掘工作，曾刊出过多位藏家的文章，为了推动两界的进一步融合，本期推出'废纸帮'专辑，以表示对年轻一代史料收藏者的关注。"所以，《点滴》也是一份兼容并包的杂志。我在《点滴》上也发表过关于俞平伯的几篇短文。有意思的是，随着《点滴》寄来的，还时常有些赠品，如书签、明信片之类的，有一次，还收到一个小型的封面上有"点滴附册"字样的笔记本，翻开一看，原来是《点滴》出刊五十期的纪念。"附

册"里印有几十幅巴金藏书的插图,十分精美。

再来说说另一本内刊《悦读时代》。

2009年底,我的电子邮箱里收到一封邮件,是徐玉福先生发来的,让我手书姓名,以便发表《书房九歌》时刊用。我当时稍有纳闷,徐先生怎么知道这篇文章呢?我喜欢书话类文章,偶尔也写点读书笔记,都是当作消遣,自己把玩的,这篇两万多字的《书房九歌》,实际上是九篇短文的汇集,断断续续写下来,集在一起,贴在博客上玩玩,也是几年前的事了,突然被徐先生发现,要在杂志上发表,这不是书缘是什么呢?

紧接着,我就收到徐先生寄来的一包杂志,有《悦读时代》的创刊号,还有另外几期,仅看杂志的"长相",我一下子就喜欢上了。再翻一下目录,都是我国读书界的重量级人物,我朋友徐雁先生是杂志的主编之一,徐玉福先生是执行主编。有这两位先生主持,第一感觉是这本杂志不光长相漂亮,内在品质也必定不凡,因此更觉得这本杂志可亲可爱了。

不久之后,我就收到2010年第一期的《悦读时代》,原来这一期是创刊一周年纪念专刊,增加了页码,还有许多我熟悉的读书界长者和朋友的题词,重要的是,发表了我的拙稿《书房九歌》,这更加使我爱不释手了。从那之后,我便按时收到徐玉福先生寄来的杂志了。

我喜欢《悦读时代》,一方面是装帧简朴、素雅,没有烟火气，封二、封三和封底自成风尚，特别是封底的人物介绍，让读者更多地领略了一代读书人的基本风貌和精神风采。程千帆、王咨臣这样的老一代大师虽已驾鹤西去，他们的读书精神却永留人间，照耀后世；来新夏老先生所说的"眼勤、手勤、耳勤、脑勤"的学问积累工夫更是让诸多后学受益匪浅。另外对于曾祥芹、林公武等人的介绍，也无不让人感悟他们教书育人的风姿和在阅读学文章学方面的丰硕成果。另一方面是内容的丰富，每期保持九十多个页码已经难能可贵了，而基本上每期都有一个主题，更可见办刊者别出心裁的视角，比如2010年第二卷第四期是"来新夏教授米寿贺刊"，封二和封三都是来老的著作书影，真是蔚为壮观啊，而南京大学教授徐雁先生的文章《由邃谷老人随笔说来新夏先生》，于老道、畅达的文笔中，写出了邃谷老人读书治学的严谨作风。第二卷第五期是"曾祥芹学术思想国际研讨会贺刊"，曾先生也是一位不得了的大家，在实用文章学、汉文阅读学等方面成就卓越，出版二百万字的《曾祥学文选》分为《实用文章学研究》《汉文学阅读学研究》《语文教育学研究》三卷，基本上涵盖了曾先生的学术成果。这期刊物发表与曾先生相关的文章多达八篇，能够让读者从多方面了解这位我国阅读学方面开创式人物的学术思想和人文精神。仅从曾先生提出的汉文阅读学的十五种基础建设工程的题目中，就可见他对中国读书界所做的贡献了。这十五种工程是：阅读哲学、阅读美学、阅读生产力学、阅读心理学、阅读思维学、阅读教育学、阅读测试学、中国阅读学史、网络阅读学、比较阅读学、阅读创造学、阅读政治学、阅读经济学、阅读文化学、阅读社会学，可见阅读学的深度、广度、厚度和高度。此外，《悦读时代》每期都有重量级的一等美文，徐雁等大手笔就不用说了，高兴的《望南天》系列和阿福的《阅读联话》连载，都是每期杂志的重头戏，特别是《阅读联话》，每期一拿到手，首先翻到那个页码，通读一遍，真是味道十足，口有余香啊，辑录的都是文化界知名人士读书楹联和书斋雅号，不多的几句释语，文字简练而精彩。

对于读书人来说，我的内心是没有所谓"正刊"和"内刊""民刊"之分的，只要是好杂志，不管是"正""内""民"，我都喜欢。

旧杂志

我曾写过一篇《旧杂志》的小文，不知何年何月发表在一张什么内部报纸上，连署名都没有，但剪报尚在，而且剪报上还有我的批改。

我喜欢旧杂志，对旧杂志情感深厚，也时常在旧书摊上挑选一两册，如已经停刊的《文汇月刊》《小说》《小说家》和已经改刊的《东海》《外国文艺》以及复刊号的《收获》、创刊号的《钟山》等。还买过一本八十年代初的《青春》，里面有一篇苏童在北京师范大学求学时创作的小说《第八个是铜像》。这个短篇，苏童在他出版的所有文集中都没有收，苏童好像也没有谈过不收的原因，他在文集《少年血》里说过这样的话，"第三辑则是从八八年前的作品堆里挑选出来的"。一个"堆"字可说明问题，即这篇《第八个是铜像》未入他的法眼。我喜欢读成名作家的早期作品，从中可以了解作家的创作演进和风格变化。

前日过访书友李君，谈起旧杂志，他也颇有心得，拿出许多已经停刊、改刊的杂志和许多杂志的创刊号、试刊号、复刊号、终刊号以及纪念专号，如数家珍地跟我谈论着，每一本旧杂志，都有一段故事，每一本旧杂志，都有可以资人的传说。

其实，对旧杂志的情感，不是三言两语能说清楚的，为便于表述，现录《旧杂志》旧文如次：

因为搬家我回到乡间的老屋，那里存放我两个木箱和一个书架。木箱和书架里我认为有用的书籍已被我陆续带到寄居的城里，剩下的大多是些旧杂志。从1978年到1986年我购置的所有杂志都在这里了，有刚复刊的《雨花》，创刊不久的《青春》，有《世界电影》《文史知识》《文史哲》，还有当时特别走红的《十月》《当代》和丁玲创办的《中国》等。

多少年来，购买书籍、杂志以及不停地阅读是我生活的一个重要组成部分。特别是浏览纷繁的杂志，会让我们在许多无聊的时光里得到一丝精神的慰藉和心灵的滋养。

那个年代是中国的杂志年代，曾出现北京读者排队买《青春》的盛况。《人民文学》当时发行到一百八十万份。我当时迷恋杂志，购置的数百本文学期刊是我最初的文学营养，我是靠这些杂志来充饥，来增长见识和积累经验的。它们是我走路的航标和人生的灯塔。我会记住它们在我饥渴的年代里送来的食粮。我那点浅陋的文学根基就是在它们的乳汁浇灌下打下的。在《雨花》上我读到了《李顺大造屋》，在《北方文学》上我读到了《这是一片神奇的土地》，在《北京文学》上我读到了《受戒》。这些新时期文学的经典短篇至今还在我心中响起不灭的回声。然而，因为居室的简陋，这些杂志大部分被我舍弃在乡间，只有很少的一部分带在身边。

有一本杂志我不能不提，这本杂志对我阅读和写作产生了决定性影响，我从此知道了什么叫文学，什么叫语言，什么叫底蕴，什么叫意境。这就是1987年第五期的《收获》。在这一期杂志上，马原、余华、苏童、洪峰、孙甘露、张献等一批新时期文学精英同时亮相，他们奉献了长篇小说《上下都很平坦》，中篇小说《一九三四年的逃亡》《四月三日事件》《信使之函》《极地之测》，以及先锋话剧《屋里的猫头鹰》，从而形成了一道逶迤的文学景观。重读这些作品，我们甚至还感受到当初先锋试验那令人兴奋的号角声。为此我们要感谢那一期的《收获》，感谢那一期的责任编辑。正是他们的辛勤劳动和独到慧眼，才让我们饱餐了一顿文学的大餐。我觉得，迄今为止，还没有哪一本杂志能比得上1987年第五期的《收获》，比得上它对中国文学的影响。

到了今天，文学杂志就像绿洲一样，被沙漠逐渐湮没。杂志文学和杂志作家，也走向没落（有人说这才是正常的文学秩序），但因为曾经拥有，我们怀念它时，就像在感受冬天里带在身边的小手炉，内心的温暖是持久而踏实的。

记得在《文史知识》上看到一篇短文，该文作者从《文史知识》创刊号就开始起订，至今不漏，独独某年送丢了一期，作者很想配齐，终不能如愿。忽一天，作者逛旧书市，竟意外发现漏掉的那期，遂配成完璧，喜阅之情自不待言。类似的文章在《世界文学》上也看到过。我自己呢，也有切身的感受。我在《人民文学》1992年第六期上发表过一篇小说，手头早已经没有了这期杂志，也是碰巧在盐河路旧书市花一块钱购得的。

但是，有一件事情，至今还让我后悔。大约在1993年某天吧，我住在电台街一间灰暗、潮湿，且漏雨的矮屋里，突然的断炊了，算算日子，还有几天才发工资。如我当时的生存状态，还能有什么办法呢？唯一的自救本领，就是打书的主意，藏书当然舍不得动它，忍了忍，只好把许多杂志打成捆，和儿子一起，拎到废品收购站卖了，共得款三十多块，估计可坚持一周的日常生活。可回来的路上，越想越不对劲，还没到家，又跑回废品收购站，赎回了《人民文学》《散文》

《小说选刊》《小说月报》等刊物。现在想来，没有赎回的杂志，恐怕早已化成纸浆了，我就是想赎，也赎不回来了。

二十世纪二三十年代出版的许多杂志，已经有几家出版社汇编出版了，如《小说月报》《良友》《礼拜六》《紫罗兰》，等等，十分可观，成为现代作家研究者不可缺少的资料。我买过广陵书社出版的一箱《点石斋画报》的影印本，十几大巨册，装了整整一大箱子。《点石斋画报》创刊于清光绪十年四月，每十天出一册，随《申报》赠送并零售。这本画报因和当时的新闻事件相挂钩，在上海激起了较大的反响，加上画稿的细致入微，问世后就成了流行读物。我有时候常把《点石斋画报》的影印本搬出来翻翻，看看百年前中国画报史的发展和变迁，还是挺有趣的。

我有几种杂志的合订本，也是可以珍视的。

《连云港文学》原先叫《群众文艺》，是季刊32开，编辑出版者是"连云港市革委会创作组"。后来改成《连云港文艺》，就划归文联了，是季刊16开，直到1982年，才改成《连云港文学》。在我收藏的《群众文艺》中，1975年第一期颇有意思，看到连云港不少老作家的早期作品，从中能读出他们的思想演进。小说方面，作者有徐新浦、徐有志、包殿贵、刘安仁、樊云生、葛绪德、吴宗强等，民间故事有姜威的一篇《笑孔山》，散文有朱文泉、张佑元等作者。值得一提的是淡虹的一篇童话《小云山迁居》，当时她还是五七中学初一（1）的学生。这一期的美术作品也有不少，涉及国画、宣传画、木刻版画、摄影等,有张理、杨秉昌、张承德、唐俊德等。我所藏的历年《连云港文学》的合订本,不全,是从1982年开始的。早期的《连云港文学》发表的内容比较庞杂,除了小说、诗歌、散文外,还有歌词、相声、对口词、小戏曲、电影剧本等等,秉承了《连云港文艺》的办刊方针。这些旧杂志,平时看是无多大用处,真要是用起来,又必不可少。比如我曾做过一点关于汪曾祺的研究,涉及他来花果山的时间问题。我发现原有的研究者把时间弄错了,说汪曾祺是1984年11月29日来连云港的,他们是根据汪曾祺写给邓友梅的一封信的落款日期推测的,当时邓友们正在写一篇关于鼻烟壶的小说,汪曾祺信中在关心、询问了邓友梅的"鼻烟壶"并提供了相关线索后,说:"我今日晚往徐州去讲他妈的学。去年他们就来过人。我当时漫应之曰:'明年再说吧。'我早已忘得一干二净,不想人家当了真事!以后该断然回绝的事则当断然,不可'漫应'也。徐州好像倒也应该去看看,顺便还到连云港去两天。大概月底可回京。"由于对信中"讲他妈的学"一句印象深,所以也记得了。信的落款日期是"十一月廿四日",没有年代。我对研究者提供的年代有怀疑,查了《连云港文学》的合订本,汪曾祺写的一篇《人间幻境花果山》的散文,就发表在1984年第一期《连云港文学》上,文章后有写作日期。因汪曾祺生前并未把这篇文章收入集中,所以知道者不多。我把这个线索提供给相关研究者,以后关于这段历史,就得以恢复了,即,汪曾祺先生是1983年11月29日来的连云港。这也算是我收藏旧杂志的一点成绩了。鲁迅担任编辑的《莽原》周刊，我也藏有影印合订本，上面刊登不少鲁迅的杂文和他写作的编后，看看近一百年前的杂志，其版式、作者的阵容、白话文的演进，等等，是一种特殊的享受。许多出版界的朋友，利用这些旧杂志，编了不少本书，比如《沈从文与〈大公报〉》等。

我的《小说选刊》合订本也不全，虽足足搜罗有二十余本，遗憾的是中间缺了不少，其中就缺2001年度的合订本，因那一年的第七期，有我的一篇短篇小说《拉车人车小民的日常生活》。中国书籍出版社编辑的一套"紫金文库"里，要收我一个作品集，我突发奇想，把我历年来被《小说选刊》选过的中短篇小说编为一册，可搜罗时，独少这一篇，我翻遍了电脑，也没有找到这篇的电子稿，只好找发表的原件重新录入。可偏偏不巧，连刊载的杂志也找不到了——这就是缺少杂志惹的祸（后来从一本文集里觅得）。看来，《小说选刊》合订本，我要设法补全了。虽然遗憾，收获也更多，正是有了这批《小说选刊》的合订本，我曾利用它策划并选编了一套"大师从这里出发"的丛书，入选的作者，都是当今一流作家，入选的篇目，也都是被《小说选刊》选载过的。

在我约两万册的藏书中，还没有算上数千册旧杂志。不过，我觉得，旧杂志还是值得珍视的。仅就文学杂志而言，它不仅是时代的产物，同样也是一部浓缩了的文学史。因为杂志都有鲜明的时代特征和思想个性，二十世纪八十年代的杂志，和九十年代的杂志差别很大，九十年代的，和现在的同样大相径庭。如果一个热爱文学的人，若干年后，在面对各个年代的不同的文学杂志时，脑海中一定会出现一部自己的文学史，不一样的文学史。所以，杂志和我的藏书一样，都是我的"固定资产"，是我历年收获的重要"财富"。

签名本

近日收到一套珍贵的签名书,由王干、汪朗共同签名,还钤一枚汪曾祺的印章。汪曾祺先生的赠书印章我见过,不止一种,有大有小,有朱文有白文,"汪曾祺印"四字大都规规矩矩,另外还有一枚"人书俱老"的朱文篆字闲章。有时候只钤一枚,有时名章闲章同时钤印。汪先生已经逝世多年,在新出版的书上钤有一枚汪曾祺印章,这是怎么回事呢?待我慢慢说来。

2017年是汪曾祺先生逝世二十周年,许多出版社都争相出版老人家的作品集。我朋友林苑中先生是个有经验的出版人,也策划了一套三卷本的"珍藏汪曾祺:情不知所起,一汪而深"的纪念文丛,分为三卷,分别是:《散落的珍珠——民间书画拾遗》(壹)、《月夜赏汪文——妙文采撷赏析》(贰)、《影像与足迹——照片里的年轮》(叁)。在第二卷《月夜赏汪文——妙文采撷赏析》里,还收我两篇文章,《重读〈受戒〉》和《读〈八月骄阳〉》。丛书出版后,林苑中制作了少量毛边本，请汪曾祺先生的大公子汪朗先生和丛书编者王干先生分别签名，并征得汪家同意，把汪曾祺先生生前用过的印章钤在书扉上，分赠给部分作者和书友。我的这套书，就是这样得来的。

关于签名本的源流和意义，爱书人都知道，我就不再多说了。我这里只简单介绍我珍藏的几种签名本，描述一下得书经过。2007年深秋，我在北京大学听了一段时间的课，有一天上午，在教室隔壁的小会议里，看到有一个《日藏汉籍善本书目》的新书首发式，出席首发式者都是北大的名教授和文化界名人。从席卡上，能看到任继愈、徐俊、白化文等文化名人。我觉得有机可乘，便逃课，在北大校园的一家书店里，买了一本任继愈在新世界出版社出版的学术随笔集《竹影集》，利用会议间隙请他签了名。后来又后悔没有买白化文先生的书，虽然他也在我的笔记本上留下了他的墨迹，总归是遗憾。大约一周后，我便利用一个周六的上午，跑到北大南门外不远处的一家中国书店的门市部里，一口气买了六七本白化文的著作，乘公交车来到颐和山庄白化老的家里，请他在我的书上签名。白化老的签名不拘形式，在《三生石上旧精魂》和《汉化佛教与佛寺》《人海栖迟》等书签上"陈武同志正讹"，落款是"白化文借花献佛二零零七年十一月"，在《稽神录·括异志》《楹联丛话》等书上签"陈武同志惠存"和落款日期。这次登门拜访，还有一个重大收获便是，经白化老介绍，认识了他的师母、我国著名佛学家周绍良先生的夫人、海州大乡贤沈云沛的小女儿沈右兰女史。近百岁的沈右兰女史送我一本《周绍良先生纪念文集》，并在上面签了名。白化老在《人海栖迟》一书里，收有一篇《恭祝秋浦周先生并沈夫人米寿暨结缡七十载寿序》，文中有这样的句子，"秋浦周先生暨德配东海沈夫人"，赞沈夫人的句子一段曰："沈夫人画阃含章，名闺蕴采。内外同称圣善，子女仰望温慈。"文末曰："时维乙酉桃月，修禊吉日良辰，受业白化文顶礼九拜谨叙。"再说1999年，老作家冯德英先生来连云港，我得知后，特地带着他的代表作"三花"，即《苦菜花》《山菊花》《迎春花》等书，请他签名。苏州才子王稼句的签名有特色，有一次我带着他新出的《吴门烟花》《夜航船上》《坊间艺影》请他签名，他分别称我为"先生""兄""方家"等。天津藏书家、学者罗文华先生的题签内容里，含有勉励的意思："掬云捧月　润笔淘书。""掬云"是我的书斋名。著名评论家阎晶明先生很客气，所签都是"陈武吾兄指正"，着强调"吾"字，表明和受赠者的亲密关系。另一位著名评论家王干先生潇洒，一略的"陈武兄批评"，整齐划一。著名作家苏童的签名是"陈武兄指正"。这些文学大咖真是客气，其实我既不敢指正，也不敢批评。这是他们的谦虚，是美德。我所做的，只能是认真学习、领会。叶弥的签名别有情趣，在《红粉手册》和《去吧，变成紫色》两本书上，签"陈武先生看看"。毕飞宇先生在台湾版的《玉米》上签"送陈武兄"，也挺朴素亲和的。二十多年前，刘元举先生曾签名送我一本《西部生命》，颇值得一说。记得是在他家的书房里喝茶闲谈，聊起最近的创作，他忽然想起来，要送我一本书，在书架上找了半天，才找到一本《西部生命》。这是他一部重要的散文集，1996年由春风文艺出版社出版。他把书拿在手里翻翻，有点抱歉地对我说，不好意思，这本原是送给别人的。我说没事，重签。他也哈哈一乐，在环衬上签了字：

真正有缘的人才最应该得到赠书。

陈武友留念
一九九七年夏天
于沈阳
刘元举

在签名的前方，还盖有一方印章。而这本书的扉页上，原有的"请大中先生教正"和签名时间"一九九六年春"的字样还保留着。这种特别的签名本，图书收藏界据说有新名词儿，叫"改签本"。

以上是说作者赠送的签名本。在坊间，我还收有不少作者签给别人的签名本，这大多是从旧书摊上淘来的书，个别是从网上竞价买来的。比如我在竞价购得一本江苏教育出版社1986年12月出版的《叶圣陶年谱》，就是编著者、叶圣陶研究专家、北京大学教授商金林先生赠给"启华"的，所签为："启华尊兄指正　商金林寄呈　1987.5.15。"启华者，不知谁也，也不知道这本书怎么会流到旧书市场的。有一本1979年出版的《连云港文艺》第四期上，有丁义珍的签名，内容为"赠'东海文艺'编辑部苗运勤同志存阅　连云港博物馆丁义珍"，日期是1980年3月9日。苗运勤的"勤"，应为"琴"。这本杂志的头条，是丁义珍的一篇民间故事，题目叫《吴承恩上云台》。我在购买这本旧杂志时，已经知道苗、丁二位先生都已经去世多年了。

　　签名本而外，还有一种"签章本"，其实是签名本的一种外延。签章本大多没有上款，也没有日期，是事先钤好数本，参加某种活动时拿出来随手赠送朋友的。我就藏有白化文老先生的一册签章本《敦煌学与佛教杂稿》，中华书局出版，蓝面精装，程毅中题签。所钤印章有特色，为阴阳混合，"白化文"三字为隶变白文，敦厚稳重；"持赠"二字为小篆朱文，线条古拙，潇洒飘逸。另外还有秋禾赠送的《中国藏书大辞典》《书评概论》等书，也是有特色的签章本，只盖一枚"徐雁持赠"的篆书大印。与签章本相类似的，还有一种没有上款的签名本，只签一个作者姓名，现在也受到爱书人的喜爱了。还有一种签名不是作者所签的，而是赠书者作为礼品赠送给朋友的，这种书大多是中国古典名著或世界名著，也有字典辞书什么的。比较珍贵的签名本是限量毛边书，每本带有序号，一般序号排到五十，多了就意义不大了。

　　近年来，网上卖旧书风行，有专门拍卖签名本的，有的是个人，有的是机构。各种形式的签名本、签章本都有，同一种书，同一个品相，有签名、签章和无签名、签章的价格大相径庭，特别是名家签名，又特别是名家签给名家的，更是价格翻倍。比如一册普通简装本的《山湖处处》，1985年出版的小32开，因为有毛笔签名，夏木书房的起拍价是三百六十元。不是签名本的，在旧书市场十几二十几块钱就能淘到。文友李建新先生喜欢淘书，似乎尤爱签名本，又尤其喜欢汪曾祺、孙犁等文学前辈，他在网上就淘得多部汪曾祺的签名本，价格不菲。签名本成了增值的一大由头，也是签名者和获赠者当初没有想到的。

　　我的淘书，多半是为了读和用。读书的功能就不用多说了，目的不一样，读的书也不一样，比如我是写小说的，兼写文化类的随笔、杂感，遇到我喜欢的小说和文史方面的书籍就多买点，签名本也不去刻意求之。但因为这个圈子不大，许多同行都成了熟人朋友，有的还尊为前辈师长，他们每每出版著作，我会买一本请其签名，他们也会签名送我。记得我到大学者程毅中家请老先生为《白化文文集》题写书名，为了便于拉近关系（当然也特别喜欢他的作品），我特地在网上淘了几本程老的著作，又跑到中华书局门市部，买了他的近作五六种。待到他家四面都是书的客厅里坐下后，便先拿出他的大著，老先生大为惊讶和感动，谈话气氛遂宽松了起来。他不仅在我携带的书上题了名，还愉快地答应写序。不久之后，我就收到程老写来的序言了。

毛边本

我虽没有刻意搜集毛边书,但坊间也有所收藏。早期只从鲁迅、周作人、唐弢、黄裳等人的文章中略知一二,也在姜德民的书中见过其尊容。真正收到毛边书,是得秋禾(徐雁)先生所赠,时间已经是二十世纪九十年代末了,这便是由秋禾编辑整理的《雍庐书话》。书的作者梁永,本名钟明,是古城西安的一位爱书家。他的本职工作是建筑工程学的教授,喜欢新文学收藏和版本研究,常有这方面的书话文章发表。梁先生生前将书稿托交一家出版社,因种种原因,该书未曾面世便溘然长逝了。秋禾在编辑《读书大辞典》时,得知这一讯息后,便倾力促成该书在他供职的南京大学出版社出版,还写了长文《编辑手记》附后。该书首印只1500册,还留有少量毛边书赠送同好。我这本的编号是"011",书扉上有"陈武先生雅存"的题签,并钤有一枚"秋禾持赠"的篆印。但是按照毛边书的制作要点,即"地齐天毛"的标准,这本《雍庐书话》属于毛边书中的错本,"天齐地毛"了。如此说来,按收藏的惯例,这册"错边"毛边书,更是珍贵了。

沈文冲先生送我由他编著的《毛边书情调》也是一册毛边书,还另赠一把刀,刀是红木的,专门用来裁书。该书是一本关于毛边书的文章汇编,收有鲁迅的《毛边装订及其他》、周作人的《〈毛边装订的理由〉按语》、唐弢的《"毛边本"与"社会贤达"》《"拙之美"——漫谈毛边书之类》、舒芜的《也说毛边书》等。后来,我又陆续收到罗文华、王稼句、赵玫、自枚等人赠送的毛边书,罗文华所赠的《与时光同醉》的毛边编号是"之陆拾捌"。徐雁和自枚还把杂志做成毛边本,如徐雁实际负责的《今日阅读》试刊号就是毛边本,书内首页钤有"徐雁赠书"的印章。自枚也把自己担任主编的《日记杂志》第四十七卷做成了毛边书。

关于毛边书的把玩和阅读,各人体会不同,王稼句在《夜航船·毛边书谈琐》里说:"在我想来,只在耐读的小书,最适宜毛边,特别是读得兴味盎然的时候,又要用刀裁一帖,有一个小小的停顿,好像说书人卖的关子,'欲知后事如何,且听下回分解',将你的胃口吊得高高的。还有裁纸刀,最好用竹子或红木做的刀,一刀裁下去,纸边并不光洁,略有一点毛茸茸的,仿佛素面朝天的女子,比起画眉抹粉后的样子,更有一种自然朴素之美。尤其裁纸的过程,眼里看着,手里动着,还有那咝咝的声音,你仿佛就与书融合在一起了，似乎只有在你的劳作下，这本书才有了它的意义。"我的阅读，没有王稼句这么用心，使用的刀也是一枚废弃的银行卡，有时随手拿一张名片充刀，总之能把书页裁开就行。

白化文先生有一篇短文，曰《侍坐话"毛边"》，讲述他年轻的时候，听他母亲和一位图书馆老馆员关于毛边书的议论，还讲了一个段子："丘吉尔送一部自己的著作给一位贵夫人，这位夫人在当时尚属英国殖民地的开罗有一幢别墅，欧战时，夫人搬到别处，别墅空着，丘吉尔到开罗开会，就住在那幢别墅里。一天，丘吉尔在那位夫人的书房里看到自己送她的那本书，从书架上取下来看，还没裁开呢！丘吉尔动了真气，在扉页上写了一段批评那位夫人的话，说她辜负了自己的一片好意，也不读书。言外之意，此书'明珠暗投'矣！……战后夫人归来，偶然翻阅此书，发现留言，大喜，立即送伦敦拍卖行，以高出书价许多倍的价格拍出去了。丘吉尔闻之，更加恼怒，想写信与那位夫人绝交。有人提醒，若写信，可能接着还得拍卖。于是截止。"这个故事说明，送书，也是要看对象的，即便是普通开本的书，也不能随便乱送，又何况特制的毛边书呢。

我后来接触并从事图书出版行业，屡次想把自己策划出版的书籍做少量毛边本，用以赠送同好，可每次都因各种因素未能如愿，真是心有不甘。

插图本

这里所说的"插图本",不是指现在花里胡哨的"图文书"。大多数"图文书"也还不坏。我不喜欢的,是那种文字内容和图饰毫不相干的搭配。而有的呢,虽然"相干",却又可有可无,实在勉强,完全可以不要。要举的例子很多。不喜欢的"图文书"暂且不谈,只说我喜欢的,比如鲁迅在1932年的自选文集《鲁迅自选集》,主要选他已经收在《呐喊》《野草》《彷徨》《故事新编》《朝花夕拾》等书里的篇章。2004年,文化艺术出版社在重新出版这本书时,特别在封面上注明"插图本"的字样,所配的插图,不仅有上述被选图书的初版本书影,还有鲁迅创作、编辑、翻译、点校、出版的其他图书的初版书影,比如《坟》《苦闷的象征》《一个人的受难》《出了象牙之塔》《唐宋传奇集》《毁灭》《铁流》《而已集》《小约翰》《壁下译丛》《坏孩子》等,加上十数张初版书里的插图,构成了鲁迅当年集编、创、译、出版于一身的大致的脉络，具有相当可观的资料价值，是内容的有效补充。

我对"插图本"的概念，还是停留在20世纪50年代初版的、20世纪80年代再版的那批"外国文学名著"丛书上，当时，有两家出版社出版了这套丛书，即人民文学出版社、上海译文出版社（或是两家出版社有所联合也未可知）。这批名著，到目前为止，其中的大多数已经多次再版了。据我观察，不管几次再版，书中插图都有所保留，如《呼啸山庄》《荒凉山庄》《德伯家的苔》《匹克威克外传》《幻灭》《老古玩店》等插图都是原刻版画，特别精美，历次再版，无论是精装还是平装，插图都是该书的一大特色。

追溯插图本的源流，在我国，还要从很久以前说起，我们看中国的古典小说，无论从唐人传奇，还是明清小说，版刻插图都是不可或缺的内容。"在美术史上，版画通常划分为两个时期，早期以印刷和出版为目的，被称之为'复制版画'；当版画艺术发展到脱离出版而成为一个独立的画种后，则被称之为'创作版画'。"（薛冰《插图本》江苏古籍出版社2002年12月）这段话里的"复制版画"，多是用来作图书的插图的。来新夏在《中国古代图书事业史》中说到"明代带有图画的书籍"时，认为这些带有精美的绘画的书，是"成为吸引读者购买书籍的重要手段"。来先生虽然没有展开论述，已经说得十分明了了。

郑振铎对书籍插图的论述较为详细，早在1927年，他就在《小说月报》十八卷第一号上发表了《插图之话》，提出了"插图是一种艺术"的论断，接下来，又阐述了插图的作用和发生作用的原理，认为"插图的作者的工作就是在补足别的媒介物，如文字之类之表白。这因为艺术的情绪是可以联合的激动的……从这个相互联络的情绪制御着各种艺术间，而插图便发生了。所以插图的成功在于一种观念从一个媒介到另一个媒介的本能的传运"。

后来，郑振铎写了两大巨册的中国文学史，专门在书中插图，名为《插图本中国文学史》。在该书例言中，他谈到了插图的作用，认为"一方面固在于把许多著名作家的面目，或把许多我们所爱的书本的最原来的样式，或把各书里所写的动人心扉的人物或其行事显现在我们的面前；这当然是大足以增高读者的兴趣的。但他方面却更有一个重要的原因。使我们需要那些插图的，那便是，在那些可靠的来源的插图里，意外的可以使我们得见各时代的真实的社会的生活的情态"。郑振铎这段话的意思，明确说明，插图作为书的一部分，可用来补充并丰富了书的内容。而他那本《插图本中国文学史》所配的上百幅插图，也是他从大量的图书中精选而来的。

我购书的原则之一，也和插图有关。一本可买可不买的书，如果有精美的插图，那是必定要买的。因为这些书的插图，本身就是艺术品，比如汪曾祺早年的小说集《羊舍的夜晚》里的插图，就是大画家黄永玉所刻的版画，不读作品（当然是读过几遍了），只看看画，也是一种享受。

我现在也涉足图书出版，遇到需要配图的书籍时，就抓瞎、犯愁，一来身边没有好的插图画家，有的画家虽然水平很高，但由于对图书的装帧、开本和读者习惯等不太了解，画出来的插图大都费力不讨好；二来好的插图画家要价太贵，以现有的定价和印数来看，根本无法承受。当然还有别的原因。但无论如何，插图本的优势还是显而易见的，好的插图本，还是深受读者喜爱的。

稿本

搬家整理书房,意外地发现十多年前的两册"稿本",都是写在一个十六开的厚厚的硬壳笔记本上的。其一是《流年书影》,别名《掬云居书话》,共有手写文章四十篇,计有《学林漫录》《曹聚仁三章》《梦回青河》等,最早一篇是2000年5月8日写的。第二本更厚,扉页上有"803杂纂""四时八节连云港"("漫话二十四节气")等字样,还标有开笔日期:2004年12月27日。我想起来了,这年的年底,我供职的晚报专副刊部讨论下一年的版面设置,我提出开一个"二十四节气与连云港"的专版,隔周一期(基本合一个节气),每期由三篇文章构成,即一篇本节气内连云港(海州)历史上的重大自然现象,请市气象局的专家供稿,一篇"趣谈",对本节气进行钩沉、描述,包括海州地区的风情、民俗、农时、趣闻逸事等内容,另一篇是什么内容,忘了。这本稿本,名为《四时八节连云港》,括弧里的"漫话二十四节气"是副标题。本中所记，就是为 2005 年全年的专版而撰写的文章。当时可能计划还不止写这一本，所以才有"803 杂纂"的丛书名（我居住的单元房号是 803）。因为专版是从 2005 年开始的，所以并未按二十四节气的顺序来写，第一篇即从"小寒"写起，然后是大寒、立春、雨水、惊蛰等。翻翻这部"稿本"，内容也并非全是节气，也有其他文章数篇，比如《音乐的河流》《诗意子川》《捡来的花》《教师节随笔》，等等，大都在晚报的专副刊上发表过，也有个别篇没有发，如《说话》等。

关于"稿本"的常识，我略知一点，很久以前，江苏古籍出版社出版的"中国版本文化丛书"里有一本专书《稿本》，囫囵吞枣地看过一遍，知道其大致的定义。所谓稿本，简单说，就是自己的手抄书（创作或誊写），即书写成一本的诗文或文章汇编（单页纸片不算）。当然，还有更详细和科学的分法，如"著者手稿本""著者手录正稿本""著者手订稿本"（指委人誊写后由著者定稿者）、"辑者手稿本""清稿本"（指由他人誊录者）等。通常只分三类，即"手稿本""清稿本""修改稿本"。"手稿本"一般书写比较率意，多有涂改和勾抹处。如我这本《四时八节连云港》，每一篇都有多处涂改、增删，有的还不止一次修改，用不同颜色的笔以示层次清楚。收藏界对于稿本很珍视，入藏者还会请名家题跋、题诗，民国名教授叶恭绰就为明代人高攀龙的诗文稿手稿题了校记，还有冒广生、汪兆镛的题诗，吴湖帆、吴梅的题识，杨志濂题词,孙保圻题跋,可谓做足了功夫。有一次,在山东省博物馆里看过一本蒲松龄《聊斋》的手稿本,上有原藏者的题款和印章,更是珍贵了。"清稿本"比较规范、整齐,是在手稿本的基础上重新誊写清楚的稿本,内容基本无误,属于定本。我曾为画家江祥荣先生写过一篇文章,曰《青山踏遍 笔下有神——素描本土画家江祥荣先生和他的书画》,请他在八行笺本上给我抄了一次。江先生不仅画好,小楷也了得,曾参加过国展。他的毛笔小楷抄写本,也可叫清稿本。整本清稿本笔势俊雅、隔行通气,是小楷艺术的上品。"修改稿本"就是在原稿本或清稿本的基础上进行修改的本子,这种本子也非常常见,有的还有多次修改,甚至还加了签条和插页。我收藏有鲁迅的《鲁迅著作手稿全集》一箱,是福建教育出版社于1999年11月出版的,十二大册,宣纸印,线装,题签是著名书法家启功先生。书中有不少是鲁迅的整篇手稿,有的可称"清稿本",如1922年11月写作的《补天》(又名《不周山》),共28页,字迹规整,疏密有致,分行得当,通篇下来,几无修改,是清稿本中的佳品。而1926年5月10日写作的《二十四孝图》、5月25日写作的《五猖会》、6月23日写作的《无常》、9月18日写作的《从百草园到三味书屋》、10月7日写作的《父亲的病》、10月12日写作的《藤野先生》等收在《朝花夕拾》里的几篇文章,就是十足的修改稿本了。因为这批手稿本中,每页都有作者的修改,有的改动较大。鲁迅的这些手稿,即便后来已经变成了铅字出版,也是地地道道的"修改稿本"。

稿本的意义，除了书法上的、收藏上的意义而外，主要的，我认为至少还有一点，就是可以和通行本进行比勘，了解作者当初的修改动机和创作心理，给后来的研究者，提供参考的依据。

现在，目前，当下，旧时所称的那种"稿本"已经是稀有之物了，尤其是名家的稿本，不易得到。但也有部分风雅之士会刻意留些稿本下来，供自己和朋友玩赏。比如常熟书法家、作家葛丽萍女士，就手录自己的诗词，装成一个精致的册页，每页一首，前有跋语，十分精美。这也可以看成是别样的稿本，而且是清稿本。曾听葛丽萍说过，她还为一位古琴家抄录过一本古琴谱。这是一本清代稿本。那么，这本稿本应该更有价值了。

封 面

每次设计人员拿来图书封面的几种小样让我选择时，我都很为难。一般情况下，一个封面的方案设计有三种，从中三选一。看是有得选了，实际上很难。有时候，我觉得哪一种都不错，有时候又觉得哪一种都不够好，这当然是欣赏趣味决定了的。每次在选择时，都纠结很久，颇费踌躇，既要考虑个人爱好，又要考虑市场，往往是，觉得这个好时，书出来时的效果并不理想。而觉得选择的不怎么样时，市场反应又很好。有时也想采取笨办法，就像下馆子点菜一样，自己喜欢的就好。但想想，似乎也不怎么尽情理。

图书的装帧设计者，老一辈里面，我喜欢钱君匋先生的封面设计，他曾为鲁迅的翻译著作《死灵魂》设计封面，为巴金的《灭亡》《家》《春》《秋》设计过封面，也为茅盾的《子夜》等图书设计过封面。钱氏的封面设计很有特色，受到过鲁迅的指点。1927年，陶元庆和他一起去拜访鲁迅时，鲁迅曾告诉他俩，封面设计，可用一些中国古代的元素，如青铜器和画像石、画像砖等。后来钱君匋设计《晦庵书话》封面时，就承认说设计是"师法六朝石刻的纹样"的。现代封面设计者，我顶佩服张守义先生，人民文学出版社、外国文艺出版社等许多大出版社的书籍装帧均出自他的设计，特别是他设计的那套"外国文学名著丛书"的封面，让人爱不释手。据说，他总共设计的封面在4000件以上，有插图6000幅左右。他还出版了《张守义外国文学插图集》《插图艺术欣赏》《装潢艺术设计》等专著。如今，学装帧美术的人多了，思维也更为开放，吸收也更为多元，设计的封面更富有美感和现代感，但和老一辈人比，总是欠缺点文化的内涵和底蕴。在我的藏书中，毫不隐瞒地说，相当一部分书，是冲着它的设计才买的，远的不说，就说我案头的这几种吧，《魔沼》，乔治·桑著，许钧主编的"法国文学经典译丛"之一，南京大学出版社2017年1月出版，封面颜色深沉，字体秀雅；《红粉》《罂粟之家》《妻妾成群》，这是"苏童经典作品"中的几种，重庆大学出版社2015年3月出版，封面上只有一面烫金的镜子，和书名相呼应；《刀锋》，毛姆著，湖南文艺出版社2016年11月出版，封面上是一把出鞘的长刀，却没有寒光闪闪的冷意；北岳文艺出版社出版的王祥夫的《蝴蝶飞何园》《白石老人的虫子》等几本精装小书也清雅可玩。这样的书单能列出不少。这些图书的封面都是走高雅的路线，不仅美观、好看，还可玩赏。书的内容好，封面装帧好，那这本书才叫真好。在年轻一代的封面设计者中，不乏这样的佼佼者，如苏州的周诚，为王稼句设计了许多好书，近期几本书如《夜航船》《坊间艺影》《吴门烟花》《纵横苏州》等书的装帧设计，就很高端，属于图书装帧中的上品。特别是《吴门烟花》，封面选用的色彩和墨竹、桃花，与书中所讲的"红尘""烟花"的故事是互动的，让人想到苏州"红尘中那一二等的富贵风流之地"以及演绎的没完没了的欢乐与哀愁的故事。

图书商品和别的商品一样，既要靠"颜值"，也要靠"内修"。"颜值"可以吸引人的眼球，"内修"可以陶冶人的情操。近年来，我参与出版的几套书的封面设计，都是花了一番功夫的，比如《野菜部落》和"回望汪曾祺"系列，就曾获过山东和江苏两省当年的好书奖，尽管内容好是一方面，封面的清新脱俗，也为好书奖拉了不少分的。因这两种书的封面设计，我也曾参与了自己的一点意见，所以，闻听获奖时，也颇为得意。"朱自清自编文集"的十二本书和"紫金文库"的几十本书的封面设计，也是经过反复推敲、几易其稿，才最终确定的。另外，值得一说的还有"名人与生活"十本书的封面设计，十分切合书名和内容，比如其中的《佳茗似佳人——文化名家与闲居》一书，亮灰色的封面上，十分简洁，只有一弯像书法家随意挥洒的一笔，似烟雾，又似清流，与闲居颇为会意，其他几本也都是意到神到而独具韵味。

图书的封面设计（整体装帧）和书的品质关系极大，除了编辑在策划时就要有文案构思外，如果在条件许可的情况下，也可让作者参与进来，把他们的意见吸收、消化。"回望巴金"系列图书的策划、主编周立民先生，不仅是著名评论家和巴金研究专家，也是个懂书、爱书的人，策划过不少好书，在"回望巴金"系列图书还在文字编辑阶段时，他就请沪上设计名家，为这套书设计了封面。他把设计好的封面的小样，用微信转来征询我的意见，我看了，感觉既文艺又大气，很合我意，与巴金的地位颇为匹配，可以看出他对这套书系的重视。另外，周先生也曾经和我聊过关于图书出版的话题，内容涉及很广，对作家和市场都有很多高见，他有一个观点，即多花点心血在封面、装帧上，即便是成本提高了点，爱书人只要对这本书喜欢，是不在乎多花三块五块钱的。我深以为然。

题　签

按理说，书籍的封面题签，和该书内容并无多大关联。但一本书的题签，多少还是给该书增添不少看点和话题的。比如中华书局在1980年开始陆续出版的《学林漫录》，每集都是名家题签，从初集到第十四集，依次是钱锺书、启功、顾廷龙、叶圣陶、邹梦禅、黄苗子、许德珩、许姬传、张伯驹、李一氓、赵朴初、王蘧常、程千帆、任继愈等，每人都是如雷贯耳的大学者、书法家，有他们题签的《学林漫录》，在学界和读书界影响深远。能请名家题签，当然好了，但也不是普通人能够办到的。就算办到了，出版社有时候也不买账，题好的名人题签并不能用。白化文先生就曾这样诉过苦，他的老学长程毅中先生是大学者，书法功力也了得，白先生出书，都请他来题签，但出版社也不是每次都用，有时候虽然用了，也没有署名。不过在出版《白化文文集》时，请程老题签，出版社方面倒是十分满意，而且一并连序言也写了。

检视舍间藏书，平时不太注意的名家题签书，居然发现一大堆。叶君健先生自己出书自己题签，他的《叶君健童话故事集》就是这样办的；大书法家启功先生多次为人题签，出版社也分布很广，《阮元传》就是出自启功之手，《朱自清研究资料》是在北京师范大学出版社出版的，近水楼台，请同在北师大任教的著名书法家题签，似乎理所应当，这枚题签自然也十分讲究，钤印的一枚白文篆印，高古而雅致；启功先生的书又有谁来题签呢？中华书局出版的《启功丛稿》的题签来头更不得了，是大名鼎鼎的陈垣先生，也是一枚古雅的白文篆印；《巴金的世界——亲情、友情、爱情》的题签是巴金先生的好友柯灵先生；钱文忠的《瓦斧集》，是请他的老师季羡林先生，这也是近水楼台之故吧；胡青坡的《草子集》出自茅盾之手，这本书出版很早，于1979年3月由湖南人民出版社初版，茅公题签的还有《文学论集》《清明》等杂志，著名的《小说选刊》也是他的手笔；来新夏先生为《天津记忆》题签，应该也是编辑张元卿的主意，他们私交很好；《泰山书院》的题签是流沙河，同样是因为主编阿滢和流沙河的情谊；孙犁先生能够为罗文华先生题写《槐前夜话》，也因为二人过从相熟。政治家为书籍题签也不少，《石评梅作品集》就是邓颖超所题；《东方书林》的题签者是汪道涵先生。纯粹书法家题签的也有，《西湖游记选》就是林剑丹先生所题；《连云港民间传说》的题签者是武中奇先生。言恭达也多次为图书题签，家乡常熟更是受惠多多，比如《松禅年谱》

《翁同龢对联选》等。

　　有一种题签叫"集字"，有的是集领袖的字，有的是集书法大师的字，也有集文学大师的字，古人如"二王"和郑板桥的字就被集的较多，现成的就是上海古籍出版社1982年出版的《郑板桥集》，出版者干脆就集了郑氏的字做了题签。还比如鲁迅，早在他逝世不久，聂绀弩先生就集鲁迅书法中的"热风"二字为名，出版了《热风》文艺杂志，16开本，1937年1月在上海创刊，此时距鲁迅逝世才两个多月。创刊号的内容，其实基本就是悼念鲁迅的专号。可惜只出到第二期，就出了终刊号，终刊号的封面上还有"奉命停刊"四字。比较有意思的是黄宗江先生，他出了本《剧人集》，有个副标题"卖艺人生"，四个字居然分别集了四个文化名人的字，"卖"字是黄苗子先生所书，"艺"字是巴金先生所书，"人"字是郭绍虞先生所书，"生"字是启功先生所书，在每字之间，还配有方成、郁风、丁聪等先生为其画的漫画和李骆公的一枚印章，在正文之前，还有黄裳、俞振飞、秦惠亭、冰心等人的题签，和另外四位名家的题字集体亮相。这还不算完，该书共分三辑，每辑的题字同样出自名家之手，"跨世纪集"为邵燕祥题，"剧诗集"为曹禺题，"垂青集"为黄苗子题。这本书仅是题签就有这么多元素，不仅是可读，还可玩了。

　　2013年我曾经策划一套"中国书籍文学馆·散文卷"，首辑有十余种，出版社方面希望请一个适合题签的书法家题写书名，我便请常熟才女葛丽萍帮忙。葛丽萍也写散文，但书法名气显然更大，取得的成就也更高，参加过国展和多次省展市展，尤擅楷书，常熟《文庙碑记》就出自她的手笔。我把意图跟她一讲，她欣然同意，于是把二十多种书名发给她，未用一周，便写好了寄来，而且每个题签横竖都写了四五幅，我和出版社责任编辑反复挑选，才定了稿。可是我的一个好友作者却不能满意，十分反对这样的操作，问其理由，似乎是，题签者既不是文学大名家，也非书法大师。他说的有道理，但生米已成熟饭，出版社领导都定了的事，我也不能更改。最后我采取技术处理，把题签者的署名略去，他才勉强同意。同时他还要求，我的"策划"和"特邀编辑"的署名也不能出现在他的书上。他这一条顾虑我倒是理解，因为我也不是他认为的大名家，出现在他的书上不能给他带来荣耀，甚至还可能引来负面的影响，在他朋友的心目中降低了声望，我当然照办。事后想想，他的顾虑也有疑问，就这一点我想做个说明，不是大名家不但可以做策划、编辑或特邀编辑，甚至可以做主编，这样的例子太多了。南京董宁文先生主编、策划了多种"开卷文丛"，许多国内鼎鼎大名的名家都是他的作者，比如范用、朱正、黄裳、章品镇、薛冰等。王稼句主编"书人文丛"，施蛰存、夏志清、董桥、舒芜、隐地、李辉、止庵、陈子善等都欣然加入。秋禾主编"六朝松随笔文库"，他的老师白化文不但成了他的作者，老爷子还为他求来了吴小如的"六朝松随笔文库"的题签。话

题有些扯远了，打住不谈。还是说题签。白化文老先生对题签的评说，我深以为然，名人题签，"细心而内行的读者，更可以从这里窥见作者与题签者的关系，他们在学术界的地位及彼此间关联的蛛丝马迹、出版者的意图，等等"。可见题签中的学问了。

书　衣

书衣，就是给书穿上一件衣服。人要衣装，马要鞍装。得一本好书，也要装扮装扮，但多半也只是为了对书的保护，因为很多书的装帧已经很漂亮了，不需要再画蛇添足了。

书衣又叫书皮。

给书包上一层书皮，读过书的人大概都干过，特别是小学生。新学期一开学，新书发到手，首先就是给书包上书皮。包书皮的纸，没有特别的讲究，大都是各显神通，有的是旧报纸，有的是杂志封面，有的是洋灰纸，又叫牛皮纸。牛皮纸的质量最好，耐磨，报纸最次，不够服帖，模样儿也不好看。在我的记忆里，最好的书皮，是各种彩色画报纸，我们班只有一个同学有这种纸，因为她的父亲是我们学校的老师。每当新书发下来的时候，她的书皮最漂亮。

成年以后，读书多，买书也多，不太爱给书包书皮了。但也不是没有。二十世纪八十年代初期，我买巴金的《家》

《春》《秋》时，就给书包上了封皮，主要是这些书都很厚，三天五天读不完，怕把书弄脏了。还有一层，借了别人的书，也要包个书皮，怕有破损，还书时不好意思。

把书皮包出水平来的，首推孙犁先生。孙犁先生爱买书，还爱给书穿上漂亮的书衣，更可喜的是，他喜欢在书衣上题写些阅读感受或趣闻掌故，特别是到了晚年，凡读过的书，大体上都会写上几句，可长可短，坚持多年。据说有一次，一个报社（或杂志）的编辑到他家做客（或采访），看到这些写在书衣上的文字，或清雅可读，或意味深长，觉得可以发表出来，让更多的人分享。孙犁就同意让其抄录了部分。这些短文发表后，反响不错，孙犁又有意地誊写了多篇，拿到别处发表了。本来只是习惯，未曾想一发而不可收，边写边发，形成了一种特殊的文体——书衣文。后来，孙犁把这些短章辑为一本《书衣文录》出版。我在读这本书时，受其触动，于2005年6月11日写了篇短文，在我主持的一家晚报的读书副刊上发表了出来，文中流露出对这本小书的喜爱，常常把这本书从"书架上抽出来，读一两页或一两篇。有时也不读，只是翻翻，就像爱喝酒的人怀揣一壶酒一样，不时地抿两口，身子暖了，精神也好了。一方面，为孙犁独创这种文体而叫好；另一方面，也为文章所感动"。文中还写道：

孙犁对书非常爱护，每得一本好书，都要给书裁剪一套合体的衣裳。他的一生"嗜书如命""珍如拱璧"。"我对书有一种强烈的、长期积累的、职业性的爱好。一接触书,我把一切都会忘记,把它弄得整整齐齐、干干净净,我觉得是至上的愉快……"孙犁如是说。

....

早在《陋巷集》出版的时候,孙犁就在集中编入了"《书衣文录》拾补",文前有一小引,云:"余前辑存书衣文录,近二百条,已刊行矣。去冬整理书册,又抄存前所未录者若干条。前之未抄,实非遗漏。或以其简单无内容;或有内容,虑其无关大雅;或有所妨嫌。垂暮之年,顾虑可稍消。其间片言只语固多,皆系当时当地文字。情景毕在,非回忆文章,所能追觅。新春多暇,南窗日丽,顺序排比,偶加附记,存数年间之心情行迹云。"

小引记于1986年3月4日,在此之前,已经刊行"近二百条"。据孙犁研究者刘崇武先生考证,这近二百条"书衣文"分别发表于《长城》《天津师院学报》《长春》《河北大学学校》《芙蓉》《柳泉》等刊物上。对于这种文体,当时还鲜有人注意,它既是书话、题跋,又是日记、随感,甚至可以当成文字简洁的"书史",从中可见当时读书、整书时的心情和氛围。后来,孙犁把陆续整理的"书衣文"编入《陋巷集》《无为集》《如云集》等书中,最后一并收入1992年出版的《孙犁文集》(续编三)。

《书衣文录》共收《耕堂书衣文录》《甲戌理书记》《耕堂题跋》三组文稿，因为都是写于书衣上的文字，属于一脉相承之作。此外，还收录了《我的读书生活》《装书小记——〈子夜〉的回忆》两篇，附刘崇武《孙犁的书法与〈书衣文录〉》及其"编后琐记"。

从《书衣文录》里，我们可以看到孙犁的读书既丰富又庞杂，而且每有所读，都有所获，所写文字也准确、深刻。在读《中国古代史》时，他说："夏氏此书，余于保定求学时，即于紫河套地摊购得二卷本。抗日战争中，已与其他书籍亡失。此册购于天津解放初，盖犹念念不忘也。今幸存，乃为之装来。"落款为"1975年4月3日晚无事灯下书"。短短文字中，告诉读者许多信息。在读《小沧浪笔谈》时，他的评价更是一针见血："此大人物之著作也，装腔作势……同为'文达'，其文笔不及纪晓岚远矣。"

现在不知是否还有人包书皮，这种写在书皮上的文字也不知是否还有人办理，我是好久没有读到了。但这种短章或文体，随着新的传播方式的呈现，又移到了别处，比如微信朋友圈，不少爱书的人，得到一本新书，会写三五句短评，连同书影发表出来。我认为这也可以看成是书衣文或是题跋的一种变种。微信朋友圈有一位叫"老戴"的,他每天在朋友圈发布多条短文,至少有一条和书有关,并配上作者的照片和一段文字,文字也就是一二百字,长的也就是四五百字,有时只有几十字。他还给专栏起了多种名字,比如近期较密集的是:"假如一位学者只读他一篇文章",他给这个栏目编了序号,到我写这篇短文时,已经是第 32 篇了。和这个栏目交替出现的,是"得书记""食货志""点赞录""日读书志"等栏目。这些栏目都和书有关,所配的短文质朴可读,能基本了解这本书的大致内容和出版情况。但这绝对不是书的广告,确实是他每日读书的所思所悟。当然了,他并不是一定要把这本书读完(一天读一本也不太现实),或许他只是翻翻,随手写上几句,写下和这本书相关的内容和人事,但坚持好几年,难道不是一种精神?书香传播就应该多有"老戴"这样的推广者。小说家马拉也是这样,他的这些短章也有栏目,如"闲读篇""随想篇""流水篇""感怀篇"等,他的这些在微信朋友圈发出来的超短文,大多和读书或读杂志有关,"闲读篇"更是简短的读书心得,三言两句,微言大义。这种更随手的写法,更像极了旧时的题跋或批注。

碑帖

并不是因为要练书法才收藏碑帖。碑帖也可当作闲书来消遣，比如一册《曹娥碑》，无事时翻翻，看看帖子，领会一下字体结构和用笔，再想想关于曹娥和《曹娥碑》的诸多轶事，心情会大不一样，仿佛读了一本大著。一册《宣示表》，一册《洛神赋十三行》，一册《虞恭公温彦博碑》，都能让人产生许多怪异且有趣的联想。就说书写《虞恭公温彦博碑》的欧阳询吧，这位书家钻研书法痴迷到什么程度呢？传说有一次外出，看到一块石碑，石碑上的字特别好，细看，原来是大书法家索靖所写，便索性在石碑旁边打了地铺，睡了下来，足足看了三天，才起程赶路。这就是好字的魅力。朋友陈立新，在多年前，曾经跑遍云台山，拓了不少山上历朝的石刻，唐、宋、明、清的都有，承他送我几帖，我也是经常拿出来把玩欣赏。帖子看多了，便也想写点短文，有一天买到一本《王羲之小楷字帖》，制作颇下一番功夫，我便写成一篇小文，曰《黄松涛和〈王羲之小楷字帖〉》，原文抄录如下：

市面上关于王羲之的法帖多如牛毛，毫不稀奇，翻印水平也有精有劣，概不一一说之。我手头的这本只有二十四页的《王羲之小楷字帖》（武汉古籍书店1983年影印），是2003年春，在华联边的冷摊上购得的。喜欢这一本小幅书帖，倒不是喜欢书法，相反，我对当代所谓的书艺，一向的不以为然。古人写字，不过是用来作文用的，是必备的一种技能，就算中国文联成立之初，也没有这样的协会。成为一种专门艺术，也就是近几十年的事。但是这本小书值得雅玩的地方，是和我喜欢的一个文士有点关联，这就是"凤栖村民"黄松涛先生。黄氏出生于1900年，活了一百多岁，直到2002年才驾鹤西去。他原名华，曾用名颂陶、木夫，笔名枂翁，别署凤栖村民，湖北汉阳县人，绘画、书法、音乐、文史典故皆精。生前曾为武汉文史馆馆员。这本小书的封面画、题签和封底篆刻均出自黄松老之手。

黄松涛先生世代耕读，诗书传家，沈必晟有他的小传，称他"幼从伯父雨亭公学诗文书画及古琴演奏，及长从上海熊松泉先生习画，又从南昌涂尧学篆刻，壮岁在武汉执教鬻艺。常与杭州钱越荪、临川黄鸿图、太平盛了庵、长沙唐醉石相友善，与邓少峰先生居间里,探讨三代两汉六朝金石文字及历代名画,获益良多"。他画山水、花鸟、走兽等,"用笔古拙朴厚,章法深秀典雅,设色奇丽秀润,有朴茂浑融、温润古健之意趣"。他亦作瓜蔬果鱼,也是水墨淋漓、清气可掬。《王羲之小楷字帖》的封面画就是他八十四岁那年创作的,是他为这本小书专门的量身定做之作,取意晋人王羲之的《黄庭经》的典故——这画里的故事我们是熟悉的——晋代大文士王羲之因为爱鹅,被山阴道士敲了竹杠子,写了一部《黄庭经》,换了一对大白鹅。因为这个典故,《黄庭经》又称《换鹅帖》。写字的人都知道,《换鹅帖》可是历代楷书的范本啊。李白在某年到绍兴,游了古镜湖,写了一首《送贺宾客归越》,专门提到了这个典故,诗曰:"镜湖流水映清波,狂客归舟逸兴多。山阴道士如相见,应写黄庭换白鹅。"这本书帖就收了《黄庭经》(另外还收了《乐毅论》,并附了王献之的《洛神赋》)。画面是池塘边草地上的三只小憩的大肥鹅,有卧息,有引颈抖翅,特别是边上的那只,可能是听到草丛里有蛐蛐声吧,正转首窥探,虽然它们都是闲散状,神态竟是如此的各不相同,栩栩如生,真是到了化境啊。

这本书帖的题签也出自黄松涛之手。黄氏书法,"初从颜楷《东方朔画赞》《麻姑仙坛》入手,后遵伯父雨亭先生命，临习王羲之《怀仁圣教》及孙过庭《书谱》，在和清道人弟子黄鸿图先生的交往中，又对碑学极为用功，曾对《龙门二十品》《魏齐造像》《崔敬邕》《孟敬训》等临习殆遍"。他的题签字体用的是隶变，用方笔、铺毫，转折处喜翻笔挫锋，看他的字，端直快厚，奇古凝重，深秀雄浑，味醇意隽，颇富金石之神韵。

封底的"武汉市古籍书店"的篆印也是黄松涛的手治，该印于平实中见气势，于精细处见生动，平实而不呆滞，生动而没有怪妄之陋。

另据沈必晟先生所撰黄氏小传，说他对音乐亦是精通，"雅擅古琴演奏，曾师从方眉、谢耘僧、徐瑞芝诸先生，在1956年中央民研所全国琴人调查及录音汇编时，曾录制有平沙、醉渔、渔樵、梧叶诸曲，先生亦精通梅花、阳关、高山、忆故人、欧鹭、孤猿词、普安、石上流泉、樵歌、捣衣、风雷引等诸曲目，为世人称赏"。

一本薄薄的只有二十来页的小书，没有一字前言后记，却又如此的富有情趣，确是难得。

这篇短文作为《读艺小札》的一节，收在《尚书有味》（花山文艺出版社2016年4月）里。有一次我在评论家王干先生的办公室谈工作，看到他自己书写的一幅书法条幅挂在墙上，有的字体很眼熟，一想便想到了苏东坡的《黄州寒食诗帖》，觉得他一定练过此帖。后来请他为《中国好小说》题签，闲聊起了书法，果然如此。他还说到苏老夫子的字虽然"迅疾而稳健"，但气度不足，而他自己更注重"疏密有度""转换多变""顺手断联"，且能"隔行通气"。待我读到他的散文集《隔行通气》时，我知道了，王先生是把书法当成文章来经营打造的。

　　书法家平时临帖固然是毕生功课，但我倒是觉得，把碑帖当闲书来读，该更为重要。君不见，哪位书法家箧中没有数本法帖呢？他们不一定完全是用来临写的，书到一定的境界，读帖也是一件要功力的事，有时比临摹更为重要。有一次我翻看《翁同龢归籍清单》，在老先生整理的数箱带回原籍的物品中，大多是书籍、画册、书札、长卷、册页、碑帖和书房用品，我粗率统计一下，仅各种拓本、书谱，就有百余种，如《宋拓娄寿碑》《宋拓劝进表》《宋拓群玉堂帖》《宋拓茅山碑》《宋拓大观残本》《宋拓晋唐小楷》《宋拓道因碑》《宋拓玉枕兰亭卷》《董香光十三行小楷册》《宋拓宝晋斋米帖》《宋拓修类司帖》《乙瑛碑》《国山碑》《明拓宋广平碑》，等等，这些都是老先生倾大半生心血搜罗的，也浸透在他的学问中。相信他不仅平时临帖，也经常阅之吧。有一次我取道徐州回海州，巧遇书法家李庚国先生，他在候车的时候，还不忘拿出法帖，一边读，一边用手指在法帖上比画，真可谓"拳不离手"啊！

而读碑、抄碑，进而对碑帖产生兴味，做起了学问，这又是鲁迅当年的路径。鲁迅抄碑的事，除了他在《呐喊》的序言里已约略说到而外，较详细的是周作人的回忆文章，仅《鲁迅的故家》里就有三篇，《抄碑的房屋》《抄碑的目的》《抄碑的方法》。抄碑的房屋是S会馆，即绍兴会馆，目的呢？《抄碑的目的》有详细说明，是为了"逃避耳目"，因为"洪宪帝制活动时"，袁世凯的特务到处活动，"由他抓去失踪的人至今无可计算"，"以此人人设法逃避耳目，大约只要有一种嗜好"，"也就多少可以放心"。鲁迅"假装玩玩古董，又买不起金石品，便限于纸片，收集些石刻拓本来看。单拿拓本来看，也不能敷衍漫长的岁月，又不能有这些钱去每天买一张，于是动手来抄，这样一块汉碑的文字有时候可供半个月的抄写，这是很合算的事"，"特别汉碑又多断缺漫漶，拓本上一个字若有若无，要左右远近地细看，才能稍微辨别出来"。袁世凯死后，鲁迅原本不用再抄了。可他还是继续抄，前后有四五年时间，竟然抄出了兴趣来。周作人在《抄碑的方法》里说，抄着抄着，想着要校勘这些碑文了。因为"他抄了碑文，拿来和王兰泉的《金石萃编》对比，看出书上错误的很多，于是他立意要来精密的写成一个可信的定本。他的方法是先作尺量定了碑文的高广，共几行，每行几字，随后按字抄录下去，到了行末便画上一条横线，至于残缺的字，昔存今残，昔缺而今微存形影的，也都一一分别注明。从前吴山夫的《金石存》，魏稼孙的《绩语堂碑录》，

碑帖

237

大抵也用此法，鲁迅采用这些而更是精密，所以他所预定的自汉至唐的碑录如写成功，的确是一部标准的著作"。最终，鲁迅的"标准的著作"没有写成，用现今的眼光来看，也许并不可惜，因为在钱玄同的游说下，他还是操笔写出了此后影响中国白话小说进程和发展的《狂人日记》。

鲁迅由读碑、抄碑，到当成学问来研究，不是普通人能够做到的。我的读碑帖，也没有明确的目的，更没有要拿它做成学问、当事业。如前所述，我只是当闲书来读的。有一段时间我读法国作家乔治·佩雷克的小说《人生拼图版》，莫名其妙会想起中国的汉唐宋明等古代碑拓，把这些碑拓有选择地拼接起来，不就是一部中国史吗，如果任意拼贴，更是包罗万象的中国各种文学史著作了。

刻 纸

　　小时候最喜欢翻祖母的针线匾。祖母的针线匾里有一本类似于《解放军画报》的画册。祖母不是爱学习才有这本画报的，她老人家是把画报当作夹花样的夹子使用的。祖母有很多花样，圆的，方的，长方形的，还有月牙形的，圆的方的有大小好多种，月牙形的大都是鞋头上的花样。这些花样，都是祖母用剪刀剪出来的。圆的花样，是盖在喜盆、喜罐和喜碗上的，方的和长方形的，是贴在柜门、橱门和窗户上的。我曾经在一篇《剪纸民间》的文章中写过祖母和她剪的花样，说到村里小脚老太太鞋尖上那些色彩艳丽的绣花图案，都是先由祖母剪出来的花样，再依照花样绣出来的。"很多时候，我会看到祖母戴着老花眼镜，坐在过道里，借着从门空洒下的阳光，仔细地剪。祖母的手很干枯，好像很大，手指上长年累月地戴着一枚'顶针'。"就是祖母这双干农活的质朴的手，装扮了村上婚嫁喜事人家的各种花样的。

也是在《剪纸民间》这篇文章里，我简略地介绍了中国剪纸的源流：

谈说我国剪纸艺术，最早要追溯到北朝时期，即公元386-581年，这是从新疆吐鲁番出土的陶罐上得出的结论。到了唐朝，剪纸已经很盛行了，胡令能《美人绣幛诗》云："日暮堂前花蕊娇，手拈小笔上床描。绣成安向东园里，引得黄鹂下柳条。"李商隐有诗句云："镂金作胜传荆俗，剪彩为人起晋风。"宋之问在《奉和立春日侍宴内出剪彩花应制》说道："今年春色早，应为剪刀催。"虽然在宫廷内部也盛行彩剪风尚，但是，千余年来，剪纸艺术的生力军还一直在民间，而且，式样既丰富又单一。丰富，是说它的多样性和神奇的审美情趣；单一，是说形式上变化不大，一张纸，一把剪刀（刻刀）。但是，从窗花到门神，从鞋样到衣样，另外还有春幡、春燕、春钱等剪纸工艺品，这种古拙的、返朴归真的艺术，一直延绵不绝，这么说来，此"单一"，实际上也是别具匠心的丰富，它渗透到生活的各个方面，为广大民众所接受。

剪纸和大多数民间艺术一样，有三个鲜明的特征：实用性、民俗性和观赏性。它的创作，不仅仅是为审美，它在民间生活的日用品上，常作为装饰图案，用以美化生活，如鞋面、荷包、笸斗、米缸、柜门、桌腿等物件上。另外，它更多的是作为民俗活动的载体而出现的，生老病死，婚丧寿庆，以及生产和生活的许多场合，剪纸都是被用来作为祝愿吉祥、驱鬼辟邪的象征物，来表达人们的理想和愿望。同时，广大民众在这些活动中，也得到了美的享受。

我曾在北京潘家园画摊上，买过"十二生肖"的彩色剪纸，每幅有A4纸那么大，画面上的动物十分传神可爱；选了几幅，拿到装饰店，用卡纸托装，又选了漂亮的画框，挂在书房里，后又拿两幅挂在母亲那边。剪纸不像国画那样讲究情境、意境和笔意，也不像油画那样讲究光色而高深莫测，它是民间的，土气中含有那么一种亲和味，稚拙中又有一种灵动，还有装饰感和仪式感，符合大众的欣赏情趣。

我认识一个剪纸艺术家孙洪香女士，在2017年春节前搞了场迎新年剪纸作品展，展出剪纸作品几十幅。我和朋友去看过一次，感觉她的剪纸手法熟练，有自己的一些想法，表现手法不错，听说她搞过《西游记》系列的剪纸，影响不小。这次名曰"吉祥如意"的专题展，虽然有人说，赋予了过多的时政内容，口号式的宣传重了些。我对此却不以为然，与时代切合，也是文艺的一部分，何况其作品的艺术创意还是不可低估的呢。

我还是做回文抄公吧，把我那篇《剪纸民间》的后半部抄录付后，作为结尾：

在我的书架上，还有两本关于剪纸的书，一本《陇中剪纸》（黑龙江美术出版社2000年7月出版），一本《剪纸绣花样》（黑龙江美术出版社1999年2月出版）。前者，纯粹是陕西民间的，看着那一幅幅透着善良愿望的质朴、饱满、亲切、从善的剪纸，禁不住怦然心动；而后者所收的一幅幅绣花样，同样透出古朴的民间气息。《中国戏曲剪纸》一书，所收的112幅戏曲人物和戏曲故事，正是在吸收大量民间艺术剪纸的基础上，精心构图，创作而成的。

我国戏曲历史悠久，剧种众多，剧目丰富，题材广泛，表现精湛，深受人们的喜爱，由此成为剪纸创作取之不尽的题材，剪纸作者在这里得到了启示，激发了创作热情。从所收的百余幅作品看，《西厢记》《十五贯》《窦娥冤》《桃花扇》《天仙配》《定军山》《群英会》《空城计》《打金枝》《长坂坡》等，无不是传统戏曲的精品，这些戏，本身就具备了民间性，经剪纸艺术家再构思再创作，一幅幅作品被赋予了新的形态和新的内容，并具备不同凡响的气质和深远的意境。戏曲人物的艺术形象很适合剪纸艺术的塑造和再创造，艺术家们深知，如果没有新的突破和创新，剪纸艺术是没有生命力的。在这一点上,《中国戏曲剪纸》所收的数十人百余幅作品,都是剪纸艺术在戏曲造型上的一个新的尝试和新的实践,这些作品,力图运用时代意识,创造出具有一定时代特征的艺术形象。正如林曦明所说,是以抒怀、言情、喜庆和观赏相结合的艺术精品。

有一点需要说明的是,剪纸并非全用剪刀,大部分时候还需用刻刀,所以,剪纸又叫刻纸。以出版剪纸为特长的黑龙江美术出版社2000年7月出版一本漫画集,干脆就叫《刻纸漫画》,作者是哈尔滨漫画家李成栋、王维荣夫妇,他二人也认为叫"刻纸"更为准确。有意思的是,这本漫画集里,有许多幅作品借鉴了戏曲人物的资料,和《中国戏曲剪纸》形成呼应,使剪纸漫画更为传神。不过,相比《中国戏曲剪纸》,《刻纸漫画》的戏曲人物没有前者构图饱满,刻工也不及前者精达,前者色彩典雅,更具有独立观赏价值。

之所以不厌其烦地抄录旧文,一来是没有新东西可写,二来是觉得旧观点并未过时,所说的话也不过如此。

刻纸

斋 号

我喜欢读书人的书斋名号,比如周作人的"苦茶庵",林语堂的"有不为斋",郁达夫的"风雨茅庐",丰子恺的"缘缘堂",沈从文的"窄而霉斋",徐志摩的"眉轩",郑逸梅的"纸帐铜瓶室",周瘦鹃的"紫罗兰庵",梁实秋的"雅舍",俞平伯的"古槐书屋",等等。从他们的斋号上,大体能看出其趣味和情怀。而有的人在不同的时期,也有不同的斋号,仅以俞平伯为例,"古槐书屋"而外,还有"茸芷缭衡室""秋荔亭""永安居""守故室"等。

我的书斋叫"掬云居"。这个斋号很多人都用过,不但不新鲜,还有拾人牙慧之嫌。而我这里的"掬云",其意义也有几次演化的过程,早先有自嘲之意——我住在陇海东路河南庄一幢八层楼的楼顶,冬冷夏热,并无掬云在手、揽风入怀的意境和情境,关键是,书房太小,两万余册图书和大量的杂志,只能层层叠叠码放,十几平方米的书房里蜿蜒着一条通道，只容一人经过，查找资料极其不便。

之所以弄这个斋名，无非就是附庸风雅，就像古时的穷酸书生，喜欢题些斋馆堂轩的名儿，糊弄一下别人，其实谁都糊弄不到，倒是常常忽悠了自己，以为自己拥有一片书院，一座堂馆，事实上这些书院、堂馆不过建筑在纸上而已。

后来搬到秀逸苏杭跃式新居，居住条件好转，读书环境也跟着好转。虽然也是顶楼，二层的书房却有七八十平方米，里外间加露台，宽敞明亮，书也几乎全部安放到了书架上，呼朋唤友大体有了归类，查阅方便多了。此时的心情不再是自嘲，而是有些小小的得意。

早先，"掬云居"三字，请书法家阎揆先生题写，草书，每字独立，又互相照应，灵动而飘逸，十分受看，很合我意。但是，装框后，却无心取回。原因是，查过了书，叫"掬云"的书斋太多，有的叫"掬云楼"，有的叫"掬云轩"，有的叫"掬云坊"，有的叫"掬云亭"，什么"掬云揽月""掬云揽霞""掬云捧露""临风掬云"等和"掬云"搭配的妙词更是数不胜数，直接叫"掬云居"的也不计其数。本来没觉得什么，重名也算是国粹了，料想也不多我一个。不仅有重名者，还有"重书"者。托尔斯泰有一篇著名的小说，叫《一个地主的早晨》，余华也在《收获》上发表同题小说。陆文夫等人更是相约写过同名小说《临街的窗》。再说若干年前（1983），大学者钱锺书先生编了本《也是集》，他老人家在序言里说："钱曾的'也是园'以藏书著名，我不避顶冒我那本家牌子的嫌疑，取名《也是集》，也算是一部文集吧。"1984年"附识"又说："我后来发现清初人写过一部著作。也题名《也是集》……世界虽然据说愈来愈缩小，想还未必容不下两本同名的书。"对于重复古人的书名，钱锺书并不在意，何况我等"低端人口"呢。但周作人和他的观点就不太一样，周氏在《看书偶记》的小引里说："……看了之后，偶然有点意思，便记了下来，先后记有几十条，再给他起了一个总名，叫作《读书偶记》。可是不凑巧，有一天翻看书目，看见上面有一种《读书偶记》，八卷，清赵绍祖著。这部书我没有找到，但是书名既然和他重复，我只得想法子来改。"大师对重名有着不同的心态，我当然也有自己的想法，心里头总觉得好名字给别人叫了去，自己便一直心存戚戚，便把装好的牌匾存放于画家朋友的工作室里没有取回，想着待机缘到了的时候再另起斋号。

多年以前，我买过几间石头房子，在云台山南坡上，四周绿树环绕，泉水淙淙，山下边不远处是云台农场，农场里的万亩荷花园，春天远望，一片碧波荡漾，夏天更是荷花满池，我给小屋命名为"荷边小筑"。最初的几年间，我们一家常在节假日期间约几个朋友，带着孩子来小筑玩。小筑西边有条小山涧，长年流水不息，涧边杂树上有野果子、野山椒、樱桃树，孩子们攀树采摘，真是好玩。后来小屋易手，"荷边小筑"还一直藏在心间。

最近七八年间，我常年在北京和海州间奔波。我曾住过的北京东郊的一个小区里,有个小小的、不规则的池塘,池塘里植满了荷花,塘沿还有菖莆和水蓼,春夏秋三季皆有风景,"荷边小筑"又跟随我来到了这里,我常从"小筑"来到荷塘,读书看景,到了秋天,还会采塘边银杏树上的白果。后来搬到燕郊,"荷边小筑"同样尾随而至。

但我还是念念不忘家里的"掬云居",仍旧没有想好中意的斋名。算下来,二十几年就这么一晃过去了。不久前的一天,翻周作人文集,看到老先生1943年自编一本《书房一角》,有一篇《栖云阁诗》,好吧,掬云居,置换成栖云阁,算是换一种新鲜吧。而我新居的书房就安置在跃层上,正所谓"阁"也,叫"栖云阁"岂不更为妥帖?虽然叫"栖云阁"的也很多,但和"掬云居"配套起来,怕是只有我独享了吧。另外,又有新发现,就是散文家韩小蕙的书斋,叫"伴云居",她新近著文的后边,都会落上某年某月"定稿于北京马连道伴云居",和我的"栖云阁""掬云居"倒是可以称兄道弟了,都是"云"字辈的。我没有机会瞻仰韩小蕙的书房,猜想也是在高层吧。那么,斋名该请谁来题字呢?请书法家朋友倒是不难,字也有特色,但要有点文人雅意,还是请作家当中的书法家比较有"说头",又想,本地的,还是外埠的呢?我心里立马就出现了几位,外埠的王稼句,字好,有特色。主意已定,立即打电话给王先生,请他为我题写斋号。王先生是著名作家、文化学者,书法也别有意趣,充满文人气,属于我喜欢的一路。蒙稼句先生错爱,很快给我寄

来一幅，果然合意。

我如今的书房，"掬云居"以藏书为主，置放电脑和扫描仪等设备，主要用于读书、编书和写作，"栖云阁"实际上是十来平方米的露台封闭而成，用来养花弄草、闲坐小憩。我每天从"阁"入"居"，或从"居"入"阁"，都十分地惬意。

红　豆

我的案头有一个心形的鸡翅木小盒子，里面装着一枚红豆。没错，就是"南国红豆也相思"的红豆，是参加常熟首届"红豆诗会"时拿到的纪念品。

红豆诗会的举办地在常熟的旧山楼。旧山楼是一处小型园林，园林中有一株树龄二百多年的"怀中抱子"红豆树。和我一起受到邀请参加红豆诗会的，还有小说家石一枫和《青年文学》杂志的主编张菁。那天晚上，旧山楼的园子里特别热闹，灯光映照的红豆树下，摆上了一张张桌椅。我们和来自当地的三十多名诗人一起，围坐在一起，参加了这场诗会。气氛是温情和热闹的，我们一边品茗、吃茶点，一边听诗人们朗诵自己创作的诗歌。园子里特意地做了灯光，利用现成的廊亭作为舞台，灯影朦胧，月影婆娑，轻曼的古琴音乐和诗人们抒情的朗诵相互交融，构成了旧山楼独特的夜色美景。茶喝淡时，诗会也结束了。但我明明还听到有古琴声悠扬地荡漾在数十米长的梅花一卷廊和雕梁画栋间，在竣朗的红豆树枝叶间余音不绝。

关于旧山楼，我此前曾经来过，接待我的是诗人计然子先生，那天茶聚之后，他还欣然赋诗一首，云："白墙疏竹旧人家，隔却风尘鸟不哗。昔有诗人时弄笔，今邀溪友谩煎茶。行看廊下绿蕉叶，坐想庭前红豆花。寄语青山共相约，明年春信已非赊。"诗名叫《陈武先生过访旧山楼茗谈》。这首诗他在发微信朋友圈时又改了一稿，"绿蕉叶"改成"绿蕉影"，"已非赊"改成"暂成赊"。我对旧诗外行，但如此一改，还是感觉到其中之妙处了。因为有日期记载，所以我记得是2020年8月1日。那天陪我们谩煎品茶的还有小说家潘吉和文史学家、诗人浦仲诚、浦君芝兄弟。茶当然是虞山的白茶了。虞山白茶虽然种植面积不大，但因得虞山的小气候所赐，茶质特别好。我们知道酒有酱香、浓香、清香、绵柔等香型，茶叶的香型也分有多种，比如我们花果山云雾茶的香型属于"栗香"，西湖龙井属于"糙米香"，还有诸如"兰花香""荷花香"，等等。虞山白茶属于什么香呢？我喝了好多年，真的没有品出是什么香型来。我曾多次在桂花飘香的虞山脚下栗桂苑喝过虞山白茶，或许潜意识作祟，认为虞山的白茶属于桂花香。后来多次品尝，又觉得不准确。那天在旧山楼计然子的工作室里慢饮慢品，窗外就是红豆树，赏树饮茶，突然觉得虞山的白茶略近于酒中的"绵柔"型，可用"幽香"来形容。难道不是吗？看着新泡的叶子在玻璃杯中舒展着碧绿时，那茶香便幽幽飘出，弥漫在空气中了，待喝到口中，更是绵长久远，回味不尽。我曾和茶艺专家何洪清先生喝茶，说到茶叶的香气为什么多种多样时，他告诉我说，一是产地的气候和树种，二是制作的工艺。前者好理解，后者专业性就更强了——从前全是手工制作时，不太好说清楚，现在全是机器，一说就明白，无外乎烘青、炒青、蒸青等几种。根据我那点有限的茶经，虞山白茶应属于烘青。因为云雾茶是炒青，有点烟火气，就像做菜糊了锅。而恩施的玉露茶是蒸清工艺。细品虞山白茶，属于烘青工艺中的极品了。

那天在旧山楼品茗、谈诗、闲话，赏红豆树，听常熟的朋友聊了旧山楼，知道该楼是在原有旧址上扩建的，建筑面积和绿化面积大了不少，建了亭、廊、阁、榭和假山叠石，还有水池一潭。原主人赵宗建是清末藏书家，据说藏有珍贵的宋、元刊本及抄本数百种。明清两代的常熟藏书家很多，著名的有铁琴铜剑楼等，旧山楼稍晚一些，在当时的名气可能也不大，但能留下来几间旧宅，除了幸运而外也确有自身的特色，比如那棵久负盛名的红豆树，多年来一直护守在这里，像一首传诵不衰的诗章，供人反复吟咏。

据说，江南的红豆树数量很少，且大都集中在常熟。有人统计过，常熟的红豆树共有七株，以"红豆山庄"的那株最有名——因庄主是著名才子、常熟诗派的代表人物钱谦益。有一年，潘吉还带我专门到新建的"红豆山庄"去看过那棵红豆树。据史料记载，这棵有着三百余年树龄的红豆树历史上一共只开花结果九次，而且间隙期限毫无规律，最长的一次间隙七十余年。最神奇的一次，只结一粒红豆——这也和钱谦益、柳如是有关。发现红豆树结果时是在顺治十八年，正是他俩结婚二十周年，钱谦益已经八十岁了。八十大寿这年红豆树开花结子，这在钱谦益看来是个不得了的大事，老头子一高兴，写了十首诗，并把山庄改名为红豆山庄（之前叫碧梧红豆庄），还邀请了江南诗友来欢聚和诗。一时间，红豆山庄高朋满座，欢声不绝。红豆山庄的红豆树最后一次结果是在1932年，只结四颗，被一位姓徐的老人捡到。后来被日本鬼子抢走了三颗，另一颗下落不明。到了1944年，在昆明的陈寅恪买到了一颗红豆，老人家一定说这是"钱氏故园里的一颗"，并悉心保存。二十年后，他又为这颗红豆写了一首诗，曰："东山葱岭意悠悠，谁访甘陵第一流。送客筵前花中酒，迎春湖上柳同舟。纵回杨爱千金笑，终剩归庄万古愁。灰劫昆明红豆在，相思廿载待今酬。"诗名就叫《咏红豆》，诗前有小序："昔岁旅居昆明，偶购得常熟白茆港钱氏故园中红豆一粒，因有笺释钱柳因缘诗之意，迄今二十年，始克属草。适发旧箧，此豆尚存，遂赋一诗咏之，并以略见笺释之趣及所论之范围云尔。"更令人感佩的是，陈寅恪在暮年，倾力完成了八十余万字的巨制《柳如是别传》。一代国学大师能写出这样一部旷世大著，实在是一件功德无量的事，常熟就是为其立纪念馆也不为过。

旧山楼里的这棵红豆树，也不是年年都开花结果的，中间总要隔几年。但是今年结得特别多，八月过访旧山楼时，我在园里的树下看树，但见绿叶间生长着一个个绿色的豆荚，豆荚呈心形，虽然是单荚独立，但有的也是自然地两两成对。可能是阳光充足、雨露适宜吧，每个荚子都是饱满的，看来今年的红豆真是个大年了，要有大收获的。到了十一月间的红豆诗会时，红豆早就收获进仓了。我在树下赏月听诗，还想着，树上会不会还有遗漏的？要是在诗会期间掉下来一两粒，落在我们的茶案上，那才叫有意思呢。

2020年11月9日、10日写于旅途

补记

今年4月27日，我在常熟报慈小学参加该校第五届校园阅读节，并和同学、老师们分享了我的少儿长篇小说《疯狂的小岛》（中国书籍出版社2021年3月出版）。分享会期间，二年级的张栩墨小朋友还给我献花，校方也送了我一枚红豆。这枚红豆和去年十一月间的红豆诗会上的红豆不一样，是一枚带荚子的红豆。原来，旧山楼就在报慈小学的院子里，并归报慈小学代管和使用。红豆也算是他们学校的特产了。

2021年7月4日于北京像素

折扇

折扇素来受到旧时文人的喜爱，许多古装电视剧里的大员、太监、书生、公子哥们，乃至皇帝、皇太子们，都喜欢手拿一把折扇，招摇过市或装模作样地吟诗作对，手中的折扇时不时地打开或合上，既可当玩物，也可扇风取凉。实际上，折扇发展到今天，功能也无外乎这两种，一种是具有实用功能，当下俗称旅游扇，无论是肩骨，还是扇面，都制作简易，更谈不上什么做工；扇骨和扇面的材质也极普通，能扇风就行。另一种用来把玩的折扇，那就讲究多了，无论是工艺，还是造型，都是精益求精，手工打磨。材质也是选取最好的，除了小骨是竹子而外，大骨有的用象牙，有的镶宝玉。扇面的书画更是当世的顶级名家，价格也了得，从几百元、上千元乃至上万元的都有。

但文人间交往，相互赠送折扇，也不能全是用价值来衡量的，图得是一种雅玩。江苏著名诗人、原《扬子江诗刊》

执行主编子川先生，琴棋书画样样精通，也会买来扇骨，亲自书写扇面，做几把折扇赠送文友。十多年前在南京的一次笔会上，我在他房间闲聊、品茗，他手里就执有一把折扇。我虽然对折扇谈不上精通，但好东西也看过不少，一眼就看出他手里的折扇品质不凡，扇骨呈蜡黄色，头型、沿边、排口都很精细，就连扇肩，也是折扇制作中不太常用的"美人肩"，线条婉转而舒缓。扇面更是上等，一面是书法小行书，是他自己手书的自题诗，一面几笔淡墨山水，疏朗有致，清新脱俗。他看出我对他手中折扇有兴趣，便展开来跟我讲了几句，主要是说扇骨的来源，出自苏州的某某制扇名家。看我不太懂，干脆起身，从一只包里，拿出一个长条形纸匣，打开，取出一把扇子，递到我手里，让我欣赏。这就是那位名家制作的扇骨。我假装内行地看看大骨、小骨和钉位，还看看排口的弧度是否对称，最后落实在扇面上，一面空白，一面书法小行楷，落款处正是子川，还钤有一枚朱文小印。我猛夸了几句——不是碍于面子，是这把扇子真的不错。子川先生看我不像是在敷衍他，便大方地把这把折扇送了我。苏州已故作家、原《苏州杂志》陶文瑜先生也送我一把折扇，那是我在主持一套"轻散文"系列图书时，去苏州向他组稿，在杂志社闲坐品茗时得到的，扇面就是他本人的书画作品，还送了我几期毛边的《苏州杂志》和几幅他创作的书画小品。常熟收藏家、诗人王晓明先生送过我一把折扇也很讲究，大骨上镶有墨竹。别小看这个点缀，一来是工艺上上了档次，二来色彩有了层次。扇面是常熟文人书画家、诗人汪瑞章的书法和山水。书法录陆游的《冬夜炉边小饮》，曰："拥炉可使曲身直，饮酒能回槁面红。若使金丹真入手，飞腾亦在立谈中。"画是水墨，兼工带写，远山和老松相得益彰，意境幽远。连云港书画家江祥荣先生十几年前有一段时间做了大量的扇子（有人定制），因和他相住只隔一条马路，我经常去他的画室看他画画写字做扇子。我还曾经写过一篇小文章，叫《小扇面大气象》，对他的扇子做了简约的品评，文中有这样的描写：

江祥荣的山水扇面，整体上讲，艺术层次相当高，画面中，山山水水的虚实相间，富有层次。我看过他一幅《清谷幽远》的扇面，青翠的山势起伏延绵，宁静幽深，有草亭立于半山腰上，亭前石阶蜿蜒，通连山脚；瀑布自山上飞流而下，沿溪涧汇入湖中。湖岸洲渚交错，岸边植树数株，红墨绿三色参差相依；溪的另一侧，也是丛林叠翠，可以想象，在古松修篁掩映下，傍山面湖，有书斋一楹，书斋里陈设简单，有桌有椅，有书有棋，当然也有画有琴。溪涧之上，有一架木桥，一老人作儒者打扮，手扶长杖，正从桥上经过，并向草亭遥望。而草亭一侧的平台上，另有三个老者，一个背身远眺，欣赏远山，两个相对而坐，穿绿衣者手持经书，正在朗读，另一红衣老者，应该是他的听众了，聚精而会神。四个人物，虽然只是造型，却神形各异。这幅作品中，画家以水域的空灵对比山峦的浓厚，肃穆宁静的画境，顿时增添了欢快活泼之感，给人以明快、清朗的审美感受。另一幅扇面曰《过秋红叶落新诗》，也是以意境取胜，构图饱满，笔墨润泽，点景与山川相映成趣，另有一番韵味。《白石溪边》，明洁秀润，气韵浓郁，立意高旷清淡，深邃隽永，展现出一派志存高远、淡泊恬静的情趣。《观瀑图》则构图雅致，疏密有致，重内涵，重气韵，讲意境，画面由近及远，上下呼应，虚实相间，很耐琢磨。

看出来，我那时候写文章，还是敢用形容词和大词的。不过他的山水扇面，确实没有当普通小品来画，虽尺幅小，却是当作巨制来营建的。而他装扇子的匣子，也很精美，一种是烫金的布面，一种是红木的材质。我曾问过他一把扇子的价格，他避而不谈，意思是你也不买，不必打价。但我知道，那肯定是不菲的。承蒙他的厚爱，送了我一把带红木匣子的折扇。至今还是我收藏的数十把折扇中的精品。朋友郭嘉源先生是个玩扇大家，收藏折扇数百把，其中有不少名家名扇。他曾经在盐河边的闹市口开一家规模不小的书店，我在那里淘得不少心仪的好书。而他更是一个藏书家，家有数万册藏书，大套系的书和小人书、毛边书都是他的收藏强项。

他也制扇，经常在微信朋友圈晒出他新制的折扇。他制折扇有其独特的优势，因为他的夫人就是著名的工笔画家，又一直从事美术教育，而工笔的扇面又非常受到文人雅士的追捧，所以他们联手制作的扇子，大都精巧可爱，秀雅别致。

折扇不仅受到广泛的喜欢，在文艺作品中也常有出现，除前边说到的古典电视连续剧之外，更是舞台剧中不可或缺的道具。著名的经典越剧《梁山伯与祝英台》里，梁祝二人均是手不离折扇，特别是"十八相送"一场，更是把折扇用到了化境。而到了"楼台会"时，因祝英台此时已不再女扮男妆，便不再有折扇作为道具。拿折扇来构造故事、推进情节发展的文学作品，也非常常见，典型的要数《围城》了。在描写方鸿渐和苏文纨小姐恋爱的关键时段，一把折扇适时出现：先是苏小姐的另一个追求者曹元朗的出现，他带来了一个红木夹板的荣宝斋精制蓑衣裱的宣纸手册，上面录了他本人的一首诗。在方鸿渐看来，这首诗当然和油头粉面的曹元朗一样恶俗了。诗中，用"孕妇的肚子"代指满月，用"逃妇"代指嫦娥，用"无声的呐喊"代指蛙鸣。每一句还加了不中不洋的注释。这种装模作样的诗当然不入方鸿渐的法眼了。紧接着，苏小姐见方鸿渐不待见曹诗人的诗，就自作聪明地拿出了一把精美的折扇。折扇上，是她另一个追求者王尔恺用紫墨水钢笔在飞金扇面上写的一首诗。曹元朗看后，连夸好，"素朴真挚，有古代民歌的风味"。方鸿渐接过一看，不屑地撇嘴道："写这种字就该打手心！我从没看见钢笔写的折扇,他倒不写一段洋文!"又说:"王尔恺那样热衷做官的人还会做好诗么?"苏小姐让他不管字的好坏,看诗怎么样。王尔恺的落款更是误导了方鸿渐,再看一遍之后,以为"为文纨小姐录旧作"是录得王尔恺的旧作,就大放厥词说这首诗是偷的,"至少是借的,借的外债。曹先生说它有古代民歌的风味,一点儿不错。苏小姐,你记得么?咱们在欧洲文学史班上就听见先生讲起这首诗。这是德国十五六世纪的民歌,我到德国去以前,跟人补习德文,在初级读本里又念过它,开头说'我是你的,你是我的,'后面大意说:'你已关闭,在我心里;钥匙遗失,永不能出。'原文字句记不得了,可是意思决不会弄错。天下断没有那样暗合的事"。方鸿渐的话让苏小姐很没有面子,纵使旁边的唐小姐不断给他使眼色,他也没有理会,继续痛快地说完了,其结果是,"苏小姐说不出话,唐小姐低下了头"。而实际上,这首诗正是苏小姐自己的创作。"为文纨小姐录旧作"不是录王尔恺的旧作,而是录苏小姐的旧作。苏小姐本想在方鸿渐和曹元朗面前摆显一番,反而遭到了方鸿渐的羞辱。后来的故事发展,因为写在折扇上的一首诗的误会,而更加的精彩了。

　　关于扇骨的制作,我也见过一次。十多年前,我在写《诗书人生俞平伯》一书时,曾多次到苏州的俞园采风,也到俞平伯小时候常去的山塘街观光,喜欢步行穿过苏州老城,看看古朴的小巷,曲折的流水,和一座座精巧的老桥,也会蓦然间有惊奇地发现,比如深藏在老街窄巷子里的传统手工制作，有绣花的，有制作毛笔的，有制作三弦的，有一次，就碰见了扇骨的制作。那天天气阴郁，潮湿而寒冷，我径直地赶路，从一座石桥的台阶下来，在要拐进另一条小巷时，发现两条巷子的连接处，有一个不起眼的门店，门边挂着几把扇骨和成扇（当招牌），驻足一看，一个中年师傅正在埋头干活，一看便知，他在制作扇骨——给小骨刮蔑。在他身边还有一个年轻人，看样子像是学徒也或是帮工也未可知，也在认真打磨大骨，在他手边，是一摞已经打磨好的大骨。师傅看我探头探脑，便叫我进去，问我要点什么。我摇头说看看。便不再有人理我，任由我看看了。我看到工作间不大，十来个平方吧，通过后门能看到院子。工作间和院子可见之处，都堆放着一条条劈好的竹子，那就是扇料了。工作间贴墙的架子上，一层层码放着编好的小骨。桌子一边，更是摆着一样样工具。我少年时曾帮助爱好做木工的父亲打下手，略知一些工具的用处。而做扇子的工具和那些木工用具差不多，品种更多一些而已，各种刀、锉、钻、锥，还有毛刷等，很有点五花八门。靠门的小橱架上，有大、小扇骨的样品，也有成扇子。由于这是别人的工作室，我又不做这方面的买卖，看一眼可以，看久了人家会讨嫌的，便悄然离开了。

后来在常熟，和诗人、收藏家王晓明聊起折扇的收藏。他说也没有什么稀奇和新鲜的，有钱买来就行。又说，目前文玩折扇的收藏有两种流派，一是以扇面为主，看是哪个大师的字，哪个大师的画；二是以扇骨为主，制作扇骨的工艺大师目前也不多，其制作的扇骨特别精细、讲究，也会受到许多藏家的追捧。当然，如果对扇骨和扇面都有追求的藏家，那就是非一般人莫办了。

说到折扇的历史，苏州文化名家王稼句所著《考工新记》里有一篇《折扇记》，详尽地考证了折扇的历史渊源及后来的发展进程和演革变化。在一些文献中，有人认为，折扇最早出现于南齐，因为《南齐书》里的《刘祥传》有一句"司徒褚渊入朝，以腰扇鄣日"，《南史》《建康实录》《通志》等均记载此事，文字表述差不多，认为"腰扇"即折扇。但是，这些书上都没有对"腰扇"的形制加以说明。直到胡三省注《资治通鉴》，才有这样的解释："腰扇，佩之于腰，今谓之折叠扇。"（卷一百三十五）。自此以后，"腰扇"就成了折扇的"始祖"，年代被推至了公元五世纪。王稼句通过《通雅》卷三十四《器用戏具》考证说："其实，胡三省是望文生义，'腰扇'是卤簿的一种，并非折扇。"又说："一千五百多年来，未见南朝甚至未见隋唐五代的折扇实物出土，也没有图像、文字等文献佐证。"实际上，折扇乃舶来品，原产地是日本和高丽（朝鲜），约在北宋前期，开始在中国上流社会流传。《宋史》的《日本国传》里就有记载，端拱元年（988年），日本使者的礼单上有"蝙蝠扇二枚"。蝙蝠扇就是折扇，又叫撒扇、聚头扇、聚骨扇、折骨扇，等等。北宋熙宁间，郭若虚《图画见闻志》卷六记高丽扇说："彼使人每至中国，或用折叠扇为私觌物。其扇用鸦青纸为之，上画本国豪贵，杂以妇人鞍马，或临水为金砂滩，暨莲荷、花木、水禽之类，点缀精巧。又以银泥为云气月色之状，极可爱。谓之倭扇。本出于倭国也。近岁尤秘惜，典客者盖稀得之。"此文已经说得很明白了。到了宣和五年（1123年），徐兢出使高丽，他在所著的《宣和奉使高丽图经》卷二十九里，更是细致地记载了三种折扇。一是手绘折扇，"金银涂饰，复绘其国山林、人马、女子之形，丽人不能之，云是日本所作。观其所饰衣物，信然"。二是杉扇，"以日本白杉木劈削如纸，贯以彩组，相比如羽，亦可招风"。三是白折扇，"编竹为骨，而裁藤纸鞔之，间用银铜钉饰，以竹数多者为贵，供给趋势之人，藏于怀袖之间，其用甚便"。对于高丽和日本折扇的崇尚，一直持续到南宋。邓椿在《画卷》卷十里说："高丽松扇，如节板状，其土人云，非松也，乃水柳木之皮，故柔腻可爱。其纹酷似松柏，故谓之松扇。东坡谓高丽白松理直而疏，析以为肩，如蜀中织棕榈心，盖水柳也。又有用纸而琴光竹为柄，如市井中所制折叠扇者，但精致非中国可及，展之广尺三四，合之止两指许。所画多作仕女乘车、跨马、踏青、拾翠之状，又以金银屑饰地面，及作云汉、星月、人物，粗有形似，以其来远磨擦故也。其所染青绿奇甚，与中国不同，专以空青、海绿为之。近年所作，尤为精巧。"这么好的东西，售价又如何呢？据江少虞《事实类苑》卷六十记载的一件事看，非一般平民百姓置办不起的："熙宁末，余游相国寺，见卖日本国扇者，琴漆柄，以鸦青纸厚如饼，襞为旋风扇。淡粉画平远山水，薄傅以五彩，近岸为寒芦衰蓼，鸥鹭伫立，景物如八九月间，舣小舟渔人，披蓑钓其上，天末隐隐有微云飞鸟之状，意思深远，笔势精妙，中国之善画者或不能也。索价绝高，余时苦贫，无以置之，每以为恨。其后再访都市，不复有矣。"从宋人的这些记载来看，高丽、日本的折扇，不仅制作精良、画艺高超，且价格昂贵，不是一般人能玩得起的。但是中国人的工匠精神和模仿能力绝对高超，历经多年发展，中国的制扇技艺和扇文化发展已经是邻国所不能比拟了。

我在书房里读书写作，累了的时候，或思路受阻的时候，也会拿出几把扇子玩玩，想想这些扇子的来路，想想和赠送者的友情，身心自然也会得到放松和愉悦，甚至是一种莫大的享乐。

花 边

很多年前，常熟朋友送我一个"花边"产品，是茶杯垫子，四片，荷叶形，分别绣着梅兰竹菊的图案，边上绣以朴简朴的淡灰色花边。当时还想，这么秀雅而好看的东西，做茶杯垫子太亏了，弄脏了怎么办？后来才知道，茶杯不是直接垫在其上的，还要有一个茶托。而且用这种垫子的环境，也不是我等驴饮式的喝茶，而是要在小雅室里讲究点小情调的，饮茶者也要装出一点斯文来，茶汤绝不会外溢而出，即便有一点抛洒，还有一个和茶杯一样精美的茶托兜着呢。

花边本是女生喜欢的物品。记得小时候会去供销社针织门市部去望呆，看到笨重的木质柜台上，摆着几个卷成圈的各种花边，是按尺卖的。爱美的女主人会买几尺回家，镶在儿童的衣服上或围嘴上，小女孩的罩衫、花裙子上也常会见到，起到装饰作用。婚房的门帘上和窗帘上、枕套上或女儿陪嫁的红围裙上镶着漂亮的花边会增加喜庆。这个记忆距今四五十年了，还清晰如昨。

早在上个世纪六十年代，被打发在故宫研究古代服饰的沈从文写过一篇叫《花边》的文章，对古代花边有过这样的话："衣襟上的花边，若照旧日称呼，北方叫'绦子'，南方叫'阑干'，主要使用于女性衣服上，此外镜帘、桌围、帐檐、围裙和小孩子的头上兜兜帽、胸前涎围，也时常要用到。""19世纪在女衣上应用花边情况，一般多宽窄相互配合，二三道间隔使用是常见格式，较繁复则用七九道，晚清用十道俗称'十姊妹'。最多竟有用十三道，综合成一组人为的彩虹，盘旋于一身领袖间的，论图案效果倒也还不坏，论实用要求，已超过需要太多。物极必反，因此光绪末到宣统时，流行小袖齐膝女衫，只留下一道窄窄牙子边，其余全废。""这些花边的主题画，属于古典的，可以说是清代锦缎花纹的一种发展，属于新行的，虽然比较接近于写生，也还并未完全脱离晚清流行绸缎花纹规模。"这样的花边数量和品种还有多少呢？又收藏在哪里？据沈从文透露说："最精美花边的收藏机关应数故宫，由康熙到清末近300年来还有上千种一库房五彩缤纷好作品……此外人民美术出版社由我经手还收集了约2000种。"看来，沈先生真用心了，不仅文章漂亮，也是干实事的好手。

其实，我在前边所述和沈从文所说的花边，只是花边的一种，或花边的早期形式也未可知，和我要介绍的常熟花边有着较大的区别，或者说它只是常熟花边的一个小分支。常熟花边又叫雕绣，已经在古人的基础上，有了较大的改良和快速的发展，不仅可以用在衣物的装饰上，也成为一项独立的艺术品，其创新历史已经有了七八十年，成为一种非遗艺术。据常熟文友陆大雁提供的材料看，常熟花边是以棉、麻、化纤等植物为原料，运用绣花针，和各种彩线、布料绣成的。针法有扣针、扣雕针、包针、游针、绕针、打子针、切针、环针、网针、影针、扦针、绞绞针、柳条针、羽毛针、克丝针、万缕丝针等60多种，常用工艺技术有雕绣、贴布绣、抽纱绣、影针绣、镶嵌绣等，可雕绣结合，也可扣贴相配。采用这些工艺可绣出各种花色的作品来，可以做成如台布、桌布、窗帘、沙发布、靠垫、手包、钱包、钥匙扣等生活用品，也可做成书签、扇子、挂件等工艺美术品。

　　常熟青少年宫教师葛丽萍是书法家，也精通常熟花边，她在朋友圈发过她和学生一起雕绣的常熟花边，真是花光闪闪，琳琅满目。陆大雁在朋友圈还发过一篇公众号文章，内容是《教你来插"花"——一幅装饰画的成型过程》，请民盟非遗基地负责人、常熟花边非遗传承人谢燕月女士现场教授一幅以花边工艺为主的装饰画的制作过程。先挑选一个干净的窗户，把挑选出来的图案用透明胶贴在窗玻璃上，然后把要绣制的布覆盖在图案上固定住，用特制的描图笔，把图案描绘到布面上。然后选出与图案颜色相配的绣线，开始精心绣制。绣线色彩的搭配和绣制技艺的高低，决定了这幅作品的艺术水准（同一幅图案，可搭配不同的颜色的绣线，也会出来不同的艺术效果）。经过巧妙的搭配和绣制，一幅花边作品就绣成了。接下来是对绣制好的花边进行去除污汁和熨烫。最后选择一个适当的画框装框，就是一幅精美绝伦的花边成品了。

苏州一带自古就是刺绣之乡，苏绣更是天下闻名。早在梁武帝时，吴郡吴县人张率尝就有《绣赋》一篇，其中有这样的句子："寻造物之妙巧，固饰化于百工，嗟莫先于黼乡。自帝虞而观风，杂藻火与粉米，郁山龙与华虫。若夫观其缔缀，与具依放，龟龙为文，神仙成象，总五色而极思，藉罗纨而发想；具万物之有状，尽众化之为形。既绵华而稠彩，亦密照而疏明；若春湿之扬花，似秋汉之寒心。已间红而韵紫，亦表玄而里素；间绿竹与蘅杜，杂青松与芳树。"苏绣发展到宋代，已经相当成熟了，特别是画绣，更能体现其工艺水准和欣赏价值。收藏家张应文在《清秘藏》卷上中说："宋人之绣，针线细密，用绒止一二丝，用针如发细者为之，设色精妙，光彩射目。山水分远近之趣，楼阁得深邃之体，人物具瞻眺生动之情，花鸟极绰约嘬唼之态，佳者较画更胜，望之生趣悉备，十指春风盖至此乎。余家蓄一幅渊明潦倒于东篱，山水树石，景物粲然也，傍作蝇头小楷十余字，亦遒劲不凡。"据说苏绣的绣线色彩光亮，细若蚕丝，可以有一百多种颜色，个别颜色可以分为二十多个色档，这也是苏绣作品为什么栩栩如生的原因了。

常熟花边比不上苏绣的精细和高档，类似于大众艺术，或偏重于生活化、实用化，技术要领也容易掌握，从十几岁的少女，到八十岁的老太，都可操作。我妹妹也会，她在家里会从行业协会那里领来活，和儿媳妇一起做，主要是在供外贸出口的外包加工的服饰上绣花、镶边或盘扣。我老家隔壁的本家二婶，八十岁了，每天都戴着老花眼镜绣花。在常熟的城乡间，随处都能看到大妈老太们做这种手工，每天挣得不多，常年坚持下来，也有不错的收入。而花边工艺品或生活用品，更是随处可见。有一次出差去常熟，和浦仲诚在虞山下的一家茶社喝茶，看到房间里就挂有一幅常熟花边的工艺小品，一只鸽子，口衔橄榄枝，从蓝天下飞过。作品简约、朴素、大气，又寓意深远。

　　有意思的是，陆大雁听说我在写关于常熟花边的小文章，很想知道我是怎么写的，还发了几十幅他们社区花边陈列室的作品。大多是生活用品，也是很精雅的，有一个绿色的女式手包上，绣着一支莲叶、一枝含苞待放的荷花，还有一只从远处飞来的蜻蜓，特别秀美。我问她有没有常熟花边的书签。她说没有，有扇子，回家后拍照让我欣赏，如果喜欢，还可以送给我。这倒是让我期待了。同时，还发来一张图片，是她正在进行时的宴席摆设，桌面所铺的餐具布垫，正是一个常熟花边，荷叶形，灰线锁边，内绣灰色荷花图，高雅脱俗。餐垫布上放一个造型艺术的青釉碎瓷瓶装的黄酒和同样色泽的酒杯，和整个气氛非常搭调。待到几个小时后，她发来刚拍的采用常熟花边工艺绣制的团扇了。团扇扇面颜色为孔雀蓝，非常的养眼，布料是棉麻质地的，竹节柄，一面图案是简约的荷花图（一连看了三件以荷花为主题的常熟花边，一点也没有重复感，相反，还各有不同的风姿和特色），另一面图案是三个不规则的小水泡，仿佛荷花下的一泓清水里，一条调皮的小鱼儿，藏在荷叶下，憋不住心里的欢喜而吐出的小泡泡，转移到了荷塘的另一边，呼应了团扇整体的波俏和俊雅。这柄精致扇子作为装饰挂件，非常适合书房里的氛围。但我有些为难了，说喜欢吧，又有夺人之爱的嫌疑，说不喜欢吧，又不是内心真实的想法。怎么办呢？

水　晶

某一届东海水晶节期间，主办方从北京国家地质博物馆借来了"水晶大王"，陈列在水晶博物馆门前广场上，供游人参观。我专门去看过，这块水晶大王，就是出自家乡东海县房山镇柘塘村的房山水库边上。我小时候和年轻时，常在那一带玩耍和活动，也常听村里上年岁的人讲他们发现、拖运这块水晶大王的故事。如今一见其风采，还是被它震住了——这块水晶足够大，纯度足够高，晶体也非常漂亮。我怀着崇敬之情，和它合了影，于是，记忆的河水开始泛滥，许多关于水晶的往事一幕幕呈现在眼前——

在东海县房山、牛山、石湖、曲阳、驼峰等部分乡镇，可以说是遍地水晶，在田野、河畔、岗岭或大小河滩上，到处都零散地分布着大大小小的"火石"（纯度不高的晶体，学名石英，我们也会叫它花石）。它们掺杂在泥土里，躲在草棵下，混在碎石里，在一场雨后，太阳高照的时候，裸露在外的晶体会发出闪烁而耀眼的光芒。它们大的如拳头，小的像玉米粒，而像鸡蛋大、鹌鹑蛋大的晶体最多。体块大的，会有人捡回家砌墙，小的就毫无用处了，会把它们从田里捡出来，堆砌在田头或地垄上（不妨碍种庄稼）。公社驻地有几家石英砂厂，长期收购石英；许多大队、生产队也会有副业队，天天挖水晶。无论是石英砂厂，还是各级副业队，都瞧不上这些零散分布在田头、地垄上的品质不高的火石。那些藏在地下数米甚至数十米深处的、神秘的"水晶龙"，才是他们要寻找的目标，因为脉络一样分布的一条条水晶龙上才会有单体几百斤、上千斤的优质大水晶，最起码也会聚集许多的石英石矿。于是，在这些不起眼的火石里，寻找质地稍好的水晶，就成为孩子们的一大乐趣了。

　　我人生最初的记忆就是玩火石（水晶）——在没有月亮的漆黑的夜晚，几个五六岁的玩伴会每人拿两块小的晶体，互相碰撞，溅出的火花，在暗夜里四下飞散。有趣的是，火花的颜色也和水晶的质地有关，最普通的火石（不透明），喷溅出的火星是黄红色的，乌晶喷出的火星是淡蓝色的，而纯度特别高的白水晶（透明如玻璃）喷出的火星是黄白色的。一群孩子，行走在暗夜的村庄里，"咔咔咔"地碰撞出各种颜色的火花，这几乎成为我们整个童年最好玩的游戏了。在夜晚来临之前，小伙伴们就开始预约，玩打火啊？没错，我们称这种游戏叫"打火"。如果一时不知道打火的孩子们玩到哪里了，只需爬到高处（墙头或树上）一望，就能看到那一团团闪烁在夜空里的五彩斑斓的火花了。玩打火是不分男孩女孩的，掐弹子，就是女孩们的专属游戏了。弹子是五颗，材质多为石块或砖块，如果是水晶，那品质会高出几个等级，如果再大小均等、颜色一样、圆如乒乓球的一副水晶弹子，那就是佳品了。能拥有一副水晶弹子，简直是那个时代乡村女童们的奢侈品了。比我小两岁的妹妹就想要那样的一副水晶弹子，曾经拿一毛钱和一本连环画让我给她搞一副。我当然办到了，虽然挺费一番时间，我也配齐了一副五颗的乌晶弹子。看着她们一帮小女生盘腿打坐在屋山头的阴凉里，一边有节奏地唱着弹子歌，一边让乌晶闪亮的弹子抛起、掐住、再抛起，让弹子上下翻飞，我也有一种自豪感。

更自豪的当然是能寻找到一块纯度高、体量足够大的水晶了，这样，就可以拿到水晶收购站去卖钱了。那时候的水晶收购站实在挑剔，晶体没有拳头大、纯度不高的水晶，他们根本不收，而地表层的水晶已经日渐枯竭。所以，村民们会利用农闲时间，去路边、田野挖水晶。在我们村后、水园庄前向西北，有一条通往房山的路，越过一个山头，山那边就是同名集镇了。这条路约有两三公里长，这条路的两侧，有大片的土地属于沙质土壤，也或许是高低不平吧，总之是没有耕种价值了，就被挖水晶人挖了一个个大小不一的坑塘，这些坑塘直径大约在一米至三米左右，塘壁呈九十度，有的甚至上口小、下端大。我小时候随祖母到房山的集市上赶集，在走到这段路上时，都会有种莫名其妙的亢奋，不愿意沿着一个个塘口小心地躲着坑塘和塘口高高堆起的泥沙走着"S"形的路，都喜欢奔跑着，从一个个坑塘上一跃而过。这当然属于危险动作了，不小心会跌进坑塘里。有的坑塘很深，两三米，掉进去就爬不上来了。有的坑塘里还有水。我祖母就再三关照我，不要跳，小心掉进去。但我哪里听得进祖母的话，从一个个坑塘上跳跃和迈过去，实在是刺激又惊险。有时候，会发现坑塘里还有人在挖土——就是挖水晶了，便会惊喜地停下来看看。除了塘沿会有刚挖出的新鲜的沙土、黄泥土外，也会有几块"石头"，大都是质地一般的水晶（花石），要是质地上等的水晶，是不轻易拿出来放在塘口的，都会留在塘底，悄悄带回家。因为我们那儿有一个风俗，叫"见眼有一份"，挖到值钱的大水晶，最怕被别人看见。所以正在塘子里干活的人，看到我，都会呵斥我走开。其实不久后我就知道了，见眼有一份，也是不怕我们这些小孩子的，主要是怕我们的踩踏，把坑塘给踩塌方了，造成事故。我有一个远房叔叔，村里人叫他小向，我叫他向大叔，曾带我来挖过水晶，他就叮嘱过我，不要在塘口玩，塌方会把他给活埋了。他比我大十岁左右，在他十七八的时候，我至少跟他一起挖过三次水晶，前两次都没挖到正经水晶，第三次也没挖到。天也快黑了，在回家时，看到有紧挨在一起的两个塘子，中间只隔着不到半米的"墙"，他就跳下去，要在这墙上捣过洞，一来是好玩，二来是碰碰运气，未曾想，就在这个洞里，挖到了一块水晶，不大，只比鹅蛋要大一点，但纯度非常高，皮薄，对着残阳一望，纯得像一汪水，真是踏破铁鞋无觅处，得来全不费功夫。第二天房山大集，拿去水晶收购站碰碰运气，居然卖了好几块钱，当场打了二斤猪肉，回家解馋，也给我买了几块花生牛轧糖，算是奖赏。也是这位向大叔，有一年冬天搞农田水利，在田间挖排水渠——我们村的地形实在有意思，村南和村东没有水晶，村北和村西北的"山前荡"里，却出水晶。排水沟就在"山前荡"里，两人一组，向大叔用铁叉翻土，另有人用铁锨铲泥。毫无预兆的，向大叔翻了一铁叉土时，只见一块晶莹碧透的水晶躺在土里，用向大叔后来的话说，晃悠悠的像一只要跑的小兔子。

  东海水晶的分布情状，直到我们上学读书的时候，老师才给我们讲解，说东海水晶属于"鸡窝矿"，水晶像鸡丢蛋一样，这里一个蛋，那里一个蛋，太分散，无法探明具体地点，也无法集中开采。省里还专门派一个地质队进驻东海县，进行勘探和收购，105矿就是地质队的下属单位，实际上只负责水晶收购。在前边我列数的几个乡镇的一些村庄的地下，都出土过大水晶。"水晶大王"就出土在离我们村几里外的柘塘村。据说这块特大水晶在出土时，还出现了异象——副业队已经在这条水晶龙上追下十几米深了，也挖了不少大小水晶和石英石，塘口也越挖越大，正欲继续往下挖时，被一巨大的石英岩所阻挡。副业队就在石英岩上并排打了三个炮眼，安上炸药爆破，未曾想，两边的炮都炸了，只有中间的炮是一眼"瞎炮"。副业队人员在清理瞎炮时，发现由于两侧爆破的震动，在瞎炮上出现了一条宽宽的裂痕，透过裂痕，看到里面是一汪水，再一看，哪是水啊，是一块大水晶。他们欣喜若狂，奋力清理周边的碎石，露出了水晶大王的尊容。这个故事被演义成神话，说那眼炮之所以没响，就是水晶大神在保护。

水晶真正成为东海县的支柱产业，已经是上世纪九十年代初期了，整个东海县，以二氧化硅为产业链的产值占整个县域经济的比例很大。而在此之前，除了少数几个乡镇有几家粗犷形的石英砂厂外，水晶产业几乎是零，水晶交易除了派驻机构105矿在几个乡镇和县城设有收购点外，几乎都是在黑市交易的。我对于水晶黑市的交易，最初的记忆是在我十四五岁的时候，家里不知何时藏有一块水晶，有榔头那么大，乌洞洞的，至少在五六斤，我是无意间发现的，感觉是个好东西。征得母亲同意后，我拿到房山的水晶收购站出售。收购员看了一通后，拒绝收购。当时我并不太失落，趴在水泥柜台上，看里面堆得跟小山一样的一块块水晶石，非常震撼，特别是那块有笆斗大的大水晶，洁白无瑕，通体透明，混在一大堆水晶山上，特别显眼，很想去摸摸它。还有一个小桶粗的六棱形乌晶，足有半米高，直立在水泥地上，像待发的火箭。我看了会儿之后，感觉有人碰碰我的胳膊。这是一个六十岁左右的老汉，他用眼神示意我出去。我估计他是黑市收水晶的，就跟他出来了。他带我到一座石桥下，盯着我身上背着的黄书包,让我拿出来让他看看。我知道他是指水晶,就掏了出来。他接在手里,对着太阳望望,又拿出手电筒照照,还放在水里洗洗,再看一通,说:"死石头。不值钱。"其实我当时已经估计到不是好晶体了,否则,水晶收购站不会拒绝。我也没吭声,伸手要接过来。他又说:"卖不卖?"我说:"卖。"他说:"三十块钱。"我一听,心里立即嗵嗵嗵嗵地跳了,这么多钱啊。我父亲那时候在供销社工作,每个月工资也就四十六块钱。但我知道生意都是要谈价的,就说:"少了,添点。"他立即板着脸说:"你小孩懂什么?三十块出冒了,根本不值。不卖拉倒。"我又要伸手去接水晶,他还是往后缩,说:"好好好,再给你五毛钱,去买两根油条吃吧。"就这样,我第一次做成了黑市交易。其实这不是真正的黑市。真正的黑市我在上世纪八十年代去过一次,那时候我二十岁左右,跟随一个做水晶眼镜生意的亲戚去的,地点在牛山果园边上的一条干沟里,是在凌晨两三点。干沟里聚满了买卖水晶的人,除了水晶原石,也交易切成毛片的眼镜片。在不大的空间里,到处都是手电筒闪闪烁烁的光线,红红白白的,气氛既紧张又刺激。这种规模不大的水晶黑市当时还有多少,我不太知道。但是,那时候水晶还是国家管控物资,不允许私人买卖的。

到了九十年代初期,水晶市场甫一开放,就如汹涌的海潮,冲击、荡涤着人们的思想观念,一时间,在东海的土地上,关于水晶的种种生意如雨后春笋,蓬勃而出。水晶市场也由地下转入地上,在县城牛山镇,还有专门的水晶大集,吸引着四乡八镇的农民进行交易。除了上规模的县乡企业,在各村各户,水晶制品加工厂也纷纷办了起来。我父亲此时已经退休多年,看到别人家都开了小工厂,也购买了机器设备,开了一家水晶首饰加工厂,请了十几个工人,制作各种水晶首饰。我此时已经离开东海,到市里从事报纸副刊的编辑工作,也兼搞文学创作,写作了大量的小说,其中就有以我的童年、少年记忆而创作的中短篇小说《水胆水晶》《地形》《石英砂厂的爱情》《火石》等,后来,这些小说在《青年文学》《清明》等杂志陆续发表。至于又写作《蓝水晶》《地下工厂》《升沉》《水晶劫》等四部关于水晶的长篇小说,在《中国作家》《钟山》《芳草》等文学杂志发表并由多家出版社出版单行本,那已经是后来的事了。早期,我和同样写小说的东海县文化馆专业创作员苗运琴成为好友,曾一起共同探讨过小说写作。但是,在水晶市场开放不久,苗运琴摇身一变,成为东海水晶奇石的收藏家,他得风气之先,是最早从事搜集水晶奇石者之一。彼时的东海城乡,人们对于水晶的认知,还停留在纯度和体量上,正是苗运琴等早期的收藏者,才打破了这一误区,从水晶的外部造型、内部构造和晶体品质等方面入手,以艺术的眼光,提高了水晶的鉴赏水平。我曾经在九十年代中期,到苗运琴家参观过。他居住在文化馆后边的一个小院子里,三间正屋已经成为水晶奇石博物馆。他收藏的水晶,大致有三种类型,一是外部造型奇特者，二是内部结构奇特者，三是水晶雕件。那真是一次大开眼界的参观，完全震住了我这个土生土长的本地人。外部造型，当然以象形石为主体了，有的像蟾蜍，有的像乌龟，有的像猪仔，有的像葫芦，有的像菱角，等等，配上晶莹剔透的晶体，完全可以用鬼斧神工来形容。内部构造就更是五花八门了——早先，人们对于水晶内部的杂质（包裹体），多认为是劣品，现在，由作家、画家、工艺美术家们的参与，经过外部的打磨，使内部包裹体得以原生态的呈现，从中发现象形物体，其观赏价值得以飞跃。而水晶雕件，更是取其质地上等的水晶，经过工艺美术师的精心雕刻、打磨，立体地呈现在众人面前，其精美的造型，加上优质的晶体，使整个雕件透露出不凡而高贵的品质。

东海水晶由于属于不可再生资源，其储藏量虽然占全国的一半以上，但受开采所限，只能从外地采购。从上世纪九十年代初开始，就有第一批吃螃蟹者，勇敢地走出国门，在全世界采购水晶，南美的巴西、非洲的马达加斯加等地是他们最先到达的地方。各种水晶原石，通过海运或空运，来到东海，经过加工，再走向全世界，东海迅速成为全世界水晶最大的集散地和加工中心，世界"水晶之都"的美誉迅速响遍全球。

其实，不仅是非洲和南美洲，地处东南亚的越南，也出产水晶。我父亲和哥哥就曾在九十年代初，和他们的朋友一起，在中越边境地区靠越南一方，采购数十吨水晶。我曾见过这批水晶，大多是卵形石，是从山涧沟里捡拾的。这批水晶的质地普遍不高，按照奇石收藏的标准，也很难淘到"景石""巧石"，我只是从中找到几块晶体透彻的卵形水晶原石，分送给我的几个作家朋友。2008年中国青年出版社出版一套"英雄中国"系列图书，其中连云港卷由我撰写。写作期间，我去东海县采访有关水晶的故事时，遇到几个出国淘过水晶的"能人"，听他们讲述在国外淘水晶的奇异经历，颇有意思。最初出国者都是胆大的农民，不懂外语，不懂当地风俗，只凭一腔热血和胆气。就算是花大价钱请当地华人做翻译，各种意想不到的事件也频频发生，有的甚至有生命危险。但就是在这样险恶的条件中，他们在当地钻山洞、开矿场，发现并挖掘出了紫晶、发晶、黄水晶、蓝水晶等稀有晶体，想方设法运回东海，极大地丰富了东海水晶的品种，完善了世界水晶之都的美誉。在采访过程中，还发生了一件巧事，在东海水晶大市场的一家门店里，我被橱架上一个个大大小小的紫晶洞所吸引，花费较长时间来查看、欣赏，并了解这些紫晶的来处、结构、硬度和形成过程。老板是个中年人，也兼服务员，貌不起眼，他细心地给我讲解，态度认真，语感从容，一听就是个行家。从话语中我还得知，他也曾去过南美和非洲，更是参与过三四次从国外运水晶的过程，报关、出境固然不易，最惊险的，还是这些水晶在当地的挖掘和运输过程，由于水晶都藏在深山或十分偏僻的地方，在挖掘和运输中，会遇到当地人的哄抢或敲诈，甚至花钱雇来的工人就是卧底，他们给地方势力通风报信，俗称"两头吃"。所以，这些稀有的水晶能抵达东海，真是经历了千难万险。听了老板的讲述，我也感慨万千。在我要离开的时候，老板执意要送我一个碗状的紫晶洞。我看到这块紫晶碗的标价，可不是小钱。我当然不能要了，他也只好说出了送我紫水晶的缘由，原来，他是房山山后人，他姐姐和我是同学。

目前，东海不仅有世界最大的水晶博物馆，以水晶为主业的市场有多家，还有水晶工业园、产业园，其相关产业更是遍布城乡。我小时候的玩伴、同学和老乡，有许多人都从事水晶行业，比如一个同乡经营的石英制品公司，一年有数亿元的产值，产品出口多个国家。如今，在我书房的橱柜里，摆放着好几块水晶，有水晶原石，有雕件，有把玩件，也有一些水晶工艺品、纪念品和装饰品，还有水晶制作的奖牌和奖杯。我非常珍视它们，它们不仅是我家乡的物产，还和我有过许多交集和难忘的童年往事。当我在夜深人静的时候读书或写作，一抬头、一回眸，无意间看到它们闪烁着的奇异之光时，总会情不自禁地停下阅读或中止写作，伸手摸摸它们，沉浸在水晶散发的灵气之中。

自画像

　　《江苏作家》在每期的封二上，有一个栏目，叫"作家自画像"，江苏许多名作家都在该栏目里亮相。今年年初，编辑约我也自画一张。我的绘画基本功约等于零，怎敢在江苏作协会员人手一本的《江苏作家》上献丑呢？但编辑的美意我又不能拒绝，只好看看已经发表出来的那些自画像，有的水平很高，一看就是有扎实的美学功底，有的也是随便涂鸦，根本不像作家本人，特别是南京作家顾前那一幅，不是有他自己的签名，没有人敢说是顾前。我心里有底了，便找来一张白纸，对着镜子涂了一张。感觉还行，只是涂改的痕迹较多，画面显得脏了些。又涂一张，满意了，就拍了照片微信发了过去，又把原稿也寄给了编辑部。没想到收到了一致的好评，胡竟舟说："非常好，包括纸张的皱折。"黄雪蕻说画出了我的神韵，又说："这很重要呢。"本来我以为会在第二期或第三期登出来的，没想到赶在了第一期，还配了我手写的一段创作感想:"文学就是'自画像',各种'自画像',所注入的,都是自己的情感。"我便把杂志和封二拍了照片,发在了朋友圈里。立即引来很多人的围观,李惊涛说:"自画像很传神。"刘仁前说:"还是比较写实的。"西楼说:"画得还真像。"陆大雁用一句"灵咯"来表示喜欢。

巧合的是,这一期的《江苏作家》上,还发表评论家李惊涛写我的小说《自画像》的评论,题目叫《当今文化生态的疼痛隐喻——评陈武中篇小说〈自画像〉》。关于《自画像》这篇小说,原发《十月》杂志今年第一期,由王蒙题签的《中国当代文学选本》在第一时间选发了这篇小说。编辑在推荐语里对这篇小说也作了肯定。《作品与争鸣》也于今年第三期予以转发。李惊涛评论我《自画像》的文章,和我的自画像同时在杂志上发表,是不是编辑有意为之呢?但是不管怎么说,这个"巧合"还是让我非常欣喜的。李惊涛在这篇评论中,有一段关于自画像的评论:

就"自画像"这个概念的所指与能指而言,都脱不开自己画自己。翁格格一点不吃力地报出了梵·高那么多的自画像,都是画家画自己。他画了那么多的自己,要么是不同时期的自己,要么是同一时期不同境遇下的自己,因此没有一幅"自画像"是完全相同的。但是陈武《自画像》中关于"画家村"的许多描述,却必定出乎历史深处的梵·高的意料。而时间的吊诡之处在于,"画家村"里那些梵·高的"自画像",都不是他自己画自己。那些貌似一模一样的梵·高"自画像",可以被"陈大快"流水线作业一般一天十幅地批量复制出来(胡俊甚至可以同时画五幅梵·高的《咖啡馆》)。这不是简单的讽刺,而是时代所制造的文化生态中的黑色幽默。陈武笔下的《自画像》,一个隐喻,几个意思?一方面,是作家不无忧虑地在为当今文化生态中某些"油腻"现象做"自画像",为艺术界的乱象做"自画像";另一方面,也是他充满善意地为尚存希望的艺术界做"自画像",为未来可能出现的艺术界清流做"自画像"——这里的艺术界,当然也包括小说艺术界。

关于这篇小说写作的初衷,也并非不是李惊涛所说的那样,但他的分析,还是直白地点破了那点可怜的遮羞布。无独有偶,《作品与争鸣》继转发了小说之后,又在今年第六期发表了安徽大学教授疏延祥先生写我的《自画像》的评论,题目叫《"新人"形象与"后喻文化"的生动范本——简评陈武中篇小说〈自画像〉》。这篇小说能够受到如此多的关注,是不是这个篇名引起了很多人的共鸣呢?在我们的日常生活中,品评别人很容易,一旦触及自己,评价自己,给自己画像,就难免失之偏颇了。有了这样的想法,为了警醒自己,我就多要了一份《江苏作家》，把封二裁下来，装框挂到了我的书房墙上。

其实，我的书房里还有一张"自画像"，是著名版画家曹鸣凤专门为我刻制的。曹鸣凤的版画作品吸纳了西画的特点，打破了原有的黑白版画传统，并注入了自己的创新，形成了自己独特的艺术风格，参加过多次全国美展并多次获得国内大奖。说别人的版画作品是"自画像"，未免过于牵强。但概因为，这幅作品先是来自一幅照片。这幅照片当然也是曹鸣凤为我拍的了。有一次，我和她在朋友殷开龙的工作室巧遇，在喝茶、闲聊时，她抓拍了一张我的照片，是一幅大特写。这张照片我很喜欢，角度、光线都很好，神态也是我喜欢的样子。不知听谁说过，每个人拍照，都有一个黄金角度，拍出来的照片，会比别的角度要高光好几倍。曹鸣凤给我找的这个角度，证实了此言并非虚妄。不久之后，曹鸣凤就给我送来了一幅版画，正是以我那张照片为基础创作的。这是一幅超大的版画，宽六十五厘米，高五十五厘米，版画线条苍劲有力，把我平时的神态惟妙惟肖地表现了出来。后来，我在拍照时，多次选择了这个角度，特别是南京作家周伟为我拍的一张照片，简直和这幅版画一模一样，我在很多自己的著作上和杂志上都选用了这幅照片，比如《青年文学》今年第五期发表我的作品小辑时也选用了这张。所以说，我是把这张照片当作我的"自画像"的，相对的，这幅版画也便是我的"自画像"了。

我在小说《自画像》里，借翁格格的口气说到梵·高的自画像："叫《自画像》的有很多幅，《耳朵缠绷带叼烟斗的自画像》《献给保罗·高更的自画像》《戴草帽的自画像》《画家的自画像》……这一幅就叫《自画像》，最经典，被临摹最多。"所以，我有时候会想，梵·高画那么多幅的自画像，并非是在画自己的外表。他太知道自己的外表了，没有什么可炫耀的。他的自画像，是在画灵魂，不同时期的灵魂。同样借翁格格的话进一步说道："……画室一直在画文森特·梵·高的作品，而且是一种低质量的临摹，却让我有点、十分、特别地失望。梵·高不是那么好画的。梵·高一生都沉溺在对艺术的追求中，他有着巨大的、无法平息的、怪异的激情，有着独一无二的执着，非常人能够理解的固执。'我是个狂人！'这是梵高向世界发布的决不妥协的宣誓，他的内心有一股强大的力量，有一团持久喷薄、熊熊燃烧、无法熄灭的火焰。不论是在津德尔特的河滩上捉夜虫、搜集画册、传播思想，还是挑灯夜读，孜孜不倦地沉湎于莎士比亚和巴尔扎克等大师的世界中，都让人倍生崇敬。而且，他不仅是画画，他做任何事情都是全身心地投入。所以说，不了解梵·高，不走进梵·高的内心，不了解他所处的世界和当时的环境，画出来的梵·高，连皮毛都不是，就算是高级的模仿，很像，太像，十分像，也不过是像而已，缺少画意，缺少生命，缺少历史的沉淀，也没有传承，充其量不过是一幅复制品，一幅纪念品，仅此而已。"这恐怕也是我孜孜以求的创作观吧。从这个角度上讲，没有一个人的自画像能画出真实的自己的。

现在，我的两幅"自画像"都挂在我的书房里，他们就像镜子一样，我天天看着他，他也天天看着我。我看着他是我，他也看着我是他。我不知道是不是镜子里的我，镜子里的我也不知道是不是真实的我。

代 跋

一本好玩的小书

梅 子

1

有一次,陈武笑说,出本小书玩玩啊。那神情和语气,有点天真有点皮。我听了,禁不住开心一乐。

我喜欢玩,喜欢玩玩的心境与兴味。玩玩,自然是按照自己的偏好和情趣,融入自己的个性与风格。窃以为,这样的"小书",应是从品相到灵魂,每个点、每一眼都读得出一个"我"字。它应该是轻松的,是有趣的,是小众的,是限量版的。无关名利,无关畅销,只管"我自风情万种,而与世无争"。

长久以来,对于这样用来玩的小书,一直怀有一份浅浅而又执着的期待——因为不确定,却又心不死。许许多多次地,在想象里为之设计,各种任性,各种"挥霍"。

2

就这样,在无尽的期待与憧憬中,《书房小景》的打印稿,裹挟淡淡墨香,飞抵我的案头。翻阅是书,与其说作者是在记事,不如说更像一个孩童泡在自己的小天地里,饶有兴味地一件一件地把赏过往那些心爱的玩具:从斋号到书橱、书灯、书签、书衣,到笔墨纸砚、笔筒、镇纸、水盂、茶承、清供;从淘书到写书、编书,到封面、题签、册页、稿本,以至藏书票、藏书印、签名本、签章本……不一而足,不紧不慢,逐一娓娓道来,各各见出读书人的心性、情怀与追求。

3

书稿中的大部分话题都很容易引起我的兴致。熟知的,旧有经验得到唤醒和鼓励;略知的,恰好有兴致深入了解、细细探究。种种共鸣的愉快常常让我读着读着就开小差了。譬如读到藏书印,就忍不住跑去把所有的印章都翻出来,逐个对照区分,哪些个是名章,哪些个是闲章,哪些个是朱文,哪些个是白文,它们适合怎样使用,可以钤在书画的什么部位;读到签名本,就迫不及待地立到书架前,找出自己珍藏的签名本,逐本归属签名的格式和类别;读到书签,又把各种书签都找出来:有文利专为《遥知不是雪》定制的金丝楠木书签,有周周为我手工磨制的桃木书签,有靳莉刺绣了花草的棉布创意书签,有远隔重洋的镭从艾米丽·勃朗特的故乡寄来的皮质书签……一枚一枚,细细把赏,久久出神。忆起它们的得来,体味寄寓的情义。每一枚都蓄着暖意,每一枚都藏着深情。

4

读到《书衣》一文,颇有不能言传的愉悦,读着读着,忍不住在矮几前的地板上滚了几个圈儿。

书衣,实在是太熟悉了。从小到大,一直有个癖好:开卷之前,爱包书。各种纸,各式包。

2011年,我来到教科所,不久这个癖好慢慢被恒俭先生发现了,他很愉快地把得来的专用包装纸分一些给我,有一次还专门买了透明的成品书衣送我。直到现在,我的《西方哲学与人生》和《爱默生随笔全集》上还包着先生送我的书衣,每次摩挲,都心生暖意。

《书衣》文中写到的《书衣文录》一书,恰好我的书架上也有一本。此书得来于2015年初,也是恒俭先生缘于我的癖好推荐给我的。书中清枯的文字,每一粒都似最耐泡的茶,经得起一道一道地续水,值得一点一滴地品饮,味之隽永,给我留下了极深的印象。陈武的这一文我读得尤其细致,因为有种好奇,想要印证对同一本书有哪些共鸣的点,或者同一个点,有哪些不同感发。读下来发现,由于性别、年龄与职业的差异，果然是各得其好。

5

书稿中的诸篇，多为作者自己的经历、感悟，融合了材料的引用、知识的延伸，于情趣之外，我在这"书房"里也涨了好些知识。对于一个惯常读写的人而言，这里的每一个话题都是一个饱满的源头，轻轻一触，许许多多的念头便羽绒般捂不住地飞出来，有些话题足可以另外成文。

阅读期间，我一忽儿跑回晶都去取我存放在旧家的签名本；一忽儿去淘宝晃悠，去买专用蓖麻油，调和已经有点发干的印泥；一忽儿去公众号翻旧帖，重温《书衣文录》的读书随感；一忽儿去浏览电子图库，查看我曾经拥有过哪些案头清供；一忽儿去扒拉我的毛边书，一页一页抚摸因为有了我的劳作参与才最终完成的《不裁》……最费周章的，莫过于按图索骥，满网去淘文化艺术出版社 2004 年出版的插图本《鲁迅自选集》了，因为绝版了，贵一点倒不是问题，关键几乎都是二手图书，对于患有小洁癖偏偏想象力又太丰富的我来说，真是一种不容易克服的困惑。因为找不到全新的，又太想印证到底有多好，纠结无数，最终还是下单了。

就这样，边读边玩，真是像极了《小猫钓鱼》里那只三心二意的猫，一会儿玩玩这个，一会儿玩玩那个，有时读完一篇文章，会心无挂碍地泡在自己那些心爱的小物件里兴味盎然地玩上好几天。

6

在《毛边本》一文中，陈武引入了王稼句谈毛边本的观点："只有耐读的小书，最适宜毛边。"深以为然。觉得《书房小景》将来成书，也很适宜毛边。不仅因为"小"（约十五万字），文字冲淡，情感平和，本身就具备一种素面朝天自然朴素的美。

我还觉得，这样风格与质地的文字很适宜冬天来读——寒冷和闲适，让人大可以心安理得地避得更静些，猫得更深些，偎着炉火，就着热茶，于字里行间游目骋怀，或者坐在阳台的花花草草间，沐浴着冬日午后的暖阳，悠闲地喝着咖啡，自由自在浸淫于这样的清欢，足以惬意到不羡鸳鸯不羡仙。

陈武说，万卷藏书可救饥。

我说，何止？还好玩呀，还可供喜欢呀，还可以用来治愈和取暖呀。

2021年1月于晶都